UM HERÓI PARA *ela*

LU PIRAS

UM HERÓI PARA *ela*

Novas Páginas

Copyright © 2014 Editora Novo Conceito
Todos os direitos reservados.

Esta é uma obra de ficção. Nomes, personagens, lugares e acontecimentos descritos são produto da imaginação do autor. Qualquer semelhança com nomes, datas e acontecimentos reais é mera coincidência.

1ª Impressão — 2014

Produção editorial:
Equipe Novo Conceito
Impressão e Acabamento Prol Editora e Gráfica 190314

Este livro segue as regras da Nova Ortografia da Língua Portuguesa.

Dados Internacionais de Catalogação na Publicação (CIP)
(Câmara Brasileira do Livro, SP, Brasil)

Piras, Lu
   Um herói para ela / Lu Piras. -- 1. ed. -- Ribeirão Preto, SP: Novo Conceito Editora, 2014.

ISBN 978-85-8163-433-3

1. Ficção brasileira I. Título.

14-01715   CDD-869.93

Índices para catálogo sistemático:
1. Ficção : Literatura brasileira 869.93

Rua Dr. Hugo Fortes, 1885 — Parque Industrial Lagoinha
14095-260 — Ribeirão Preto — SP
www.grupoeditorialnovoconceito.com.br

Para Ana Maria, Adalsino e Daniel.

"Why, you love him! Your fear, your terror, all of that is just love and love of the most exquisite kind, the kind which people do not admit even to themselves." (Gaston Leroux, *The Phantom of the Opera*)

SUMÁRIO

1. PROTAGONISTA, 9
2. PRETENDENTES, 17
3. PAIS, 25
4. O PLANO, 33
5. A VIAGEM, 39
6. O APÊ, 47
7. NYFA, 55
8. *ROOMATES*, 63
9. EL CALABOZO, 69
10. BAMBINO, 77
11. THE MASQUERADES, 87
12. BIG BAD JOHN, 97
13. PRÍNCIPE, 107
14. SAN GENNARO, 113
15. O ENCONTRO, 121
16. O MASCARADO, 131
17. "UNCHAINED MELODY", 137
18. FUGITIVOS, 147
19. SAPO, 155
20. FRÁGIL, 171
21. *ONE WAY*, 181
22. CENTRAL PARK, 191

23. TRINACRIA, 199

24. HARLEM, 215

25. O LADO NEGRO, 227

26. A CAIXA, 237

27. MUDANÇAS, 247

28. LIBERDADE, 259

29. O CONTRATO, 265

30. O RESGATE, 273

31. ENQUANTO DUROU, 283

32. FADA-MADRINHA, 295

FINAL. O PARA SEMPRE, 303

ANEXO, 315

AGRADECIMENTOS, 333

1
PROTAGONISTA

A força do hábito levou Bianca a calcular a distância. Ela sabia que a escada de emergência ficava a exatos 17 passos do seu gabinete, na segunda porta à direita da sala 305. As mãos tremiam sob a pilha de processos. O corredor de carpete cheirando a tabaco parecia nunca chegar ao fim. Então começaria um novo desafio: descer 25 degraus sem derrubar toda aquela papelada. Era preciso experimentar com a ponta do pé para não pisar em falso, torcendo para que o motoboy, advertidamente apelidado de "ligeirinho", não resolvesse subir enquanto ela estivesse ali. Na escada caracol de emergência só havia passagem para um e, de preferência, alguém com o corpo esguio como o dela.

Chegando ao térreo, Bianca empurrou a porta emperrada pela ferrugem das dobradiças e pensou pela milionésima vez que poderia ter escolhido qualquer outra profissão que não implicasse carregar montes de papel de um lado para o outro. Ela não conseguia se lembrar dos motivos que a fizeram candidatar-se a uma vaga em um escritório de leilões quase falido, localizado no prédio mais antigo e mal conservado do Centro do Rio de Janeiro. E, como se o seu humor já não estivesse péssimo, o elevador estava quebrado fazia duas semanas. Quando passou pela porta pantográfica, lembrou-se do porquê de ninguém ter dado pela falta dele. A geringonça não era chamada de "poço do diabo" à toa.

Finalmente ela estava diante do seu carro, um Fusca ano 1975, de cor creme, que nunca a deixara na mão. Bianca gabava-se disso para o porteiro, Seu Joaquim, que gentilmente tentava encontrar em sua bolsa a chave do carro, enterrada sob escombros paleolíticos. O velhinho encontrou um Trident de limão derretido, colado nas hastes dos óculos de sol, mas nada da chave. Envergonhada, Bianca entregou os processos nas mãos do porteiro.

– Tenho certeza de que joguei aqui dentro! Cer-te-za! – ela dizia, retirando o batom das profundezas e aproveitando para retocar os lábios. – Desculpe por essa situação, Seu Joaquim. Eu devia ter seguido a minha vocação.

– Enfermeira? – ele palpitou.

Ela continuava esfregando o batom nos lábios e emitiu um grunhido que o Seu Joaquim entendeu como "não".

– Nutricionista? – Ele pensou um pouco e arriscou: – Comissária de bordo?

– Não, Seu Joaquim! Eu sempre quis ser roteirista.

Gotas de suor deslizavam pela testa do porteiro.

– Ah, sim – suspirou ele. – Não sabia que existia essa profissão...

– Porque infelizmente não é uma profissão – Bianca desabafou, tirando da bolsa um pacote de lenços vazio, que voltou a guardar. – Quer dizer, não aqui no Brasil.

– Um roteirista faz o quê mesmo, doutora?

– Achei! – Bianca exibiu o objeto como um troféu. – Muito obrigada pela ajuda, Seu Joaquim.

Assim que colocou a papelada sobre o banco do passageiro, Bianca sentiu uma palmada no bumbum. Pensou duas vezes antes de se virar, pois, se aquele velhinho abusado tivesse mesmo feito aquilo, ela teria que se defender de alguma forma, e não era uma situação para a qual se sentia preparada. Não saberia o que dizer. Talvez fosse melhor ignorar, não fazer nada. Nunca mais daria papo para ele e pronto.

Ao se virar, Bianca se deparou com o Dr. Costa Galvão, o próprio leiloeiro, seu chefe. Naquele momento ela preferiu que o tapinha tivesse partido do porteiro. Pelo menos não precisaria continuar a ser simpática com ele.

– Bom trabalho, Doutora Villaverde. Estou gostando de ver!

Quem ele pensava que ela era? Uma lacaia?

Se Bianca dissesse o que pensava, teria sido demitida ainda estagiária, antes da promoção ao cargo de advogada júnior. E ela não queria isso. Bianca sempre fora a melhor funcionária, e não o fazia por esperar reconhecimento. Gostava de sentir que podia ser insubstituível em alguma coisa, embora soubesse que nem era preciso ser formado, quanto mais em Direito, para fazer o seu trabalho.

Bianca limitou-se a fitar o Dr. Costa Galvão, distraindo-se com a sujeira encardida nas lentes embaçadas dos óculos de leitura do chefe. Mudar o foco para abstrair-se de uma situação constrangedora era sua estratégia. Mas dessa vez estava arrependida, pois ficou com ainda mais nojo daquele homem. Bianca deu um sorriso como se fosse chorar e abriu a bolsa, pensando em oferecer um lenço ao chefe. Então, lembrou-se de que o pacote estava vazio. Seus lenços haviam acabado. Assim como o resto de dignidade que pensava que lhe restava.

Bianca estava praticamente chegando em casa, faltando duas quadras para o seu paraíso particular, quando precisou dar meia-volta. Quase esquecera o almoço com Robson. Eles se conheciam fazia um mês, e ela ainda não perguntara onde ele morava, mas suspeitava que não chegaria a conhecer. Na verdade, resolveu dispensar muitas informações a respeito do rapaz desde que ele decidiu, ao final da segunda semana de namoro, que os dois deveriam morar juntos.

Robson já estava sentado à mesa quando Bianca chegou. Ela o abraçaria por trás e taparia com suas mãos os olhos dele, como casais românticos fazem, mas desistiu quando foi encarada por um menino de cinco anos com a boca cheia de feijão. O melhor era sentar-se logo à frente de Robson, de preferência de costas para a criança.

Ao sentar-se, Bianca reparou que o rapaz estava com fones nos ouvidos. Mesmo notando a presença dela, não fez menção de retirá-los. Ele falou, em tom mais alto que o normal, que já havia escolhido seu prato. Ela pensou em pedir o mesmo, mas não perguntou o que seria para não fazê-lo perder a música que ouvia. Sem dizer nada, Bianca solicitou o cardápio ao garçom e pediu logo o prato do dia; já havia perdido o interesse em escolher qualquer outra coisa. O que ela queria mesmo era levantar-se e deixar Robson sozinho ali.

Como ele não conversava (a música devia estar mesmo muito boa!), Bianca preferiu entreter-se com o movimento ao redor. Tudo lhe parecia mais interessante do que estar sentada com um iPod humano. Agora Robson até mexia os ombros, mostrando-se entusiasmado com a música. Os outros clientes já estavam olhando para Bianca como se ela fosse um ser aquático fora d'água. Era assim mesmo que ela se sentia. E estava salivando de tanto encarar o salmão com alcachofras da mesa ao lado. Precisava mudar o foco. Só lhe restava a criança que comia de boca aberta, mas Bianca estava de costas para o menino.

Então, ela decidiu puxar conversa.

– O que você está ouvindo?

Robson fechou os olhos, quase entrando em êxtase com a música. Aquilo a deixou furiosa. Ela olhou para trás e viu que podia se concentrar na televisão. O problema é que acabaria com um torcicolo terrível se ficasse muito tempo naquela posição. Ela se levantou e pediu que Robson trocasse de lugar. No modo automático, ele obedeceu.

Como Bianca tinha paciência de Jó e estava passando um programa de surfe na tevê, o prato chegou depressa. Robson pedira bacalhau com nata. Ela sentiu inveja dele e espetou o garfo no seu frango supostamente assado, esperando ouvir um cacarejo. Então, Robson esticou o braço e tocou em sua mão. Bianca elevou os olhos esperançosos, pensando que ele iria desligar o aparelho e finalmente almoçar com ela, quando ele perguntou:

– Gata, você sabe o nome do vocalista do Radiohead?

– Você estava ouvindo Radiohead, Rob? – ela perguntou, feliz por iniciar um diálogo.

– Não consigo parar de ouvir esses caras. Eles são demais! Você não sabe o nome do vocalista, né? – Ele voltou a colocar os fones e soltou a mão dela para segurar os talheres.

Se ela não soubesse, se sentiria culpada por não ter uma resposta. O lado consciente do cérebro de Bianca tinha o mau hábito de sucumbir às vicissitudes do caráter humano (no caso específico, a decepção latente com o namorado).

– Thom Yorke – ela murmurou.

– Valeu, gata! É por isso que eu te amo – ele agradeceu, enquanto mastigava uma espinha antes de cuspir no prato. Será que era tudo encenação? Será que ele só ouvia o que ela dizia quando lhe interessava? Será que ela não lhe interessava? Será que seria sempre assim com Robson ou tenderia a piorar? Durante todo o almoço, Bianca degustou suas próprias suposições e conclusões. Mas foi no momento em que Robson fez sinal para o garçom entregar a conta na mão dela que realmente teve certeza: aquele namorado era a própria indigestão. E ela prezava muito o seu bom apetite.

Sem dizer uma palavra, Bianca se despediu de Robson com dois beijinhos no rosto. Quando ele tirou os fones, ela colocou os dela e entrou no carro. Nada como entrar muda e sair calada de uma relação na qual o silêncio é surdo e a palavra é muda. Para quê palavras em um relacionamento entre surdos? Afinal, se o silêncio é a arma dos covardes, pelo menos ela tinha a consciência tranquila. Lidou com Robson de igual para igual.

O céu era uma colcha negra salpicada de brilhantes, e a lua crescente parecia ter sido recortada da bandeira turca e costurada sob um véu escuro. A madrugada era sua hora preferida para escrever. Bianca sentia uma paz oceânica lhe invadir, em ondas de ideias, sussurrando em seu ouvido como o vento soprando numa concha do mar. Bastava sentar-se em frente ao computador e abstrair-se do mundo, que ficava do outro lado da porta do quarto.

O silêncio, do qual apenas as estrelas eram testemunhas, dizia mais do que as palavras que ela escolhia para contar sua história. Era através dele que Bianca ouvia os personagens dialogando, que arquitetava paisagens e delineava os sentimentos em tons, sons e texturas. Para ela, escrever era uma experiência sinestésica, a única atividade que lhe proporcionava estar em dois lugares ao mesmo tempo. Tudo o que ela via e ouvia em um lado era, do outro (o da sua imaginação), o inverso de toda a verdade absoluta e científica. O que lhe dava maior prazer ao escrever era discordar do óbvio, viver o impossível, acreditar nas ilusões. E, talvez, com um pouco mais de café e uma caixa inteira de chicletes de limão, tornar o óbvio impossível e as ilusões, possíveis.

Bianca não queria adormecer, pois estava apenas começando a escrever o seu roteiro. Ela foi até a cozinha, aqueceu o café na xícara, abriu um pacote de bolacha e fez tanto barulho que despertou o pobre periquito. Olhou para o relógio em formato de bule de chá pendurado na parede. Tinha mais três horas de insônia criativa pela frente antes de sair para o trabalho.

Com a cafeína estimulando suas funções cognitivas, voltou para o texto. Já o havia lapidado o suficiente, mas sempre achava que precisava de mais algum ajuste, trocar uma vírgula de lugar ou, até mesmo, em casos extremos (e não raros), recomeçar tudo do zero. Normalmente ela sentia isso quando o relia mais do que cinco vezes. Ela sabia que a quarta vez era o limite. Depois disso, a trama se tornava entediante e suas palavras pareciam desgastadas, frágeis e fáceis demais.

Por que era tão insegura? Por que exigia tanto de si mesma? Por que a preocupação excessiva com a linguagem e a estrutura se escrevia para ela mesma? Ciente de que não obteria tais respostas sozinha, iniciou um diálogo mental com sua protagonista, a quem ainda não havia dado propriamente um nome.

Bianca: O que acha disso, "Sabrina"? – Ela quase podia se ouvir. – Por que você precisa ser tão submissa? Esses tempos dos romances de banca já eram. Estamos no século 21, e agora as mulheres são independentes, corajosas e querem ler sobre protagonistas audaciosas, capazes, guerreiras! Já não ficam esperando que os homens abram a porta do carro, que paguem suas contas ou as convidem para o cinema.

Bianca se frustrava com suas próprias conclusões.

Protagonista: Sério que é assim hoje em dia? Não quero ser do século 21, então. Conte uma história em que eu possa ser cortejada, amada e idolatrada por um cavalheiro da Idade Média!

Ela não precisou pensar muito para discordar.

Bianca: Idade Média é um porre! Não havia eletricidade, água encanada e, o pior, eu precisaria ir à Biblioteca Nacional pesquisar; infelizmente não tenho tempo para isso.

Protagonista: Ok. Então, reinvente algum conto de fadas. Escreva um *remake* da Branca de Neve ou da Cinderela! Eu adoraria ser uma princesa.

Bianca: Não, essas aí estão muito batidas. Parece que até a indústria cinematográfica já viu dias melhores. Desde a greve do sindicato dos produtores de cinema e televisão a criatividade dos roteiristas anda em baixa em Hollywood.

Protagonista: Não precisa pensar tão alto. Você pode escrever esse roteiro para um produtor independente.

Bianca: Quem disse que estou pensando em comercializar o meu roteiro? Escrevo porque gosto. Não é sério. É só um *hobby*.

Protagonista: Se não é sério, por que está tão preocupada se eu vou ser uma "Sabrina", uma "Anastasia Steele" ou uma "Isabella Swan" da vida? Não importa se vou ter os traços de uma personagem romântica de Jane Austen ou se vou ser uma vampira destemida possuída por um íncubo!

Bianca: É isso! – Bianca vibrava consigo mesma, posicionando os dedos sobre o teclado do *notebook*. – Vou juntar as duas! Você vai ser uma mistura de Anastasia Steele com Georgina Kincaid!

Protagonista: Não se renda aos modismos, Bianca... Você é uma donzela. Não há nada de E. L. James ou de Richelle Mead em você. Como vai fazer isso? Soaria forçado demais.

Bianca: E você por acaso me conhece?

Ela pensou um pouco diante de sua própria interrogação.

Protagonista: Acho que conheço melhor do que você.

Bianca: É. Talvez. Afinal, você sou eu. Não dá para dissociar o personagem do autor.

Protagonista: Isso significa que eu venci? Você vai me fazer uma princesa?

As pálpebras pesavam e Bianca já não tinha forças para duelar com sua própria consciência.

Bianca: Desisto. Vou dormir. Amanhã decido quem você vai ser. Ou "eu"... ou se vou conseguir aturar uma protagonista tão chata como eu. Talvez nem escreva mais nada!

Só que, sem perceber, sua história já havia começado. Bianca afofou o travesseiro, encostou a cabeça e dormiu para poder sonhar.

2
PRETENDENTES

A campainha soou três vezes enquanto Helena terminava de esfregar o colarinho de uma camisa do marido. E ia continuar a tocar se não fosse o grito de Bianca para que a mãe atendesse a porta. Helena amaldiçoou o sabão em pó, que, ao contrário do que dizia na embalagem e do que fora anunciado na propaganda da tevê, não tirava mancha de molho de tomate coisa nenhuma. Talvez estivesse sendo injusta com o fabricante do sabão e o problema fosse o molho de tomate enlatado em promoção por R$ 1,19. Ficou frustrada quando chegou à conclusão de que nunca saberia. Depois, largou a camisa dentro do tanque e por pouco não escorregou na poça de água que havia transbordado da máquina de lavar. Ela já havia afogado seu humor na água suja do balde.

Foi preciso verificar o olho mágico duas vezes, mas a segunda foi apenas para confirmar. O rapaz que esperava do outro lado vestia uma camisa azul com símbolos em círculo fazendo referência ao jogo "Pedra, papel, tesoura, lagarto, Spock", criado por Sam Kass e mundialmente conhecido por intermédio do personagem Sheldon Cooper, do seriado *The Big Bang Theory*.

Um *geek*, Helena concluiu sorrindo.

– Boa tarde, senhora – ele saudou com um cumprimento que ela não entendeu: mãos dos lados da cabeça, abrindo dois sinais em forma de "V" com os dedos. Algo como o símbolo <head> na linguagem HTML.

Ela abriu a porta ainda desconfiada. Ele podia ter um sabre de luz escondido em algum lugar da calça. Bobagem. Marquinhos, como Bianca carinhosamente o chamava, era inofensivo. A menos que Helena quisesse disputar com ele um jogo de tabuleiro (no *tablet*, pois ele estaria sempre do lado *online* da Força) como o Monopoly, por exemplo. Ele não admitiria perder terreno de jeito nenhum.

Passou-se algum tempo até que o rapaz se manifestasse. Ele achou o sofá de veludo confortável e até o elogiou. Helena torceu os lábios num sorriso contrariado, pois aquele sofá só estava em sua sala de visitas por causa do inventário de sua sogra, de quem não tinha boas recordações. O Marquinhos não podia ter conhecimento disso, mas era melhor ficar calado e deixar que Helena fizesse as perguntas. Ela só o estava analisando primeiro. Fazia parte do "teste".

– Você é o Marquinhos, não é?

O único comentário que ela ouvira a filha fazer sobre o mais recente namorado é que ele usava óculos de armação quadrada e grossa em estilo *vintage,* o que Bianca havia considerado *cult,* apenas por tê-lo pego emprestado do avô.

– Sim, senhora.

Pelo menos ele não a havia chamado de "tia". O último namorado que Bianca lhe apresentara não só a chamava assim como cismava que ela parecia a Kathy Bates. Era "tia Kat" pra cá e "tia Kat" pra lá.

– A senhora está no céu, meu filho. Me chame de Helena.

– Não gosto de diminutivos, mas a senhora pode me chamar de Marquinhos.

Ela até gostaria de saber do que mais o rapaz não gostava, mas, tendo em conta o seu estilo nerd, seu nível de exigência intelectual provavelmente era acima do normal. Imaginou que a lista deveria ser grande e preferiu deixar para lá.

– Marquinhos, você trabalha em quê?

– Faço doutorado em física nuclear e em setembro viajo em intercâmbio para a Rússia, onde ganhei uma bolsa. Vou fazer o pós-

-doutorado em estudos do plasma, mas o meu objetivo nessa viagem é começar a trabalhar no Centro Budker de Física Nuclear, na Sibéria.

Helena segurou o ar durante um tempo e depois tomou coragem para perguntar:

– Mas quantos anos você tem, Marquinhos?

– Tenho 22, senhora. Desculpe, *Dona Helena*.

– Por acaso o seu pai é militar?

– Sim, senhora. Por quê?

– Só curiosidade.

Ela simplesmente não sabia mais o que perguntar àquele jovem Einstein sentado à sua frente, de pernas e All Star cruzados e uma expressão intelectiva demais para quem estava a minutos de ir ao cinema assistir ao último desenho animado da Pixar. Limitou-se, então, a tirar uma conclusão.

– Seus pais devem estar muito orgulhosos.

Ele piscou duas vezes seguidas e respondeu:

– Eu não conheci a minha mãe; e o meu pai está em serviço secreto fora do Brasil há quatro anos.

Ok. Não era a primeira e não seria a última vez que ela daria um tiro n'água.

– Eu vou lhe trazer algo para beber. Fique à vontade.

Enquanto Marquinhos ficava à vontade com seu *smartphone*, Helena posicionou-se por trás da porta da cozinha e ficou espiando durante algum tempo. Ela não se admiraria se ele estivesse gravando a conversa para mostrar para Bianca. Como não esperava nada pior nem nada melhor da parte dele, saiu de trás da porta e ofereceu ao rapaz uma latinha de Coca-Cola *Space Invader Edition*. Ela suspeitava de que havia acertado no rótulo.

O barulho engasgado do motor de uma moto obrigou Helena a diminuir o volume da tevê, e logo o cheiro de combustível queimado entrou pela janela. Ela foi até a cortina e, sem abri-la completamente, espiou para fora. De uma moto Honda customizada desceu um homem imenso para as proporções de uma pessoa normal e, ainda assim, sem espaço suficiente para sequer mais uma tatuagem. Diante daquela visão do Exterminador do Futuro, Helena uniu as palmas das mãos e pôs-se a rezar para que o rapaz batesse em outra porta. Seus santos não a ouviram, mas Bianca teria que ouvir.

Helena disparou pelas escadas e esmurrou a porta do quarto da filha. Bianca deixou de lado a meia-calça que tentava vestir.

– Que escândalo, mãe!

– Você ainda não viu nada, Bianca – Helena ameaçou, colocando as mãos na cintura.

– Você vai precisar atender o Pedrão – comunicou.

– Pedr... *Pedrão*? Você está falando sério ou está zoando com a minha cara, Bianca Villaverde?

– Mãe! Não custa nada, pô! Eu estou terminando de me arrumar.

Helena reparou que Bianca havia se esmerado na escolha da roupa e das bijuterias. Até pretendia colocar salto alto.

– E você está se arrumando desse jeito para aquele... aquele... troglodita? – Ela respirou fundo. – Pronto, falei.

– Dona Helena, ele é grandão assim por fora, mas é muito mansinho. Você vai gostar dele.

– *Mansinho*? Ai de você se usar esse termo para definir um namorado diante do seu pai. Filha, você está mais perdida do que eu pensava. Vou precisar tomar uma atitude drástica.

– Tipo o quê?

– Tipo falar com o seu pai.

– Tudo bem – Bianca desdenhou, sentando-se novamente na cama para tentar, pela última vez, vestir a meia-calça.

Helena estava a meio caminho da porta quando a campainha soou. Junto com o rapaz, entrou toda a fumaça do cigarro que ele apagou na entrada da casa. Desta vez ela estava tensa demais para iniciar uma conversa e preferiu deixá-lo à vontade para ir buscar a bebida. Não era preciso conversar com ele para saber o que deveria lhe oferecer.

Da cozinha, Helena tinha a visão periférica de toda a sala de estar, e a visita não tinha como saber que ela estava observando. Ela aproveitou e se serviu da mesma bebida para relaxar. Depois de três goles, engasgou. Não é que o Pedrão tinha acendido um cigarro dentro de sua casa? Onde será que ele havia visto um cinzeiro? Enquanto fumava, o rapaz estalava todo e qualquer membro do seu corpo ao mínimo movimento.

Depois dos dedos das mãos, o pescoço era o que ele parecia mais gostar de estalar. Estava sempre movimentando-o de um lado para o outro. Os tiques estavam deixando Helena nervosa. Mais nervosa do que acreditava ter motivos para estar.

— Aqui está! – disse Helena, oferecendo o chá de erva cidreira ao rapaz.

Pedrão segurou a aba da xícara e agradeceu com um meio-sorriso. Ao reparar nas cinzas prestes a cair sobre o seu tapete persa (era industrializado, mas fazia vista), Helena ofereceu também o pires para servir de cinzeiro.

— Não sei se você gosta, mas as propriedades deste chá são maravilhosas – Helena falou.

Tais como, por exemplo, o efeito relaxante e sedativo que ele provoca, aliviando a vontade de fumar.

— Eu conheço. A minha avó costumava fazer como chá medicinal para curar problemas gástricos. Eu sempre tive muita flatulência quando era criança.

Helena cerrou os lábios e os mordeu para dentro, tentando disfarçar uma expressão que pudesse transparecer o quanto estava incomodada.

— Você faz o quê, Pedrão? – perguntou, num tom mais tenso.

— Sou policial. Em breve, um caveira. – Ele tragou a fumaça do cigarro e a expulsou devagar pelas narinas, refletindo sobre o que ia dizer a seguir: – Estou terminando o treinamento no BOPE. Desde pequeno, sempre foi o meu sonho ser da elite.

Os olhos de Helena se tornaram duas bolas de gude.

– Você já contou isso para a Bianca?

– A Bia me apoia cem por cento, Dona Helena. Ela dá a maior força. Inclusive, foi ela que escolheu a minha última tatuagem. Olha só que massa!

Ele levantou a manga da camisa, descobrindo um musculoso bíceps tatuado com um logo estilizado da caveira do Batalhão de Operações Policiais Especiais.

– Minha filha... escolheu? – ela perguntou, quase sem voz. – Estou surpresa. Ela deve estar *louca*... por você, Pedrão.

– Quero casar com a sua filha, Dona Helena. Ela é a mulher ideal para mim. Um dia vou tatuar o nome dela no meu corpo. – Ele procurava um lugar exposto em que ainda pudesse caber a homenagem.

Helena engoliu em seco e tomou a xícara da mão de Pedrão, pedindo licença para beber todo o chá que ele nem sequer havia experimentado. Mas não era exatamente daquilo que ela estava precisando.

Um perfume que parecia copal peruano, uma essência sagrada para maias e astecas, invadiu a casa no momento em que Sayri entrou. Quando Helena espirrou, ele mesmo se adiantou e explicou que era uma importante proteção contra os maus espíritos. Helena preferiu guardar os comentários para si mesma e o convidou a sentar. O boliviano havia conhecido Bianca na sua presença, na ocasião de uma visita ao Forte de Santa Cruz, em Niterói. Como Bianca terminara o namoro havia pouco tempo com Pedrão, decidiu trocar telefones com o sujeito, para desgosto de Helena. Por mais que ela tivesse conseguido subtrair o contato de Sayri do bolso da filha e atendido todas as ligações a partir daquele dia, o rapaz tanto insistiu que conseguiu reencontrar Bianca.

– Então vocês voltaram a se encontrar! Que coincidência! – exclamou Helena.

— Sim, foi incrível. Por isso é muito especial isso que nós temos. Parece que fomos predestinados – ele comemorou, com o sotaque mais carregado em algumas palavras.

— Ah, eu duvido – ela protestou. – Vocês são muito jovens ainda e podem conhecer outras pessoas. Não devem se prender a essas coincidências. São *meras* coincidências.

— Não. Nada é por acaso, Dona Helena. Tudo tem um por quê. E o fato de eu e sua filha termos nos cruzado significa alguma coisa.

Helena tinha suas próprias opiniões sobre o que significava, mas preferiu, mais uma vez, guardá-las para si.

— Por falar em significado, o que o seu nome quer dizer?

— É um nome quíchua que significa "príncipe". Vou cuidar de sua filha como uma princesa – ele completou, tirando uma fotografia do bolso da calça. – Esta é a minha família, Dona Helena. São pessoas simples, mas muito boas e espiritualizadas. Eu quero levar Bianca para conhecê-los.

Helena pegou a foto da mão de Sayri e o papel tremeu em sua mão.

— Na aldeia? – perguntou, com a voz um pouco mais alta do que antes.

— Sim, somos descendentes de uma tribo do sul dos Andes, e lá temos nossas terras. Mas não se preocupe. Não quero viver lá com a Bianca. Quero morar aqui, me casar com a sua filha e legalizar a minha situação.

— Parecem bons planos para *você*. – Ela se levantou repentinamente: – Vou buscar algo para bebermos.

Enquanto Helena abria a geladeira e tirava a garrafa de água, observava Sayri beijar a fotografia de sua família. Ela, então, pensou na conversa séria que teria naquela noite com Bianca. Não dormiria enquanto a filha não voltasse para casa. Afinal, era sua única filha, sua menina, sua pequena, sua princesinha.

No momento em que aquela gota cristalina deslizou lentamente pelo copo, Helena se deu conta de que o problema não estava nos rapazes com quem Bianca namorava, mas na própria Bianca, nas escolhas que fazia. Podiam até ser bons rapazes, mas não eram os rapazes certos para ela, tampouco era ela a escolha certa para eles.

    Se o destino fosse límpido como a água, as decisões seriam mais fáceis. Mas a realidade era turva. Principalmente porque era assim que Bianca se enxergava.

3
PAIS

— Filha, você não acha estranho que todos eles quisessem casar com você? – perguntou Helena.

— O Marquinhos nunca falou em casamento – respondeu Bianca, tirando os sapatos, que quase deformaram seus dedos.

— Isso porque ele estava de mudança para a Sibéria, Bianca! O que você achou que eles pudessem te oferecer?

Bianca não respondeu e começou a desfazer a cama para se deitar. No momento em que puxou o cobertor, a mãe segurou sua mão com força.

— Responda!

— Eu não estou entendendo por que você resolveu pegar no meu pé agora. Ah, já sei! As novelas andam muito chatas, o papai não te dá a mínima e eu me tornei o seu novo passatempo.

Helena segurou a vontade de dar um tapa no rosto de Bianca. Em vez disso, ela precisava ajudar a filha.

— Tudo bem, Bianca – ela se sentou na cama. – Vamos ter essa conversa com ou sem o seu pai. Não quero que você me interprete mal, mas chegou a um ponto em que eu não posso mais me omitir. Vou falar do meu jeito. – Encarou a filha: – Você não se valoriza. É insegura, volúvel e indecisa.

— Uau! – exclamou Bianca, caindo na cama. – Você pensa isso tudo de mim?

— Se você pegar um espelho agora, vai ver a mulher linda que se tornou, mas por dentro você está um trapo. Você se menospreza, se subestima e se desvaloriza, Bianca.

Bianca se levantou da cama num salto e foi para o banheiro remover a maquiagem. Enquanto ignorava a mãe, esfregava o rosto com força. Helena balançou a cabeça.

— Não vai adiantar se revoltar comigo.

— Não é com você que estou revoltada! É comigo! Pensa que eu não sei que você tem razão? É que não é bom ouvir essas coisas. Não é bom que alguém nos diga o que tentamos esconder de nós mesmos, mas que qualquer cego pode ver. Não acho que sou boa o suficiente em nada, nem com ninguém — desabafou ela, enquanto o rímel preto escorria no rosto e caía, manchando a pia. As lágrimas se misturavam à água da torneira.

Helena sentiu vontade de abraçar a filha, de lhe dar colo. Mas não era momento para isso. As verdades, por mais duras que fossem, precisavam ser ditas, e Bianca precisava aprender a se sustentar sozinha diante delas.

— Filha, você é linda, inteligente, talentosa, sensível... Você é um sonho de namorada para qualquer rapaz, é a funcionária exemplar para qualquer empresa! Quando foi que começou a duvidar tanto de você mesma? — Helena olhou brevemente para o porta-retrato na mesa de cabeceira, cuja fotografia mostrava a pequena Bianca brincando de fazer castelos de areia na praia, ao lado do pai. — Você não pode deixar que essa autoimagem deturpada a impeça de ser quem realmente é. Não se esconda embaixo dessa camuflagem de romances. Esses relacionamentos só a fazem sentir pior. Esses rapazes não pensavam em você. Só pensavam neles. Mesmo que eu não tivesse conversado com eles, só de olhar dava para ver que nenhum era o seu príncipe encantado.

Bianca tinha a expressão vidrada na sua imagem de cara limpa no espelho. Ela agora se enxergava sem a maquiagem, o rosto ainda de menina e os olhos brilhantes pelos sonhos derramados ralo abaixo.

— Príncipes em cavalos brancos... — ela sorriu discretamente. — Os contos de fadas iludem as crianças. Eu me deixei e me deixo iludir até hoje. Se deixar de acreditar nisso, a esta altura da minha vida, vou deixar de acreditar no amor. Preciso procurar um sapo que queira ser transformado em príncipe. Existe uma lenda sobre isso, não existe? Eu preciso da prova dos nove!

Helena massageou a testa, que começava a latejar. Resgatar a filha seria mais difícil do que ela pensava. Simplesmente porque não dependia dela.

— Ah, entendi. Então você acha que vai ser a donzela heroica desses marmanjos? Está mesmo disposta a perder o seu tempo tentando transformar sapos em homens perfeitos?

Bianca se aproximou da mãe e pegou sua mão, ajoelhando-se ao seu lado, no chão.

— Mãe, eu sei que o homem perfeito não existe. E eu não estou buscando isso. Justamente eu, que vejo tantos defeitos em mim, que estou sempre amplificando as minhas imperfeições. O que eu desejo é encontrar um homem que tenha um coração bom por trás de uma aparência que não revele isso. Quanto mais perigo eu sinto numa relação, quanto mais eu sinto que vou sair machucada, quanto mais eu sei que não vai dar certo porque o cara não tem nada a ver comigo, mais eu quero arriscar e desafiar esse homem a ser o que eu espero que ele seja.

— Isso é loucura, Bianca! — Helena se exasperou, soltando a mão da filha. — E o que você espera que esse homem seja?

— Ele só precisa ser perfeito para mim. Tudo o que eu preciso é que ele me desafie a confiar nele. Quando isso acontecer, ele vai ganhar o meu coração para sempre.

Bianca ainda acreditava em contos de fadas, e Helena percebeu que somente um amor verdadeiro poderia recuperar a autoestima de sua filha. Mas quem seria essa pessoa que desafiaria Bianca e que se deixaria desafiar por ela? Que sapo acreditaria que poderia se transformar em príncipe?

Como de costume, Ronaldo chegou cansado do trabalho, atirou a pasta de advogado no sofá e foi até a cozinha, onde encontrou Helena escorada na porta da geladeira. Ele pediu licença, mas ela não se moveu. Ronaldo conhecia aquela expressão no rosto da mulher. Das duas uma: ou Bianca havia aprontado alguma, ou algum eletrodoméstico havia pifado.

– Temos que conversar sobre a Bianca.

Apesar do tom grave na voz da esposa, Ronaldo suspirou aliviado. Se precisasse parcelar mais alguma compra naquele mês, entraria no cheque especial. Começo de ano era difícil para equilibrar as contas e, para dificultar, o salário de Ronaldo não era sempre o mesmo. Havia meses em que ganhava mais com os honorários, mas em outros meses ele lamentava não ter prestado concurso público quando era mais jovem. Hoje poderia trabalhar para o governo, com garantia de estabilidade financeira.

– Estou cansado, Helena. Precisa ser agora? – ele perguntou, quase num apelo.

Ela abriu a geladeira, tirou uma garrafa de limonada suíça fresquinha, que acabara de fazer, e serviu Ronaldo.

Helena tinha prazer em agradar o marido, e ele gostava de ser paparicado. Ela achava que o mínimo que podia fazer era cuidar bem dele, já que abandonara seus estudos na faculdade quando a filha do casal nasceu. Depois, por opção dela mesma, Helena nunca mais voltou a trabalhar.

Helena e Ronaldo se conheceram enquanto estudavam Direito. Chegaram a trabalhar juntos durante um tempo, até se casarem e Helena descobrir que estava grávida. Ronaldo apoiou a decisão da mulher. Pensava que seria melhor se a filha tivesse a presença da mãe em casa. Contudo, especialmente quando as despesas da casa começaram a aumentar, ambos perceberam que aquela havia sido má escolha; Bianca havia se tornado uma adolescente muito dependente dos pais. Eles até tentaram definir o seu perfil no teste vocacional, mas Bianca, sem pensar demais, escolheu a mesma profissão do pai. Ronaldo sempre soube que não era a vocação da filha, mas a respeitou. Não iria adiantar nada a sua contestação. Quando Bianca decidia uma coisa, não havia quem lhe tirasse da cabeça.

– Eu tento poupar você desses problemas, mas não dá mais para adiar – ela lamentou.

Ronaldo deu um gole na sua limonada e se sentiu quase renovado.

– Bianca está em casa?

– Foi ao cinema com a Soninha – Helena respondeu. – Pelo menos isso! É bom que saia com as amigas em vez de ficar procurando namorado o tempo todo.

– E o que você acha que amigas fazem quando saem juntas, Helena?

– Ah, Ronaldo... Eu não me lembro mais de como é isso!

– É só ligar a tevê e ver a novela. A juventude de hoje ainda é pior que a do nosso tempo! Na nossa época pelo menos os relacionamentos eram duradouros. Hoje em dia...

– Sua filha namorou quatro rapazes nos últimos seis meses – Helena informou.

Ronaldo quase engasgou com a limonada. Ele ainda não havia percebido o quanto estava ácida. Sem dizer nada, foi até o pote do açúcar e começou a derramá-lo no seu suco. Já estava na quinta colher quando a mulher tirou o copo de sua mão.

– Ela está muito sozinha, Ronaldo.

– Isso não se chama solidão. Se chama carência afetiva.

– Para mim dá no mesmo.

Ele retomou o copo e bebericou a limonada, reflexivo.

– Vamos fazer uma viagem. Nós três! Qualquer lugar... Pode ser aqui pertinho, São Lourenço, um lugar calmo. Vamos ficar juntos, fazer companhia uns aos outros. Vai ser bom para a Bianca!

– Ronaldo, você está com a corda no pescoço, cheio de dívidas! E, mesmo que tivéssemos dinheiro para isso, a Bianca não está precisando da gente agora. Ela está precisando se apaixonar por alguém.

Ronaldo passou a mão pelo cabelo e se deu conta de que precisava ir ao barbeiro. Não se lembrava de como era a vida quando tinha tempo para isso.

– Helena, a Bianca está na idade de conhecer rapazes. Em algum momento ela vai escolher um, vai casar e ter filhos... Você não acha que está se preocupando à toa? Nossa filha é responsável.

– Não. A Bianca está escolhendo os rapazes errados! Ela não está se valorizando.

– E o que você acha que devemos fazer? Dizer a ela que é ótima em tudo o que faz? Dizemos isso a ela o tempo todo!

– Temos que fazer mais do que isso.

Sua mulher abriu, em cima da mesa, o jornal em uma página que anunciava um programa de bolsas para um curso de roteiro em uma das melhores escolas de cinema dos Estados Unidos, a The New York Film Academy. Antes que Ronaldo pudesse questionar, ela se adiantou e explicou:

– Tudo começa com a autoestima da Bianca. Se ela fizer aquilo de que mais gosta, vai ser boa no que faz, vai ter orgulho de si mesma e só vai atrair coisas e pessoas boas para o seu lado. A Bianca precisa se valorizar primeiro para ser valorizada. Se ela se sentir confiante, vai conhecer os rapazes certos para ela.

– Ok, *Oprah*. Mas, antes, é preciso que a Bianca escreva um roteiro e envie para lá – Ronaldo alertou, lendo o texto do anúncio.

– Todas as noites a luz do quarto dela fica acesa até tarde da madrugada. Ela deve ter alguma coisa escrita.

Helena agarrou a mão do marido, e os dois os foram até o quarto da filha. Começaram bisbilhotando a escrivaninha, na qual uma infinidade de papéis soltos e anotações sem sentido se emaranhava num caos que com certeza só Bianca compreenderia. Ronaldo sentia-se violando a privacidade da filha e perdeu meia hora refletindo sobre abrir ou não uma gaveta. Helena percebeu o dilema do marido e lhe fez esse favor.

– Se isso te faz sentir menos culpado... – disse ela, removendo pastas de dentro do gavetão embutido na armação da cama. – Pronto. Agora me ajude a procurar.

– Isso não é certo, Helena. É melhor mostrar o jornal para a Bianca e deixar que ela decida.

Helena se irritou com a repentina crise de consciência de Ronaldo.

– Eu acabei de dizer que a nossa filha está com a autoestima baixa. Você acha mesmo que ela vai enviar o roteiro para o programa? Ela vai desdenhar, dizer que estamos sonhando. E ainda é capaz de se sentir pior por se dar conta do quanto não confia em si mesma.

– E a concorrência? Não é um concurso qualquer, Helena.

– Você nunca leu nada que a sua filha escreveu, né?

Ele franziu as sobrancelhas.

– Serve cartão de aniversário?

Helena sustentou a testa com a mão e começou a espalhar no chão tudo o que havia dentro da gaveta.

Bianca tinha todos os seus escritos guardados ali. Helena pegou uma pasta azul, que chamou a atenção de Ronaldo por conter um adesivo com letras garrafais: TOP SECRET. Sem pestanejar, ela a entregou na mão dele e ficou na expectativa de que ele abrisse.

– Faça alguma coisa pela sua filha! Não seja covarde.

– Você está certa. Além de pai ausente, sou um covarde... e um bandido. Nunca me aproximei da minha filha para prestar atenção que ela escrevia e agora você me pede para fuçar nas coisas dela como se eu fosse um criminoso.

– Pense que está fazendo isso para salvar a Bianca dela mesma, das inseguranças dela. Se nós não fizermos isso, quem fará? É o que está ao nosso alcance agora.

Ronaldo temia encontrar ali algo que pudesse mudar completamente a visão que tinha da filha. Talvez fosse um diário, e ele não se sentia preparado para enfrentar as revelações que poderia encontrar.

Sentindo-se mais pressionado do que incentivado pela mulher, ele respirou fundo e tirou os elásticos da pasta. O calhamaço de cem páginas tinha um título: "Meu Pai, Meu Herói".

Pensando bem, Ronaldo teria preferido parcelar um eletrodoméstico em 12 vezes sem juros do que se deparar com uma dívida tão maior com sua filha. Ele precisava urgentemente recuperar os últimos 23 anos de paternidade. Bianca precisava mais dele do que ele imaginava.

Por que a filha nunca havia lhe mostrado aquilo, se era sobre a relação entre eles? Onde Ronaldo estivera durante tanto tempo? Ah, ele sabia: defendendo causas de famílias desmembradas. Divórcios, pensões alimentícias, guarda de filhos e outras tragédias sociais. Enquanto isso, em sua casa, Bianca passava noites em claro escrevendo sobre um pai que idolatrava sem conhecer, um herói que ele sabia que nunca havia sido. Alguém que só aparecia nos momentos de urgência, mas nem sempre quando ela mais precisava.

Sua ausência, no *script* de Bianca, se tornaria pública. Mas só ele sabia onde havia errado. Será que ainda teria tempo para corrigir o erro?

Helena segurou sua mão e sorriu. Depois disse:

– Está na hora de vestir a capa vermelha, Ronaldo. É a sua chance de se tornar o herói por quem Bianca sempre esperou.

4
O PLANO

Ronaldo havia passado a noite em claro lendo os manuscritos das crônicas e das estruturas de roteiro inacabadas de Bianca.

Ele não se importou com as olheiras na manhã seguinte, pois sonhara como não acontecia havia muito tempo. Embora soubesse que não dependia apenas da sua vontade, quando colocou o roteiro no envelope, acreditou que estivesse colocando ali uma candidatura vencedora. No dia em que aquele envelope fosse aberto e Bianca ganhasse a bolsa, ele poderia se redimir para sempre com sua filha.

Ronaldo preencheu os dados do formulário de inscrição com um dicionário inglês-português a seu lado. No espaço reservado para o "Relato Minucioso Justificando o Pedido de Bolsa", ele não precisou de muitas palavras para expor o significado da homenagem que a filha lhe fizera. É claro que precisou se colocar no lugar dela e escrever a narrativa em primeira pessoa, e isso lhe rendeu algumas lágrimas.

– Não vou falsificar a assinatura da minha filha – ele disse, entregando o papel nas mãos da mulher.

– Você é um frouxo mesmo, Ronaldo! – Ela pegou o papel e declarou, senhora de si: – Não é você quem vai assinar. É a própria Bianca. Ela nem precisa saber o que está assinando.

– Isso não torna o que estamos fazendo menos condenável.

Helena bufou, soprando a franja para o lado.

— Ronaldo, eu juro que estou perdendo a paciência com você.

— Eu sei que estamos fazendo isso pelo bem dela. Mas estamos também a forçando a fazer essa viagem.

Ela abriu um largo sorriso na direção do marido e lhe deu um beijo estalado na testa.

— O que te deu agora? – ele questionou.

— Gostei da forma como você falou. Você acredita que a Bianca vai conseguir.

— Nunca tive dúvidas sobre a capacidade da nossa filha quando quer alguma coisa, Helena. Ela só precisa querer para acreditar. E, depois de tudo o que eu li, percebi que ela nunca quis tanto alguma coisa como quer ser roteirista. Ela só não acredita nisso ainda.

Assim que Bianca acordou, foi direto para a cozinha fazer seu misto-quente matinal. Para sua surpresa e estranhamento, a mãe já o havia preparado, juntamente com três copos de suco de graviola, o favorito de Bianca. Sobre a mesa da copa, onde os pais a aguardavam, entre os papéis para a mudança da operadora do celular, estava a ficha de candidatura da bolsa, estrategicamente localizada entre duas impressões exatamente iguais.

— São muitas vias... – reclamou Bianca, terminando de assinar a última folha.

Assim que as entregou para a mãe, Ronaldo não perdeu tempo:

— Você costuma assinar papéis sem ler, Bianca? Isso é inadmissível para uma advogada.

Bianca arregalou os olhos, irritada com a observação do pai. Pertinente, porém inconveniente.

— É bom saber que eu não posso confiar nos meus pais. – Ela ergueu o braço. – Posso ver o que acabei de assinar?

Helena lançou um olhar fulminante para Ronaldo, que encolheu os ombros.

— Não concordo em fazer isso por baixo do pano, Helena — assumiu ele.

— Fazer o quê? — indagou Bianca, começando a ficar assustada.

A mãe devolveu os papéis para a filha:

— Em setembro você vai para os Estados Unidos estudar roteiro.

— O quê?! — Enquanto lia a ficha de cadastro, se perguntava se os pais haviam enlouquecido.

Ela reconhecia que tinha uma cota de responsabilidade naquela loucura. Havia esticado demais a corda ao levar todos aqueles caras para a mãe conhecer. No fundo, sabia que não obteria a aprovação dos pais a respeito de nenhum dos seus relacionamentos, e, mesmo assim, não se importou de expô-los. Talvez tivesse feito isso para ser notada, uma hipótese que detestava. Não era legal se assumir tão carente. Por outro lado, reconhecer para os pais o quanto estava precisando de ajuda também não era legal. E agora eles estavam ali, examinando-a como se ela fosse uma cobaia.

— Não precisam ficar com essa cara de pânico. Eu não vou tirar o coração de vocês pela garganta e comer. Ok, os zumbis fazem isso, mas ainda não cheguei a esse ponto.

A mera imagem fez Ronaldo desistir do resto de mamão que tinha em seu prato. Sem que seus pais tivessem tempo para impedir, de uma só vez, ela rasgou o documento. Helena não disse nada, apenas se levantou e foi até a pia ocupar-se com a louça. Ronaldo continuou à mesa, em estado de choque.

— Por que não nos deixa ajudar você, Bianca? Essa é uma oportunidade que...

— O que você sabe sobre mim para tentar me ajudar, pai? — ela reagiu, indignada, e fez uma pausa para o rosto encher-se de rugas. — Qual roteiro vocês estavam pensando em mandar?

Ronaldo baixou a cabeça. Bianca olhou para os papéis que havia rasgado ao meio. O choro de Helena era abafado pelo jato que caía da torneira na cuba de alumínio da pia.

Anexo 1
Relato Minucioso Justificando o Pedido de Bolsa:
"Eu sinto a falta do meu pai. Sinto tanto que sou capaz de fingir que não sinto para que eu mesma pense que não sinto. Sinto tanto que precisei criar uma história em que não sentisse falta dele. Eu gostaria de ter a oportunidade de ver a ficção se tornar realidade, por isso escolhi este roteiro para participar do concurso. Talvez os jurados não o considerem apto do ponto de vista técnico, mas eu acredito que uma boa história não é escrita apenas com técnica. Coloquei razão e sentimento neste roteiro. Essa é a história de uma filha que ama o pai e que espera que ele se torne, um dia, o seu herói. E é também a história de um pai que fará de tudo para resgatar na filha os seus sonhos e ideais. Esse é o meu sonho. E é o sonho do meu pai."

– Você é o meu herói independente de poder ou não realizar os meus sonhos, pai.

As lágrimas de Bianca foram enxugadas na camisa de Ronaldo. O abraço fez Helena deixar a torneira ligada e correr para junto dos dois.

– Eu sei que vocês estão tentando se livrar de um problema, mas agradeço a preocupação mesmo assim.

– Não é isso, filha! – exaltou-se Ronaldo. – Nós queremos que você encontre a felicidade em algo que te realize. Muitos dos problemas de autoestima estão ligados ao que fazemos do nosso tempo. Você precisa se ocupar de coisas que lhe deem prazer, que lhe façam sonhar mais alto e lutar pelo que quer.

– E quem disse que eu vou conseguir?

– Se você não tentar, nunca vai saber – incentivou. – E sabe o que eu acho? Acho que eu e sua mãe um dia ainda vamos conhecer o Kodak Theater.

– Não viaja, pai!

– É, Ronaldo. *Menos.*

– Menos não. Mais! Nossa filha vai rodar um filme nos Estados Unidos e ainda vai ganhar um Oscar representando o Brasil. O Walter

Salles não trouxe as estatuetas em 98, o que foi uma baita injustiça. Mas você vai trazer. Você é o nosso maior orgulho, Bianca, mas um dia ainda vai ser orgulho nacional. Ouçam o que eu estou dizendo!

Bianca e Helena se entreolharam, confusas. Será que Ronaldo estava falando sério? Bianca ainda não conseguia sequer imaginar ser selecionada para a bolsa de estudos, quanto mais viver de escrever roteiros um dia.

– Foi o passarinho azul que te contou? – debochou Helena.

– Foi. E ele nunca mentiu para mim – ele respondeu, sorrindo para Bianca.

Bianca sorriu de volta e juntou os dois pedaços divididos do papel. Ela precisaria preencher uma nova ficha.

– Pai, se importa se eu não usar o seu texto no formulário? Ele está muito lindo, mas é piegas demais.

– E também não é exatamente um "relato minucioso" – completou Helena.

Ronaldo deu de ombros:

– Filha, você é a escritora.

Bianca mordeu a ponta da caneta:

– Pensando bem, esse relato apelativo pode ser algo inédito para eles. Nem que seja por curiosidade, vão querer ler o roteiro. Não acham?

Helena torceu o nariz, mas Ronaldo ficou contente e não tentou disfarçar. Pegou a filha nos braços e a levantou no colo como se ainda fosse a sua menininha. A alegria durou até ele sentir uma pontada nas costas, que o obrigou a pousar Bianca no chão.

Sua menina havia crescido, e só agora ele se dava conta de como isso aconteceu depressa. O bom é que nunca é tarde para recuperar o tempo perdido.

5
A VIAGEM

Ainda havia montes de roupas espalhadas sobre a cama, e outras tantas formando um tapete ao longo do piso de assoalho do quarto. Quando Helena entrou, pensou estar tendo a visão de uma pós-insurreição armada. Não havia muito espaço para pisar sem que fosse sobre casacos de inverno, meias de lã e cachecóis cheirando a mofo.

– Você ainda pretende viajar? – ela perguntou, recolhendo as peças conforme andava.

– Mãe, não dá! – gritou Bianca, histérica até a ponta dos cabelos emaranhados de tanto puxar.

Helena chegou ao lado da filha e, com as mãos em seus ombros, sacudiu-a com vigor. Bianca a encarou, assustada.

– Você chegou até aqui. Seu roteiro foi aprovado entre os primeiros lugares e você está cogitando perder essa oportunidade porque não consegue se organizar? Você só pode ter herdado isso do seu pai! Esse tipo de atitude covarde diante de tudo o que é novo... é típico dele.

Helena sabia que quando começava a falar de Ronaldo para Bianca, a jovem virava bicho.

– Para de falar besteira, mãe! O papai nem está aqui para se defender! Ele não é covarde. Eu não sou covarde. – Bianca despencou na cama, choramingando: – Só não tenho roupa, mãe. A resposta da bolsa veio muito em cima da hora. Não posso mudar a vida inteira em uma semana!

– Pode e deve! É exatamente disso que você precisa. – Helena pegou uma echarpe amarela e a entrelaçou com uma vermelha, arrumando-a no pescoço de Bianca. – E roupa é o que não te falta. Você só precisa improvisar um pouco. – Ela estendeu a mão para a filha.

Helena conseguiu arrancar um sorriso do semblante preocupado de Bianca, que segurou sua mão macia com a ânsia de um náufrago que encontra socorro.

– Só estou insegura, mãe. E com medo também. É um sonho que está se realizando, e eu não quero fazer besteira. Se eu fizer, não vou ter você lá comigo.

– Você vai se sair muito bem – concluiu Helena, enfiando um gorro na cabeça da filha.

Ronaldo já havia perdido a conta de quantas vezes havia lido e relido a carta de aprovação da New York Film Academy. Alguns trechos estavam até manchados pelas lágrimas derramadas no papel. Ao mesmo tempo em que sentia uma alegria imensa, sentia um aperto estranho no peito, algo que nunca experimentara antes. Ele não sabia exatamente o que era, mas desconfiava que fosse saudade. Nunca havia ficado longe da filha por tanto tempo. E, mesmo considerando-se um pai ausente a maior parte do tempo, só quando os três estavam juntos, Ronaldo sentia que sua família estava completa.

E agora? Seriam só ele e Helena, numa casa de dois andares ainda maior, mais silenciosa e mais monótona. Ele não teria com quem implicar sobre o rumo da novela das nove, não teria quem lhe fizesse bolo de cenoura aos sábados de manhã, não teria com quem gritar para baixar o volume da música, não teria com quem trocar ideias e se aconselhar sobre seus processos. Puxa, mas ele era mesmo um chato! Bianca não sentiria falta de nada daquilo. Ela estaria feliz, fazendo novos amigos, estudando e aperfeiçoando seu inglês, redescobrindo-se em sua vocação.

Agora, que finalmente ele queria recuperar o tempo perdido, sua filhinha partiria por oito semanas. E se esses dois meses se transformassem em anos? Se ela fosse aprovada com louvor na primeira fase do curso, poderia prorrogar o visto e a estadia até completar os três anos de bacharelado em *Fine Arts in Screenwriting*. Estava escrito naquele papel, que ele já lera trocentas vezes. E se ela nunca mais voltasse? E se decidisse se mudar de vez para Nova York? Sim, Bianca faria isso. Romântica como era, se encontrasse seu destino ao lado de algum rapaz americano, não pensaria duas vezes em deixar seus pais e seu país.

Ronaldo subiu as escadas pulando os degraus de dois em dois. Ao chegar à porta do quarto da filha, encontrou a mulher terminando de dobrar uma calça. Os dois não precisaram pronunciar nenhuma palavra. Em 24 anos de casamento, conheciam muito bem os olhares um do outro. Eles se abraçaram em silêncio. Foi essa a cena que Bianca encontrou quando entrou no quarto. Ela também não disse nada; apenas envolveu os dois com seus braços e encostou a cabeça nas costas do pai. Aquela deveria ser a melhor sensação do mundo. Queria levá-la consigo.

A mala não fechava de jeito nenhum, e Bianca precisou sentar nela para que o pai conseguisse dar toda a volta no zíper.

– E você ainda disse que não tinha roupa! – exclamou Helena.

– Isso é para eu conseguir resistir às liquidações da Macy´s – replicou Bianca.

– Filha, não se preocupe com o dinheiro. Compre o que precisar para ficar confortável. E, assim que chegar ao apartamento, ligue para a gente – pediu o pai.

– Pode deixar, Capitão Ronaldo! – Ela bateu continência. – Mais alguma recomendação?

– Não ande à noite sozinha. Nova York é uma cidade muito perigosa.

– Não é bem assim, mãe.

– É bem assim, sim! Não pegue o metrô à noite – reafirmou o pai.

– Cuidado com os guetos – continuou a mãe.

– Não fale com estranhos, nem aceite favores deles – lembrou o pai.

Bianca revirou os olhos, arrependida de ter dado abertura.

– Não entre em nenhuma loja de conveniência a partir das 10 da noite – mencionou Helena.

– E não pare em motéis de beira de estrada – disse Ronaldo.

A enxurrada de recomendações continuou até que Bianca os interrompeu:

– Ok, ok! Façam uma lista, pode ser? – ela disse, soltando uma gargalhada. – Posso fazer a minha recomendação agora? – Os dois confirmaram com a cabeça, curiosos, e ela prendeu o riso: – Pelo amor de Deus, criem uma conta no Skype!

Bianca olhou para o seu quarto pela última vez antes de fechar a porta. De repente, sentiu vontade de correr para sua cama e se meter embaixo do edredom perfumado de lavanda. Àquela hora, em uma típica manhã de sábado, ela estaria aconchegada entre seus travesseiros, lendo ou relendo algum dos inúmeros romances que colecionava. Não era fácil se despedir de sua zona de conforto, mudar a rotina de uma hora para outra e enfrentar o destino. Tudo o que Bianca conseguia pensar era que em breve se tornaria mais uma entre as oito milhões de pessoas que disputam cada metro quadrado da cidade de Nova York.

Seu pai havia descido com a mala. Enquanto ele a colocava no porta-malas, Bianca fez mais um pedido à mãe:

– O papai vai precisar ainda mais de você agora. Cuide dele, mamãe.

Helena segurou o choro. Estava feliz demais para dar a impressão de que não estava. Também era verdade que algumas das lágrimas já eram de saudade. Antes que Ronaldo se aproximasse, ela aproveitou aquele momento a sós com a filha, deu-lhe um beijo na bochecha e sussurrou no seu ouvido:

– Eu te amo.

– Também te amo, mãe.

Bianca se orgulhava de não ter pregado o olho, aproveitando cada minuto do voo. Ela não teve a sorte de conseguir o lugar da janela, mas o senhor americano simpático que viajou a seu lado percebeu sua ansiedade instantes antes da decolagem e se ofereceu para trocar de poltrona. Antes que pudesse ver o sol do novo dia nascendo pela janelinha, o piloto anunciou a aterrissagem no Aeroporto Internacional John F. Kennedy. Embora tivesse sido informada de que a temperatura estava amena, em torno de 18 °C, assim que pisou em terra firme se arrependeu de não ter vestido o sobretudo de veludo bordô que sua mãe lhe emprestara.

Quando Bianca colocou o pé fora do avião, músculos e ossos enrijeceram. Os passageiros que vinham atrás começaram a empurrar. Alguns, mais *educados*, fizeram comentários do tipo "Essa aí nunca viajou de avião na vida". Eles tinham razão. Aquela havia sido sua primeira viagem de avião, mas ela não sentiu medo em nenhum momento enquanto esteve nas alturas. Medo sentia agora, sem fazer a mínima ideia de como seriam as próximas oito semanas.

Bianca deixou-se arrastar até o saguão das bagagens. Olhava em volta e não sabia para onde ir. Estava com frio, perdida e, pela primeira vez na vida, completamente sozinha. Não tinha jeito. Havia chegado o momento de desenferrujar o inglês que aprendera no colégio.

– Com licença. Pode me informar onde ficam as esteiras das bagagens? – perguntou a um executivo que estava de costas.

Assim que o homem se virou e tirou os óculos escuros, Bianca engoliu o ar. Não era um executivo, muito menos uma pessoa qualquer. Bianca reconheceria Ryan Gosling, ator de um de seus filmes preferidos, "Diário de uma Paixão", mesmo que ele estivesse usando equipamento de mergulho.

– Venha comigo – ele pediu.

Bianca seguiu o ator hollywoodiano, com inveja pelo fato de ele carregar apenas uma bolsa de mão. Ele a ajudou a tirar as duas malas da esteira e as colocou no carrinho para ela. Depois, sorrindo, disse algo que ela não entendeu, e, antes que Bianca pudesse pedir um autógrafo, foi embora, olhando para trás pelo menos duas vezes. Bianca ficou pensando se ele esperava que ela corresse atrás dele. Será que ele voltaria? Será que tinha ido buscar um café para os dois? Riu sozinha de suas suposições e pensou que, se começasse a esbarrar o tempo todo com estrelas do cinema, teria que ensaiar uma abordagem menos provinciana.

Depois de ser perseguida por três diferentes companhias de Taxi Tour, Bianca decidiu esticar o passeio antes de seguir para o Bronx, onde ficaria hospedada. Emoldurada pela janela do automóvel, a cidade parecia cenário de filme. Passando pelos dois quilômetros de extensão da Ponte do Brooklin, o panorama de cartão-postal dos arranha-céus de Manhattan não parecia real aos olhos de Bianca. Ou ela é que não se sentia de carne e osso naquele lugar. Tudo havia acontecido tão repentinamente que ela não conseguia acreditar.

Cenários clichê eram inevitáveis. Será que o Homem-Aranha ia aparecer dependurado em algum daqueles fios? Será que ela teria a chance de ver o King Kong dando suas voltinhas no alto do Empire State Building? Será que daria a sorte de ser servida por Woody Allen no saudável e ecológico restaurante The Happy Carrot ou teria o privilégio de ouvir algum futuro astro da música na Bleecker Street, onde começaram os dinossauros Bruce Springsteen e Bob Dylan? Não custava sonhar um pouco mais e imaginar, quem sabe, ganhar uma rosa de um famoso *Fantasma "da Broadway"*.

Bianca sempre sonhara assistir ao musical e conhecer o reverso da máscara do Fantasma, Erik, um homem cruel, atormentado pela falta de amor, que passou a vida se escondendo nas escuras galerias da Ópera de Paris até se revelar apaixonado por sua protegida, a doce bailarina e cantora Christine. Por conta disso, em especial pelo envolvente fascínio que um personagem exerce sobre o outro, entre o homem que não sabia amar e a donzela que amava outro, a obra-prima de Gaston Leroux – que inspirou a adaptação teatral – sempre seria o seu livro preferido.

A cidade onde tantos ícones do cinema e da música deram asas à sua imaginação pulsava no ritmo acelerado do seu coração. Ela sentia isso no som das buzinas enlouquecidas da Quinta Avenida, nos píxeis multicoloridos dos painéis da Times Square, nos casais de namorados estendidos no gramado do Central Park e na batida ritmada do som do carro, tocando "We Are Young", do Fun.

– Aumenta o som, moço! – ela pediu, esquecendo-se por um momento de que precisava falar em inglês.

Antes que se corrigisse, porém, o motorista sorriu e aumentou o volume do rádio. Ela percebeu que a música fala todas as línguas. O motorista chamou sua atenção, apontando para a ilha onde ficava a Estátua da Liberdade, e Bianca baixou o vidro, deixando o vento desarrumar seus cabelos. O ar frio incomodava, mas ela precisava sentir a liberdade.

6
O APÊ

Embora o programa da NYFA oferecesse a opção de acomodação partilhada ou privada em dormitórios e no seu próprio residencial ao custo de mensalidades acessíveis, Bianca preferiu alugar um apê no Bronx, no norte de Manhattan. O que mais a motivou foram a localização e o custo. A área era cercada de muitos restaurantes e servida por várias linhas de metrô, que pretendia usar para chegar à NYFA todos os dias. O que Bianca não sabia é que nos quarteirões próximos se concentrava a maior comunidade italiana de Nova York, e não à toa é chamado de Little Italy. Quando Mister Gennaro, o senhorio, lhe contou que Little Italy era considerado o berço da máfia italiana nos Estados Unidos e que ainda era reduto de gangues de mafiosos, Bianca tratou de eliminar a informação de sua memória para não se lembrar de contar aos pais.

– Mas é muito calminho, *Signorina* Bianca! – assegurou, denunciando fortemente seu sotaque italiano. – Nunca ouvi um tiro de metralhadora! Quer dizer... ouvi, mas já sou velho e faz muito tempo. Foi na década de setenta. – Ele gesticulava bastante, e Bianca tinha dificuldade para acompanhar tanto entusiasmo. – Você vai gostar de viver aqui. Se quiser agitação, danceterias e outras maluquices de jovens, também tem. Mas você não parece o tipo que frequenta boates, que chega tarde em casa, que traz amigos das festas... – o senhor arriscou, inclinando a cabeça até os óculos de grau deslizarem pelo nariz.

— Sou bem tranquila, Mister Gennaro. Gosto de ficar em casa vendo tevê. – *Diga alguma verdade, Bianca!* – Eu vim para estudar.

Mister Gennaro sorriu, mostrando dois dentes de ouro, e pegou as chaves por trás do balcão. Abriu a porta do elevador e desatou a falar:

— Nunca tive problemas com as duas *ragazzas* do 302. – Ele devia estar se referindo às *roommates* com quem ela dividiria o apartamento, pensou Bianca. – Uma delas é meio... – ele franziu bem a testa. – Ela tem um cabelo que parece de algodão-doce e usa restos de roupas. Eu não me meto porque ela paga o aluguel em dia. A outra é sossegada, nunca trouxe rapazes aqui. Não conversa muito. Acho que fala a sua língua.

Assim que Mister Gennaro apertou o botão do terceiro andar, Bianca sentiu a força da porta pantográfica se fechando e se lembrou do poço do diabo. Mesmo contra a vontade dos pais, ela precisou engolir o orgulho e pedir ao chefe que segurasse sua vaga no escritório. O que viria pela frente era totalmente incerto, por isso seria prematuro abrir mão do emprego. Tendo em conta o ótimo desempenho da funcionária, em suas próprias palavras, o Dr. Costa Galvão prometeu segurar a vaga por dois meses. Para Bianca estava ótimo; afinal, ela não pensava em ficar fora do país mais tempo do que isso.

A campainha não estava funcionando, mas o senhorio prometeu que seria consertada logo na segunda-feira. Se palavra de italiano valesse tanto quanto palavra de brasileiro, ela sabia que essa segunda seria adiada algumas vezes. Depois de bater na porta insistentemente, Mister Gennaro começou a ficar nervoso. Principalmente porque a música que vinha de dentro do apartamento podia ser ouvida no prédio inteiro.

De repente alguém mexeu na fechadura e abriu uma fresta da porta, mal colocando o nariz para fora. A figura que surgiu à frente de Bianca era magra e sem curvas, branca como porcelana e tinha o cabelo meio flutuante, num bizarro tom rosa-claro (Bianca entendeu a comparação com o algodão-doce). Os olhos azuis fulguravam na expressão angelical, porém misteriosa. Ela usava um top preto, correntes de metal pesadas no pescoço e um legging da mesma cor que parecia ter passado por uma centrífuga. Bianca não usaria nem mesmo para ficar em casa.

Mister Gennaro encarregou-se de fazer as apresentações, enquanto encostava a mala em um canto da sala.

— Esta é Natalya, que chegou da Rússia há quatro anos. É a minha inquilina mais antiga aqui neste prédio. Por alguma razão ela cisma que eu sou o avô dela... — resmungou.

— Seja bem-vinda ao lar doce lar da escória dos subúrbios — disse Natalya, surpreendendo mais pela perfeita pronúncia da língua inglesa do que pela saudação calorosa.

Bianca detectou um piercing na língua da garota. Nervosa ao ver a argola tão grande balançando, virou o rosto, fingindo apertar o brinco na orelha.

— Eu sou a espiã dele — continuou Natalya, antes de lhe lançar um olhar profundo. — Vou extrair tudo de você.

Bianca arregalou os olhos e Sr. Gennaro interveio.

— Ela trabalha em um clube noturno aqui perto. Tem esse jeito, mas é inofensiva.

— Jeito de quê, vovô?

— Ah, você sabe o que eu penso dessas suas roupas... — respondeu ele, desgostoso.

— Se eu não usar isto, sou despedida. E, se eu for despedida, nada de aluguel. Quando eu me casar com o Enrique, o senhor pode ter certeza de que vou me tornar uma dama.

— Só se for dama de xadrez... — ele soltou uma gargalhada que deixou Natalya emburrada, e depois olhou para Bianca, que não estava entendendo nada: — Não entendeu, *Signorina* Bianca? Xadrez é cadeia. É porque esse namorado da Natalya é chave de cadeia. Eu já avisei, mas ela não me escuta. Eu conheço esses *pazzos*.

— Dama da *night,* vovô! Não, dama não. Eu vou ser a *rainha* da *night* do Bronx! E para de implicar com o Enrique! Ele nunca fez nada para o senhor.

Mister Gennaro deu de ombros e voltou-se para Bianca, que agora avaliava o apartamento. Era um espaço pequeno, suficiente para três pessoas apenas. Havia poucos móveis; a televisão, em um armário com poucos livros, um sofá de três lugares e quatro cadeiras de madeira em volta de uma mesa com tampo de vidro redonda, no centro da sala. Bianca pensou que, se sua mãe estivesse ali, a primeira coisa que faria seria enfeitar o ambiente com um arranjo de flores. A cozinha era conjugada, equipada com um forno elétrico e um micro-ondas, um fogão com duas bocas e uma geladeira que não permitia uma despensa muito grande. Uma bancada separava os dois cômodos. O que Bianca mais gostou foi a janela que dava para a rua, mas, assim que chegou perto dela para apreciar a vista, Natalya a agarrou pelo pulso e a arrastou para o corredor.

– Vou te mostrar o seu quarto, *baby*.

Bianca pensava que teria o fim de semana para se ambientar antes de as aulas começarem, mas, logo ao entrar no quarto, se deu conta de que descansar e passear seriam duas coisas que ela não teria tempo de fazer. O quarto onde ia ficar estava uma zona, com roupas espalhadas por todos os lados. Aquilo sim era um cenário pós-apocalíptico. Havia um beliche, o que indicava que ela dividiria o quarto com outra menina.

– Eu durmo no quarto ao lado. É uma suíte. – Ela abriu um sorrisinho folgado e passou o piercing no dente de cima. Bianca desviou os olhos. – Tenho esse privilégio por ser a moradora mais antiga. E espiã do vovô Gennaro, claro.

Natalya abriu o armário e atirou a roupa de cama e a toalha na direção de Bianca. A sorte é que aquela tinha péssima pontaria, e esta, ótimos reflexos. No futuro, esquivar-se talvez não fosse suficiente e ela precisasse aperfeiçoar outras habilidades para se dar bem com aquela garota, pensou Bianca, otimista.

Um Herói para Ela

Existia uma intimidade quase familiar entre Mister Gennaro e Natalya. Na verdade, um carinho paternal da parte dele; da mesma forma, Natalya parecia gostar dele como de um avô. Só por isso, apesar da armadura psicodélica da garota, Bianca estava disposta a tentar uma amizade com ela.

Enquanto Bianca pendurava as peças mais delicadas nos cabides, Natalya a observava, deitada de barriga para cima, na cama de baixo do beliche.

– Você não está com frio? – perguntou Bianca, para quebrar o gelo. Literalmente.

– Frio?! – Natalya soltou uma gargalhada tão estridente que provocou a revoada dos pássaros que descansavam nos galhos da árvore perto da janela do quarto. – Eu nasci numa cidade chamada São Petersburgo, *baby*. Uma coisa que eu ainda não senti aqui é frio.

– Nossa... sua cidade deve ser linda! Só conheço por fotos. Eu gosto muito de Dostoiévski. Trouxe alguns livros dele na mala, se quiser algum emprestado – ofereceu Bianca, sorridente.

– Não precisa se exibir para mim – Natalya a cortou em tom ácido. – Nem precisa ser simpática comigo só porque vamos morar sob o mesmo teto. Eu não gosto de conversar. Você vai gostar mais da Mônica. Fique amiga dela e ela vai te levar para todos os programas caretas de Nova York.

Bianca ficou muda por algum tempo, digerindo a resposta mal-educada.

– E os seus programas? Não são caretas, Natalya?

– Eu sou relações-públicas no El Calabozo às quintas, sextas e sábados. Não conheço essa palavra.

O clube tinha um nome bem sugestivo. Bianca só não queria perder seu tempo pensando muito no assunto.

– E nos outros dias? Você faz o quê?

– Fico na cama com meu namorado, o dono do El Calabozo – ela respondeu, enfatizando seu espanhol mal pronunciado.

Bianca engoliu seco. Precisava tentar outra estratégia para se aproximar da garota russa, ou então seria melhor desistir logo e preservar seus ouvidos. Mas Bianca não gostava de desistir. Ela não admitia que alguém não fosse com a sua cara, que não retribuísse a sua simpatia pelo menos.

O ruído do trinco da porta da sala fez Natalya se levantar depressa da cama e se debruçar na janela.

Uma garota com cara de boneca, longos cabelos negros escorridos e olhos de nissei entrou no quarto e, antes de cumprimentar a nova hóspede, dirigiu-se a Natalya:

– Eu sei que você estava deitada na minha cama, Nat. É a última vez que eu vou pedir com educação. Que mania insuportável de se jogar na cama dos outros! – Ela respirou, virou-se para Bianca e abriu um sorriso largo: – Oi, eu sou a Mônica, de São Paulo. Mister Gennaro me disse que você é do Rio.

– Oi, muito prazer – respondeu Bianca. Pelo menos uma saudação *quase* normal. – Sim, eu sou do Rio.

– Quero muito conhecer o Cristo Redentor – comentou Mônica, batendo no colchão da cama para espantar o perfume da outra.

Natalya revirou os olhos e deu meia-volta para sair do quarto, lançando o alerta:

– Quem comprar sorvete de pistache aqui tá morto. Ouviram bem? – Recado dado, ela bateu a porta.

Bianca tinha uma interrogação gigante no meio da testa, que Mônica esclareceu:

– Ela sempre pede para não comprar sorvete de pistache quando briga com o Enrique. – Mônica deu de ombros. – Não presta atenção nas ameaças dela, não.

– O *Mister* Gennaro já me disse que ela não morde.

– Não é bem assim. Eu não confio na Natalya. Não é uma garota má, só é diferente... E não sabe bem o que quer da vida ainda.

– Já percebi. Mas e você? O que você está fazendo em *New York City*? – emendou Bianca, sentando no chão.

– Ei! Levanta daí! Senta aqui! – convidou, Mônica, oferecendo um lugar a seu lado na cama.

Bianca olhou desconfiada. Poucos minutos antes a paulista havia chamado a atenção da russa por estar deitada em sua cama.

– Vem! Senta aqui do meu lado! Você não chega da boate cheirando a bebida e a cigarro. Ela sempre deixa meu quarto infectado dos piores odores.

Bianca, então, sentou-se ao lado de Mônica. Reparou nas fotografias na parede.

– Essas lembranças me ajudam a suportar a saudade. – Ela suspirou e descolou uma delas para mostrar a Bianca. Na foto, Mônica era bem pequena, talvez tivesse seis ou sete anos, e dançava em uma apresentação tradicional nipônica no Bairro da Liberdade. – Respondendo a sua pergunta, eu sou atriz e dançarina. Meu sonho é estrear uma peça na Broadway. Cheguei há sete meses com essa ideia fixa, mas ultimamente ando meio desmotivada. Já fiz alguns testes, mas, quando a gente não conhece ninguém aqui, é mais difícil.

– Sei como é – Bianca respondeu, devolvendo a foto. – Você não tem o famoso "QI". – Antes que Mônica ficasse ofendida, Bianca esclareceu: – "Quem Indica".

– Eu tenho mais dois meses para tentar. Depois tenho que voltar para o Brasil. Vai acabar a mesada do papai e eu não posso abusar.

– Estou numa situação parecida. Vou ficar dois meses para ver como é. Ganhei uma bolsa para a NYFA.

– Uau! Que máximo, Bia! – Mônica se exaltou, dando um pulo na cama. – Posso te chamar de Bia, né?

– Claro! – Bianca sorriu. Ela se sentia à vontade com Mônica. Parecia que a conhecia havia muito tempo. – Estou empolgada, mas com um pouco de medo.

– O medo é normal. Você vai ver que a vida aqui não é tão diferente da nossa lá no Brasil. Somos de cidades grandes. Tiramos de letra!

O quarto escureceu de repente. O tempo estava passando depressa, e o sol já estava se pondo. Bianca se deu conta de que só lhe restava dormir. No entanto, depois da conversa com Mônica, sentiu-se tão entusiasmada que não teria sono.

– E o que tem de bom para fazer numa sexta à noite aqui no Bronx? – perguntou.

A porta repentinamente se abriu e as duas se petrificaram, encarando o rosto de Natalya, transformado pela maquiagem.

– The Masquerades no El Calabozo. Entrada VIP. Às nove. – Ela jogou os convites no chão e bateu a porta.

Bianca e Mônica se entreolharam, confusas.

– Não liga. Ela é doida assim mesmo – disse Mônica.

– Eu não quero ir nesse lugar – confessou Bianca, com uma expressão de asco.

– O EC não é uma discoteca qualquer, Bia. Primeiro, porque chovem gatos. Não sei de onde surgem todos aqueles caras... – Ela pensou um pouco. – Ah, já sei! Estamos no Bronx, onde existe a maior concentração de latinos calientes deste país.

– E segundo...?

– Pensei que fosse te convencer no primeiro motivo.

– Eu não vim em busca disso.

– Ih... pode ir parando! – protestou a paulista. – É melhor rebobinar a fita e gravar tudo de novo. Você ainda está com o discurso dos seus pais na cabeça.

Ainda que lhe custasse admitir, Bianca sabia que Mônica estava coberta de razão.

– É verdade. Mas é verdade também que eu não vim em busca disso. – Notando o semblante descrente de Mônica, continuou: – Sério! Eu preciso escrever.

– Ok. Você vai escrever, dançar e por que não *beijar*?

Quando Bianca parou de rir do trinômio inventado por Mônica, a ficha caiu. Os passarinhos haviam voltado a seus postos de sentinela nos galhos da árvore. Ela foi até a janela e observou a serenidade do recolher deles. Será que ela teria paz para escrever ali? Bem, precisava esperar a madrugada para saber.

7
NYFA

O fim de semana passou, e Bianca teve a impressão de que foi mais depressa do que o tempo que levou para arrancar duas folhinhas do calendário imantado na geladeira. O calendário era uma lembrança de sua mãe, e trazia imagens de paisagens do Rio. Ainda não tinha dado tempo de sentir saudades de casa, mas, na última conversa que teve com Helena, Bianca pareceu ouvir sua voz embargada em alguns momentos.

O cheirinho de torrada amanteigada despertou Natalya. Bianca nunca pensou que ela conseguisse ser ainda mais mal-humorada pela manhã. Assim que a russa se sentou no banco, roubou três torradas do prato de Bianca, besuntou-as com geleia de morango e começou a comer, sem a menor cerimônia. Mônica apareceu, sonolenta, e se atirou no sofá, apontando o controle remoto para a tevê.

As notícias da manhã traziam a previsão do tempo – chuvoso, ao contrário dos dias ensolarados que receberam Bianca na *Big Apple*.

– Hoje você vai saber o que é uma tempestade de verdade, Bia – comentou Mônica, mordendo a ponta do controle.

Com cara de nojo, Natalya tirou o objeto da mão de Mônica e mudou para um canal que tocava os maiores sucessos de Mika. Mônica se levantou, e as duas *roommates* dançaram juntas, fazendo poses sensuais. Enquanto Bianca terminava de lavar a louça, apressada para o seu primeiro dia de aula na NYFA, as outras nem se lembravam de que era segunda-feira.

Bianca abriu o mapa do metrô em cima da mesa e se debruçou sobre ele, percorrendo com os dedos as linhas coloridas. Ela não havia saído de casa desde que chegara a Nova York; o máximo que havia feito foi acompanhar Mônica até a padaria italiana da esquina, a Don Joe´s Bakery, onde descobriu uma variedade de pães tão extensa que, se comesse um diferente a cada dia de sua estada na cidade, ainda assim não esgotaria as opções.

Percebendo sua frustração (Bianca estava a ponto de fazer uma bola com o mapa e arremessá-lo na lixeira), Mônica se aproximou de mansinho.

– Eu vou ser a sua *personal tour guide* – ela disse, pegando um discreto guarda-chuva vermelho. – Venha comigo e esqueça os mapas. Eles foram estratégica e minuciosamente pensados para dar um nó nas nossas cabeças. Os nova-iorquinos já nascem sabendo se guiar neste caos. Mas nós, os pobres habitantes de outras galáxias, precisamos aprender a nos virar.

Mônica serpenteava pelas ruas do Bronx com tanta rapidez e naturalidade que Bianca não tinha tempo para decorar o caminho. Satisfeita ao chegar aonde queria, a estação de Spring Street, Mônica apontou para a entrada do metrô. Bianca virava a cabeça para todos os lados, procurando assimilar as referências do lugar.

– Estamos na East Side Line, Bia. Não se preocupe em decorar ou aprender nada. Isso acontece naturalmente. Você logo vai fazer esse caminho de olhos fechados. Mas hoje, como é o primeiro dia, vou dar uma de mamãe e vou te deixar na porta do curso.

– Obrigada, amiga – Bianca sorriu, aliviada.

– Do que você me chamou? – surpreendeu-se Mônica.

– *Amiga.*

Mônica pulou no pescoço de Bianca, num abraço desengonçado.

– Ain, que fofa! Não sei como passei sete meses neste lugar sem você, Bia!

Quando o metrô chegou, ela fez questão de escolher um dos vagões do meio, explicando que ali se sentia mais segura. Bianca esperava uma justificativa fundamentada, mas não contestou. Aparentemente, a preferência não era apenas de Mônica. Todos os assentos estavam ocupados, e havia pouco espaço em pé.

O veículo arrancou, e Bianca se agarrou à barra de aço, perguntando-se se seria assim todos os dias. Agora que se via cercada por tanta gente, começava a pensar se havia escolhido a roupa certa para o primeiro dia na NYFA. Bem, aquela era a sua melhor roupa diurna, mas estava escondida embaixo do sobretudo emprestado de sua mãe. Quanto mais reparava nas pessoas a seu redor – e aquele vagão estava cheio de jovens –, mais velha e *old fashioned* se sentia.

Mônica usava calça e jaqueta jeans. Seu estilo era urbano casual e combinava com ela. Gostava bastante de usar broches e parecia ter uma coleção deles. Naquele dia, escolheu uma flor de feltro amarela para enfeitar a lapela da jaqueta.

Até aquele momento, a rotina dos nova-iorquinos não parecia diferente da dos cariocas. A maioria exibia uma expressão mal-encarada. Muitos ouviam música, alguns liam jornais e livros, outros dormiam em pé. Mas havia uma pessoa ali que só olhava para ela. Bianca sabia distinguir um olhar casual de um intencional. E estava começando a se incomodar com a insistência. Ela mudou de posição e tentou se virar de costas, mas o espaço era tão apertado que pisou no pé de uma jovem e deu uma cotovelada em um senhor. Não era nada bom começar o dia fazendo inimizades, por isso ela sorriu para os dois, que ignoraram o gesto. Ao contrário deles, o homem continuava encarando Bianca, e o sinal vermelho de perigo continuava piscando como um letreiro de neon sobre sua cabeça. Ela pensou em pedir a Mônica para descerem na próxima estação e mudarem de trem, mas achou que seria paranoia.

A composição parou em uma estação onde desembarcou mais da metade dos passageiros que estavam em pé. Embora o vagão de Bianca ainda estivesse cheio, o homem continuava a encará-la com olhos mais incisivos e cada vez mais de perto. O suficiente para Bianca sentir a respiração dele em seu pescoço. Era negro, mais ou menos 1,85 de altura, corpulento, e exibia uma tatuagem no rosto que a fez de lembrar Mike Tyson. Bianca não queria olhar para não dar ideia errada, mas uma parada abrupta do transporte a atirou para cima do homem. Ele a agarrou com mãos firmes. Como a regata dele era branca e semitransparente, Bianca não teve alternativa senão reparar que a tatuagem do rosto passava também pelo tórax e costas. Imensa e assustadora.

O homem continuava a segurá-la com força, como se pretendesse levá-la com ele. Mesmo que aquele momento tivesse durado poucos segundos, pareceu uma vida inteira. Quando Bianca se virou para procurar Mônica, percebeu que a amiga não estava lá. Em seu lugar, um rapaz de óculos escuros, igualmente alto, mas não tão musculoso, colocou-se entre ela e o Mike Tyson. Bianca viu o momento em que o rapaz, que vestia uma jaqueta preta de couro escovado, levantou a manga até a altura do cotovelo, exibindo uma tatuagem com uma cabeça de medusa estilizada. Sem que o rapaz precisasse dizer uma palavra, o grandão soltou os braços de Bianca e aproveitou a parada forçada para descer correndo do metrô.

Bianca olhou em volta, aflita para encontrar a amiga. Num solavanco em que o trem recomeçou a andar, alguém segurou seu braço por trás. Assustada, ela se virou e viu que Mônica a arrastava para outro vagão. Bianca não queria continuar ali, mas também não queria ir embora tão depressa. Enquanto se afastava do rapaz da jaqueta de couro, sem poder agradecer por seja lá o que ele tenha feito por ela, percebeu que ele também se afastava olhando, mas ia na direção oposta.

Se todos os dias começassem agitados como aquele, dificilmente Bianca se sentiria entediada em Nova York. Não que estivesse em busca de agitação. Não que esperasse outra coisa de uma das maiores e mais complexas metrópoles do mundo. Mas, se aquela situação do metrô havia servido de lição para alguma coisa, era que Bianca deveria ouvir seu instinto mais vezes.

Um Herói para Ela

Afinal, como bem dizia Mônica, ela devia fazer jus ao berço carioca e andar com as antenas sempre alertas.

🎬 🎬 🎬

A aula inaugural seria no *campus* da Union Square, um prédio no estilo românico clássico de tijolos vermelhos. As demais aulas, ela assistiria no campus do SoHo, um pouco mais perto do apê. O bacharelado de três anos em *Fine Arts in Screenwriting* era uma possibilidade que, a partir daquele dia, se tornava mais real. Bianca já se imaginava estudando naquela praça.

Mônica a despertou do sonho.

– Logo mais estarei aqui mesmo, na entrada do *subway*, à sua espera, ok? Agora vou para minha audição. Não é que eu tivesse sonhado a vida toda em interpretar a Mulan, mas...

– Seja como a Mulan, Mônica – cortou Bianca. – Entre na guerra pra vencer. – Bianca piscou para ela, e Mônica retribuiu antes de pegar o seu caminho.

Quando chegou à porta da NYFA, Bianca reparou no grupo de alunos concentrados do lado direito da entrada e se juntou a eles. Os recepcionistas indicaram o balcão onde ela deveria fazer seu cartão de identificação. Bianca entrou na fila e esperou para tirar a fotografia. Justamente na sua vez, o rapaz mais lindo que já viu na vida parou bem atrás da impressora, procurando alguma informação no mural. Em vez do sorriso estudado, teria pendurada no pescoço uma foto com olhos arregalados e estrábicos pelas próximas semanas.

🎬 🎬 🎬

Depois de se registrar e apresentar os documentos do I-20 (o visto de estudante americano), Bianca foi encaminhada para as palestras de orientação à permanência legal nos Estados Unidos e de informações pertinentes ao curso.

Na primeira palestra, o rapaz sentado ao seu lado cochichou o tempo todo com uma moça que estava na fileira de trás. O tititi incomodou Bianca, que pediu silêncio algumas vezes, até o momento em que o palestrante interrompeu seu discurso, fixando a atenção neles. Enquanto Bianca se encolheu no banco, o rapaz fofoqueiro esticou a coluna como se não fosse com ele. Bianca se perguntou o que estava fazendo ali se não estava interessado, pois ela, ao contrário, queria ouvir todas as instruções e recomendações, em especial o tópico "andar na linha". Os alunos estrangeiros eram ainda mais fiscalizados por causa do visto, e isso incluía não se meterem em confusões. Bem, Bianca estava ali para estudar. Era só manter o foco em seu objetivo. Isso significava não olhar para os lados.

Nem que um roteirista vencedor do The Writers Guild Awards se sente ao meu lado agora, decidiu ela, resoluta.

– *Hi* – cumprimentou uma voz masculina. – *I am Paul Thomas Johnson* – ele continuou, estendendo a mão.

A forma como o rapaz pronunciou o seu nome o fez soar como um narrador de trailers.

– Oi – ela respondeu, em português mesmo, para ver se o espantava.

A regra "não olhar para os lados" deveria valer também para os intervalos entre as palestras, aulas e quaisquer momentos em que ela não estivesse estudando ou escrevendo.

– *Nice to meet you, Brazilian girl!* – exclamou ele, atraindo a atenção de todos, menos a dela.

Prazer em conhecê-la, garota brasileira?

Bianca revirou os olhos e se inclinou para a braçadeira do outro lado da cadeira.

– *Do you speak English?* – ele finalmente perguntou.

– Sim. Eu falo inglês. Só não estou com vontade de conversar – ela respondeu, novamente em português.

– *I think it is yours* – ele estendeu a mão para lhe entregar alguma coisa.

Uma carteira com a terrível imagem de uma garota vesga apareceu bem na sua frente. Envergonhada, Bianca reparou que estava apenas com o cordão no pescoço. A porcaria do cartão com a foto havia se desprendido, caído no chão, e aquele rapaz educado queria simplesmente devolvê-la. Nada mais.

Para agradecer, Bianca precisou olhar para ele. E aconteceu de novo. Aquela sua cara de boba. Sim, Bianca Villaverde, era o mesmo gato que havia desviado o seu foco uma vez e acabou por gerar o pior registro fotográfico de toda a sua história.

Ela levou um tempo até pegar a carteira da mão dele.

— *Thank you* — ela disse, a voz derretida com o sorriso branco e alinhado que o rapaz americano lhe deu em troca.

— Podemos falar em português, se preferir — ele declarou, com uma pronúncia quase perfeita.

— Você fala português?!

— Aprendi com sete anos de idade, na época em que meu pai trabalhou no Brasil — ele explicou. — Ainda hoje temos uma casa em Paraty. — O sotaque era forte, mas Bianca daria ao rapaz nota dez em gramática.

— Você morou no Brasil?

— Meu pai é produtor. A temporada se prolongou por mais tempo, porque ele se envolveu com diversos projetos que estavam sendo rodados lá.

Bianca começava a se interessar pela conversa (sem falar que estava deslumbrada pelos olhos oceânicos de Paul) quando surgiu uma mulher lindíssima, estilo capa da *Vogue,* e intimamente pousou as mãos nos ombros do rapaz. Claro que para todo "Ken" sempre existe uma "Barbie", pensou Bianca.

— Acredito que a segunda palestra começará logo — Bianca disse, tentando disfarçar o constrangimento.

— Quer se encontrar comigo mais tarde? — Ele se inclinou para sussurrar em seu ouvido.

— Não! — ela respondeu, ofendida. O tom de sua voz atraiu a atenção no recinto lotado. Ela concluiu, sussurrando: — Já tenho um compromisso.

Não é porque a Barbie não falava português que Bianca ficaria mais à vontade para ajudar o namorado dela a chifrá-la publicamente.

— Tem namorado? — ele quis saber.

— E você, Paul, tem planos com a sua namorada para o próximo fim de semana? — ela perguntou.

— Eu tinha. Até o momento em que vi você pela primeira vez.

As mãos de Bianca começaram a suar. Para sua sorte, ela não precisaria continuar a conversa. O palestrante já havia subido na tribuna e ia começar a apresentação do programa do curso.

— Vai começar — Bianca alertou, aliviada.

— Se quiser sair no sábado, *gimme a call.* — Ele entregou um papel com seu número de telefone, acariciando a mão dela delicadamente, depois se levantou, deixando a Barbie alguns passos atrás antes de desaparecer no fundo do salão.

Bianca sentiu o caríssimo perfume Clive Christian que Paul havia deixado no papel e fechou os olhos, aguçando o olfato. Só quando tropeçaram em sua perna ela tornou a abri-los. O mesmo rapaz fofoqueiro que havia perturbado a palestra anterior. Era só o que lhe faltava!

Bianca se levantou e escolheu outro lugar. Dessa vez ela queria se sentar à frente, nas primeiras cadeiras, onde nada podia desvirtuá-la do seu foco. A não ser a sua sempre fértil e, aparentemente, nada modesta imaginação.

8

ROOMATES

Bianca encontrou Mônica em frente à estação. Sem dizer uma palavra e sequer olhar para ela, ocultando-se por trás de óculos escuros *oversized* que mais pareciam uma máscara de carnaval, Mônica desceu as escadas rolantes com tanta velocidade que por pouco não tropeçou em uma criança distraída que andava afastada da mãe. Bianca segurou o braço da amiga, impedindo-a de entrar no vagão parado na plataforma.

– O que está fazendo? Vamos perder o trem! – reclamou Mônica, tentando se soltar.

– Não faz mal. Virão outros.

Em um movimento rápido, Bianca tirou os óculos de Mônica e encontrou seus olhos inchados de chorar.

– Se vamos ser amigas, não pode haver segredos entre nós.

– Eu só quero chegar logo ao apê – choramingou Mônica, pegando os óculos da mão de Bianca e tornando a colocá-los.

– Podemos ir para um café e conversar.

Mônica assistiu às portas se fecharem e recebeu no rosto o vento que vinha do túnel escuro, diminuindo conforme o trem ganhava velocidade. Quando o veículo se tornou apenas uma luz distante, o ruído metálico dos trilhos se ocupou do silêncio entre elas. Então, Mônica disparou a falar sem respirar:

— Não há o que conversar. Eu não consegui, ok? As outras dançarinas eram muito boas e também cantavam melhor. Mas não quero que fique com pena de mim! Estou bem. Isso é normal nesse meio e... – Mônica já não conseguia controlar as lágrimas. Abraçou Bianca.

Um pouco sem jeito diante da reação da nova amiga, Bianca a aceitou nos braços:

— Mônica, da mesma forma como deixamos aquele trem partir e agora estamos esperando pelo próximo, você precisa pensar nas próximas audições. O que passou passou. Você já sabe aonde quer chegar, e isso já é uma grande coisa. Quando tiver que ser, certamente será. No momento certo. Apenas confie nisso.

— O que passou passou – repetiu Mônica, com um sorriso. – Preciso olhar para a frente. Você tem toda a razão, Bia.

Quando outro trem chegou e sacudiu seus cabelos negros e escorridos, Mônica fechou os olhos e sorriu para si mesma. As duas entraram e escolheram um banco em que pudessem sentar lado a lado. Bianca pediu que Mônica deitasse a cabeça em sua perna e, carinhosamente, iniciou uma trança em suas mechas longas.

— Eu nunca tive uma irmã a quem oferecer meu colo. Acho que deve ser assim que as irmãs se consolam.

— Bom, minhas irmãs nunca me ofereceram colo – respondeu Mônica, sorrindo entre as lágrimas que haviam secado em seu rosto. – Acho que você vai me acostumar mal.

Bianca gostou de saber que alguém precisava dela naquela cidade onde não conhecia ninguém e onde ninguém a conhecia. Estava feliz por ter encontrado uma irmã.

▬ ▬ ▬

— Então, vocês não vão mesmo? Agora que as duas viraram *BFFs* vão começar a combinar fazer tudo juntinhas, é? – resmungou Natalya, terminando de passar o rímel pela terceira. Ela já havia conseguido a proeza de deixar seus cílios maiores do que se fossem postiços. – Olha que eu não fico distribuindo convite VIP à toa!

– É mesmo, Nat? Então por que esta é segunda vez em uma semana que você atira esses convites para cima da gente? – retrucou Mônica, terminando de recolher a sujeira que varreu do chão da sala.

– Já é sexta-feira? Hoje faz uma semana que eu cheguei! – espantou-se Bianca, destacando mais uma folhinha do calendário.

Bianca abriu o micro-ondas, tirou o pacote de pipoca, despejou-o em uma tigela e correu para o sofá, atirando-se sobre as almofadas. Natalya olhou para ela com medo, como se alguém que preferisse assistir a filmes dos anos 1950 numa sexta à noite fosse uma aberração de outro planeta.

– Sério que você prefere se empanturrar de gordura hidrogenada como uma americana decadente? – insistiu Natalya, borrifando perfume francês pela casa toda. – Esse cheiro de manteiga *sucks*! – Parou diante de Mônica, agachada, segurando a pá de lixo, e bateu com o salto agulha no assoalho, provocando um atrito estridente no chão. – Aquela ali é caso perdido. E você, Mona? Vai me decepcionar?

Bianca respirou aliviada. Quem bom que Natalya havia desistido rápido. Isso significava que ela foi bem-sucedida ao definir seu território naquela casa.

Mônica se levantou e se equilibrou no cabo da vassoura. Superlativo era pouco para definir Natalya. Mônica olhou bem para seu rosto excessivamente maquiado, emoldurado pelo cabelo preso num rabo de cavalo no alto da cabeça, desceu os olhos pelo vestido roxo curtíssimo, que marcava sua cintura fina, até chegar ao objeto de sua inspeção: os sapatos. Luxuosíssimos.

– Não me lembro de ter te emprestado o meu Schutz.

Natalya olhou para o sapato com o salto de 15 centímetros e sorriu com ar zombeteiro.

– Também não, Mona.

– Posso te dizer uma coisa, Nat? – Mônica lhe perguntou ao pé do ouvido. – É que não tá combinando.

Bianca se virou para trás e começou a atirar pipoca em Natalya, gritando "Uh!". Furiosa, a russa pegou a bolsa amarela pendurada na maçaneta e bateu a porta da rua sem medir a força.

🎬 🎬 🎬

Não demorou muito, Mônica começou a ficar entediada com o filme a que Bianca assistia. Começou a encarar a amiga, que já havia comido quase toda a pipoca e começava a ter uma crise de consciência por causa disso.

— Bia, o que você acha de a gente ir à danceteria?

— Nem pensar! Eu não tiro meu traseiro fofinho daqui por nada neste mundo. Muito menos para me meter numa masmorra.

— Não é o que você está pensando. A casa é eclética, com várias pistas de dança, *lounge* e uma zona *chill out* no terraço superior. Toca de tudo, clássicos dos anos 80, eletrônica, punk, rock alternativo e, claro... hip hop! – ela enfatizou.

Bianca ignorou o entusiasmo de Mônica. Sentiu-se ainda mais confortável com sua decisão, pois hip hop não era nada o seu estilo.

— A Nat devia contratar você para ser marqueteira nas folgas dela. Parabéns pela tentativa, mas você não vai me convencer.

Mônica suspirou fundo e olhou para um brochante Humphrey Bogart em preto e branco, com o ar mais entediado do que o dela.

— Mas você nem consideraria queimar as celulites do seu traseiro remexendo ele um pouquinho? O *Harlem Shake* faz milagre, amiga!

Bianca encarou Mônica por alguns instantes.

— Ok. Você me convenceu.

Mônica deu um salto e ficou de joelhos na almofada.

— Sério?! Tão fácil assim?

Bianca concordou com a cabeça.

— O meu traseiro é avantajado. Eu sou brasileira. Mas não tenho celulite! Não *tanta* que eu precise rebolar até morrer numa pista de dança.

Mônica afundou na almofada.

– Eu falei de brincadeira!

– Então, podemos comer mais um pacote de pipoca! – animou-se Bianca, correndo para reabastecer a tigela.

Mônica a interceptou na cozinha e a levou até o quarto. Das profundezas de um guarda-roupa que mais lembrava um portal para uma dimensão atemporal onde ninguém sabia para que servia um cabide, ela retirou um vestido preto brilhante que parecia ter sido banhado em purpurina.

Quase uma hora depois, com muita insistência, Mônica convenceu Bianca a escolher o batom vermelho, que, segundo ela, dava mais volume aos lábios. Bianca não queria transformar sua boca em um sinalizador ambulante, mas, depois que Mônica deu os últimos retoques na maquiagem final, ela ficou impressionada. Nunca soubera passar um batom direito. E, pela primeira vez, descobriu o que um delineador bem passado era capaz de fazer.

– Seus olhos são lindos, Bia. Nunca tinha visto um tom de castanho assim. Parecem ainda mais dourados agora! – elogiou Mônica, orgulhosa de sua arte-final.

Enquanto Bianca terminava de modelar os cachos dos cabelos castanho-claros que repousavam sobre seus ombros, olhava para sua imagem no espelho e não se reconhecia, toda produzida para a balada. Nem nos tempos da adolescência ela se sentiu tão bonita.

Antes de saírem do apartamento, ela se lembrou de que tinha o papelzinho com o número do telefone de Paul na bolsa. Durante a semana que passou, o rapaz não dera as caras na NYFA. Talvez ele frequentasse apenas o *campus* da Union Square. Ou talvez nem frequentasse nenhum dos dois *campus*. Afinal, o filho de um importante produtor de cinema provavelmente não precisava ter frequência assídua para passar no curso. Enfim, para quê ela iria andar com aquilo na bolsa, sugerindo que só dependia dela um encontro com ele, se ela nunca tomaria essa iniciativa? O cara era comprometido, ora bolas! Bianca rasgou o papel e o arremessou na lixeira.

O que a noite de Nova York reservava para ela? Podia significar muita coisa para o futuro de Bianca. Os dias pertenceriam à sua imaginação, as noites seriam da vida real. E vice-versa se, por algum golpe do destino, as duas coisas se misturassem.

9

EL CALABOZO

Era uma edificação cuja fachada antiga, em estilo georgiano, misturava materiais modernos, como vidro, concreto e aço, ao design original. Lembrava os casarões do bairro carioca da Lapa, acrescidos de elementos futuristas que empregavam certa elegância atemporal e davam charme ao lugar. A iluminação foi pensada a fim de destacar os detalhes arquitetônicos, tornando a casa um monumento paisagístico em uma rua onde vários outros clubes noturnos disputavam a clientela. Para Bianca não restava dúvida de que, apesar de parecer perdida e sem juízo, Natalya tinha interesses bem definidos em relação a Enrique.

O interior, como Mônica havia descrito, era grande e tinha vários ambientes. Bianca calculava que em toda a área deveriam caber pelo menos duas mil pessoas. O *lounge* estiloso, com *futtons* iluminados por luzes de neon e minitelas de LCD formando mosaicos nas paredes e no teto, ocupava boa parte da área comum da boate. O palco, um tablado suspenso em caixas de som cobertas por imensas tevês de plasma que transmitiam clipes dos hits do momento, estava sendo preparado com os instrumentos para a apresentação da banda. A pista principal, onde tocava rock alternativo e hip hop estava cheia, mas não demais.

Com a intenção de mostrar o espaço do *chill out* no terraço, Mônica levou Bianca para o terceiro andar. Curiosa, Bianca quis parar no segundo, onde o nome do clube realmente se justificava. O ambiente era mais escuro, parecendo um museu. Algemas e instrumentos de tortura estavam expostos como obras de arte nas paredes de pedra. Não passavam de meros elementos decorativos, mas Bianca não conseguiu ficar indiferente a eles. Considerou os adornos de péssimo gosto.

De frente para o bar do terraço, em um recanto estrategicamente escolhido por Mônica, Bianca sentiu-se tão confortável que pensou seriamente em não se levantar mais da *chaise longue*. Não demorou nem 10 minutos e a amiga já flertava com um rapaz. A noite nem havia começado, e o galã, que Bianca não se admiraria se tivesse saído de algum estúdio de cinema, não demorou a tomar a iniciativa e convidar Mônica para dançar. Bianca sacudiu a cabeça e deu um gole na sua margarita para se certificar de que o que tinha acabado de presenciar era verdade: *lindo e sóbrio?* Só no cinema. Fato. Mas, contra todas as expectativas, Mônica educadamente recusou o convite. Ao contrário do rapaz, que recebeu a recusa com um sorriso, Bianca cruzou os braços em sinal de indignação, e ficou à espera de uma explicação.

– Não adianta me olhar com essa cara, Bia. Eu não ia deixar você aqui sozinha. Afinal, fui eu que te arrastei para cá.

– Você não podia ter dispensado aquele pedaço de mau caminho, Mônica! Onde você está com a cabeça?

– Hum... Alguém já começou a sentir o calor da noite!

– Que calor da noite coisa nenhuma. Em mim só chegam os desequilibrados, os desesperados, os desvalidos... – resmungou Bianca.

– Isola – reclamou a amiga paulista, apontando para a sua direita. – Está vendo aquele ali, supergatinho, de camisa quadriculada? Aposto que ele tem uma bota de couro de crocodilo e uma fazenda no Texas. Assim que der para ver o sapato, vamos conferir.

Antes que Bianca pudesse responder e dizer que os caubóis estilo Mick Dundee não faziam o seu tipo, outro rapaz se aproximou da mesa delas. Pela envergadura dos ombros, parecia um jogador de futebol Americano; pelo rostinho de menino, havia acabado de entrar na *High School*.

Mônica foi ainda mais rápida em dispensar o *quarterback* de fraldas, fazendo um mero sinal com a mão. O rapaz engasgou na primeira sílaba e saiu de fininho.

– Bia, você ainda não viu nada – ela disse, piscando rapidamente seus olhos puxados. – Os americanos adoram as exóticas.

– Você só vai topar ficar com alguém se aparecer um cara para mim também? – Bianca deu dois goles seguidos na margarita e agourou: – Então, se prepare para mofar aqui.

A mão de alguém agarrou tão impulsivamente o seu braço que Bianca só sentiu a unha raspando em sua pele. Aquela brutalidade só podia partir de uma pessoa: Natalya.

Agora sim a pista estava cheia demais para o gosto de Bianca, que relutou antes de ser empurrada escada abaixo por um grupo de loiras alucinadas. Cerca de oito garotas vestidas para *causar*, com saias escandalosamente curtas e saltos plataforma, ocuparam todo o espaço em frente ao palco. Natalya deixou Bianca e Mônica escolherem um lugar onde pudessem se poupar da histeria e lhes ofereceu um cardápio variado dos drinques incluídos no convite VIP.

– Se vocês ficarem sentadas o tempo todo não vão apreciar o melhor da festa – esnobou Natalya, apontando para o palco e obrigando Bianca a segurar um copo de uma bebida chamada "Heaven to Hell".

Só de sentir o cheiro do álcool, Bianca passou a bebida adiante para a primeira mão livre que viu erguer-se na pista. Ela nunca aceitaria nada oferecido por Natalya. Depois de três goles da mesma bebida, Mônica já quase rebolava até o chão. Bianca tentou tirar o copo da mão da amiga, mas ela não deixou.

– Não acredito que você deu isso para ela beber – recriminou. – Você conhece a Mônica há mais tempo do que eu.

– Eu dei para você e você não tomou. Ela tomou porque quis. Só toma quem se garante – devolveu Natalya. – Cuide para que ela não faça nenhuma besteira aqui. Esta discoteca um dia vai ser minha.

– Vá pro inferno! – gritou Bianca, sentindo a voz ser abafada pela batida ininterrupta dos alto-falantes.

Natalya cutucou Mônica, que suava litros por conta das acrobacias que experimentava na pista.

– Ei, Mona! Sou sua fã! – disse Natalya, rindo, e depois dando as costas.

Mais adiante, antes de a multidão se fechar e bloquear sua visão periférica, Bianca viu quando a amiga ursa pegou carona nas costas de um homem que, pelo tamanho da corrente e do pingente de ouro com a inicial "E", tinha pinta de ser o dono do lugar. Aquele deveria ser o Enrique.

Em contraste com a empolgação de Mônica, Bianca mal mexia os ombros.

– Você precisa desenferrujar, Bia. Solta esse corpo, mulher! Nem parece que é brasileira! – gritou Mônica, com a voz lenta sobre a retumbante e altíssima música eletrônica.

Um homem truculento e de excelente audição deve ter ouvido a palavrinha mágica pronunciada por Mônica e a agarrou pela cintura. Bianca chegou a bater nos ombros do homem e gritar para que ele soltasse sua amiga, mas, ao notar que Mônica pedia para ser carregada, entendeu que precisava deixá-la ir. O *Australopithecus afarensis* que a arrastava como a caça do dia conduziu Mônica para o bar, onde a fez sentar-se em seu colo.

Como Mônica podia deixar-se beijar por um homem que nunca vira na vida e que provavelmente nunca veria de novo? Bianca se imaginou no lugar de Mônica. Que lembranças ela guardava de Robson, Marquinhos, Pedrão ou Sayri? Preferia pensar que eles haviam sido personagens emprestados de histórias que inventara para aplacar o vazio de alguém para quem pudesse se vestir mais bonita com uma roupa nova, escrever poemas floreados com rimas que nunca lhe soariam forçadas e escolher cartões do dia dos namorados sem receio de não escapar às declarações clichê. A verdade é que cada um dos seus relacionamentos deixara um espaço a mais no vazio impreenchível, e ela percebeu que não tinha todo o tempo do mundo para encontrar o tal alguém.

Cercada de tantas pessoas e se sentindo mais só do que nunca naquela pista de dança, Bianca se dava conta de que a música alta demais para não conseguir pensar, a volúpia de corpos miscigenados se tocando na pista, a bebida inebriando os sentidos, a adrenalina e os outros hormônios enganando os sentimentos, tudo eram pretextos que ela estava usando para se iludir sobre a efemeridade e unilateralidade de seus relacionamentos. Ela nunca deixara de ser só. E o tempo, assim como ela, se consumia em sua própria essência e eficiência. Ele, rápido e cada vez mais rápido. Ela, sozinha e cada vez mais sozinha.

Assim que Mônica se cansou do amasso, desapareceu no mar de cabeças que se amontoavam para assistir ao espetáculo que estava para começar. Os efeitos e desenhos do laser nas paredes faziam o espaço girar como um caleidoscópio na cabeça de Bianca, e ela se sentiu tonta no meio da multidão. Havia bebido mais do que estava acostumada, e a batida eletrônica parecia pulsar em cada célula do seu organismo.

Sem perceber, Bianca foi parar em um terraço nos fundos da discoteca, um lugar isolado onde podia relaxar e aproveitar o frescor da madrugada. De olhos fechados, inspirou profundamente o ar que a envolvia, mas não obteve o prazer que esperava. Um odor ácido de urina invadiu suas narinas de repente, e então ela percebeu que não estava sozinha. Havia quatro rapazes sentados sobre uma grande caçamba de lixo. Um deles era o responsável pela fetidez e os outros três fumavam enquanto cochichavam.

Bianca viu a ponta incandescente de um cigarro se aproximando no breu. Deu alguns passos para trás, percebendo que não havia muito espaço ali. Para alcançar a porta da discoteca e fugir, teria que ser rápida, o que seria difícil com seus reflexos, raciocínio e movimentos lentos e descoordenados. Malditas margaritas!

– *Hey, muñeca. What's your name?*

Precisava sair logo dali. Mas como? Suas pernas davam sinais de que desmontariam a qualquer momento.

Percebendo a tensão no rosto de Bianca, o rapaz parou e apagou o cigarro com a bota de couro. Os outros três, inclusive o que havia urinado no chão e agora fechava a barguilha da calça jeans, começaram a se posicionar em volta de Bianca. Pela fisionomia e pelo sotaque, eram latinos. Aquele lugar era sombrio e a intimidava. Foi só então que ela se lembrou: seus pais haviam recomendado que ela evitasse os guetos.

É, os pais sempre sabem o que dizem. Ou, justiça seja feita, dizem porque sabem.

O rapaz da bota de couro deu um passo adiante, depois outro. No terceiro, Bianca pensou que fosse perder os sentidos com o cheiro de bebida misturada com tabaco que emanava dele. Se viesse para cima dela, sua única arma seria um chute bem naquele lugar. E foi o que aconteceu. Ele veio depressa e a agarrou pela cintura, apertando-a e tentando erguê-la em seu colo. Percebendo que ele a prendia cada vez com mais força e que logo conseguiria imobilizá-la, Bianca levantou o joelho e deu o golpe certeiro entre as pernas do sujeito, que levou as mãos à frente do órgão que ela desejava ter danificado permanentemente. O golpe foi suficiente para que ele a soltasse, mas não para que se salvasse. Estava encurralada. Dois deles correram e a cercaram, um pela frente e o outro por trás. O quarto rapaz vigiava a porta do terraço que dava para a discoteca.

– Por que você fez isso? – perguntou o que estava à frente, mexendo as mãos com uma ginga rapper. – Agora vai ter que agradar todos os três!

A ameaça de estupro soava ainda pior em inglês hispânico. Bianca sentiu pavor. Aqueles caras se protegiam, se davam cobertura. Era mais divertido cometer o crime em grupo. Sim, eles estavam se divertindo com a cara dela. E ela não podia fazer nada. Estava sozinha. Indefesa. Impotente. Que raiva!

Antes que Bianca pudesse lutar, um deles a empurrou contra a parede e jogou seu corpo sobre o dela, imprensando-a. Usou de tanta violência que Bianca bateu a cabeça e quase perdeu os sentidos, segurando-se ao homem. Ela pôde sentir, ainda que parecesse um pesadelo, o hálito alcoolizado dele em seu pescoço e as mãos pesadas acariciando suas costas sob a blusa. Enquanto o homem tentava deitá-la no chão e despi-la, ela ouviu o som de urros, murros e pontapés. Sua visão estava turva. Eles estavam brigando?

Um homem a levantou do chão e a carregou no colo. Ela pensou que ia cair e se agarrou ao braço dele com a pouca força que tinha. Ao tocar sua pele, Bianca sentiu o relevo de uma cicatriz. Quando olhou, teve a certeza de já ter visto em algum lugar aquela tatuagem com a cabeça de medusa.

Bianca ouviu vozes e percebeu que havia mais gente ali. Então, uma voz se destacou:

– *Juan,* leve a garota!

Depois disso, Bianca só se recordaria do sangue que escorria de sua cabeça. E o mundo escureceu.

10

BAMBINO

Ao acordar, Bianca sentiu um cheiro forte de remédio. A luminosidade incomodava seus olhos, que ela tinha muita dificuldade para abrir. Todo o seu corpo doía, em especial a parte de trás da cabeça, para onde levou imediatamente a mão. Apalpou um curativo imenso no couro cabeludo e tentou erguer as costas.

– Não se mexa muito – falou a voz doce, com sotaque paulista, que ela conhecia bem.

– Mônica... Onde eu estou?

– Você passou a noite no hospital.

– Hospital?! – Ao virar o pescoço na direção da amiga, percebeu que seus cotovelos estavam arranhados.

– Você bateu a cabeça.

– Uns caras... Eles... Eu não lembro direito, mas sei que fui cercada por uns caras. – Ela levantou a coluna para encostar as costas no travesseiro. – Como eu vim parar aqui?

– Não aconteceu nada. Eles não conseguiram te fazer mal, amiga. Foram presos.

Bianca novamente pôs a mão no curativo. Latejava.

– O rapaz que trouxe você deixou isto – Mônica pousou uma rosa branca no colo da amiga.

Bianca segurou a rosa. O aroma fresco lhe fez esquecer a dor por um momento.

— Ouvi dizer que ele praticamente desfigurou os caras! — Mônica vibrou.

— Qual era o nome dele? Eu ouvi um nome... — buscou a lembrança. — *Juan*. Mas não sei se era o mocinho ou o bandido...

— O médico foi a única pessoa que o viu. Ele só me disse que o rapaz tinha um sotaque estranho.

— Todo mundo em Nova York tem um sotaque estranho. — Bianca sorriu levemente. Por enquanto era o único movimento que podia fazer sem sentir dor. — Eu queria agradecê-lo.

— Talvez ele passe aqui mais tarde.

— Como assim mais tarde? Eu vou ter que ficar aqui hoje?! — ela se exaltou, falando num tom alto demais. Quando percebeu que dividia a enfermaria com outros pacientes, se encolheu na cama. — Estou ótima!

— O médico só vai dar alta depois de fazer todos os exames.

— E meus pais? Preciso falar com eles.

No mesmo instante, o celular de Bianca tocou. Eram seus pais.

— Uau! Que sexto sentido! — exclamou Bianca, contente.

Mônica se encolheu. O sexto sentido teve um empurrãozinho. Como uma amiga que se preze, ela precisou avisar alguém responsável, e não seria a NYFA nem a imigração americana.

Enquanto Bianca tentava acalmar a mãe, que berrava ao telefone, Mônica acariciava a rosa, única, sozinha e pálida à luz da manhã.

🎬 🎬 🎬

O professor de *Feature Writing Workshop,* um homem de meia-idade com ares e discurso de intelectual chamado Dan Parkins, era responsável pela aula mais importante do curso. A disciplina era ministrada todos os dias, em aulas essencialmente práticas, e o trabalho a ser entregue no último dia de curso consistia na elaboração de um roteiro cinematográfico de 100 páginas. Um longa-metragem. Era um desafio, e, não à toa, por mais que Bianca e seus colegas gostassem muito de escrever e quisessem se tornar roteiristas profissionais, já estavam desesperados na segunda semana de aula.

A manhã de segunda-feira foi agitada. Dan passou um exercício para a turma de 11 alunos, e eles precisaram se dividir em dois grupos. A metade da qual Bianca fazia parte ficou desfalcada, mas não por muito tempo. No turno da tarde, ao chegar do almoço, Bianca deparou com um colega novo na classe. Não era exatamente um estranho para ela. E não parecia exatamente uma coincidência.

– O que está fazendo aqui? – ela perguntou, sentando-se na cadeira ao lado da dele.

– Boa tarde para você também, Bianca – respondeu Paul, abrindo o caderno.

– Desculpa – ela disse, sem graça. – Boa tarde, Paul. É que eu estou surpresa em te ver.

– Vamos ser colegas do *workshop* pelos próximos meses – ele comunicou, não disfarçando a satisfação.

– Pensei que já estivesse se formando – ela assumiu.

– Estou no segundo ano. Não sou exatamente um calouro como você. – Ele insinuou um olhar presunçoso que ela não tinha certeza de ter entendido.

– Você sabia que eu estava matriculada nessa disciplina?

– Acha que eu estou aqui por sua causa? – rebateu ele, depressa.

Ele era direto também. Ela gostou e decidiu entrar no jogo.

– Acho que sim.

– Você acertou.

– Sério?

Paul tirou um chiclete de limão do bolso e ofereceu a ela. Bianca quase não acreditou na coincidência. Será que era o sabor preferido dele também?

– Acho que podemos aprender muito um com o outro.

Ela queria perguntar sobre o chiclete, mas cortaria o assunto, que estava lhe interessando.

– Por quê?

– Porque nós estamos aqui por amor... ao roteiro.

Ela arregalou os olhos. Era evidente que ele a estava paquerando, e ela não sabia mais o que dizer, nem como agir. A qualquer momento começaria a trocar as palavras e a dizer besteiras. Ciente disso, apenas meneou a cabeça, nem concordando, nem discordando.

– Você não me ligou para sairmos no sábado – ele reclamou, fazendo questão de se mostrar decepcionado.

O machucado que ainda cicatrizava no couro cabeludo de Bianca deu uma fisgada, e ela espremeu os lábios. A lembrança daquele fim de semana agora era um grande galo em sua cabeça.

– Pois é. Fiquei pensando se o programa com a sua namorada foi bom.

Para sorte de Paul, Dan deixou claro que também estava interessado na conversa, olhando fixamente para o casal que parecia ter esquecido que ainda estava na sala de aula.

Todas as semanas os alunos trabalhariam numa nova cena. Dan havia passado um exercício para que criassem a estrutura do protagonista, definindo sua personalidade. No papel, os alunos deveriam selecionar suas características gerais e outras mais específicas, bem como definir o passado, o presente e os objetivos do protagonista. Para Bianca, esse era um exercício complicado. Antes de delinear sua personagem, ela precisava saber quem era e o que queria para o seu futuro.

De vez em quando Paul se inclinava para ler o que ela estava escrevendo, mas Bianca achava que ele só estava querendo brincadeira, e colocava o cotovelo na frente do papel. Conforme o tempo ia passando e o momento de entregar o trabalho se aproximava, ele foi ficando impaciente e ela, confusa.

– O que foi? – ela perguntou.

– Estou tentando comparar nossos personagens – ele justificou, espichando os olhos para o papel dela.

– Bem, você não vai querer escrever um roteiro sobre uma protagonista desajeitada e insegura como a minha.

Paul tinha uma interrogação imensa carimbada na testa.

– E por que você escreveria sobre uma protagonista assim, Bianca?

– Porque... ah, porque... é a minha história, Paul.

– Ok. Se quer uma dica, fuja da "Síndrome da Bella Swan" – alertou ele. – Meu pai disse que os produtores estão fugindo de roteiros com protagonistas estereotipados.

Interessada, Bianca pediu que Paul compartilhasse mais dicas sobre o assunto, e ele, demonstrando que a falta de modéstia era uma de suas características marcantes, aproveitou para exibir seus conhecimentos e influências sobre o meio cinematográfico hollywoodiano. Ao final da aula, depois de entregarem seus trabalhos ao professor Dan, deixaram juntos o *campus* do SoHo.

– Quer carona? – ele apontou para um carro estacionado a alguns metros do portão.

– Obrigada, mas não estou indo para casa. Vou me encontrar com uma amiga.

– Eu deixo você onde quiser.

– Não há necessidade de mudar o seu trajeto. – Bianca ajustou a mochila no ombro e brindou Paul com um sorriso amistoso, dizendo: – Obrigada pelas dicas de hoje.

De repente, ele havia se aproximado demais e todo o horizonte de Bianca era um brilhante e profundo azul. Quando ele piscou os olhos, ela despertou.

– Eu tenho que ir. – Ela tomou a iniciativa e deu um beijo rápido na bochecha de Paul, distanciando-se antes que ele pudesse retribuir.

– Nos vemos semana que vem. Quando voltar de viagem, acho que vou ter notícias para você! – Ela olhou para trás, intrigada. Ele prosseguiu: – Falei de você para o meu pai. Mas é segredo ainda.

O coração de Bianca disparou. Ela podia ouvi-lo, mesmo com todo o barulho do tráfego e das conversas paralelas dos alunos ao redor.

Será que as portas começariam a se abrir? Será que Nova York era mesmo a terra das oportunidades, a cidade onde todos os sonhos se tornam realidade? E será que nesse sonho Paul era o príncipe? Bianca queria uma só resposta para todas as perguntas que a acompanharam na viagem de metrô até em casa: *sim!* No entanto, seu faro de gata borralheira dizia que a resposta tendia mais para "não acredite em finais felizes antes do final".

Ao contrário do que acontece na vida real, o *script* define tudo o que vai acontecer em um filme. Por isso, o roteirista deve sempre saber como uma história termina. Bem que Bianca gostaria, mas sua vida não era um filme. E o *script*... não era ela quem escrevia.

🎬 🎬 🎬

O restaurante chamava-se Bambino e ficava na Mulberry Street. Como Bianca havia chegado adiantada, preferiu esperar na entrada do estabelecimento. Depois de espiar pelo vidro e verificar que havia muitas mesas vagas, decidiu que não seria preciso fazer reserva, afinal era um dia de semana.

Ledo engano. O Bambino não era um restaurante concorrido, tampouco famoso. Contudo, naquela segunda à noite haveria um jogo de futebol que nenhum imigrante morador de Little Italy ousaria perder: o grande clássico Catania x Palermo. A rivalidade entre os dois times sicilianos seria mais do que um duelo entre clubes do sul da Bota: seria um verdadeiro confronto de temperamentos. Para os parlemitanos, como Mister Gennaro, por exemplo, uma vitória nesse clássico seria tão importante quanto o famoso título da série A do campeonato, chamado *scudetto*.

Quando as torcidas *Rosaneri,* do Palermo, *e Rossazzurri,* do Catania, começaram a chegar, Bianca entendeu por que o senhorio havia deixado um bilhete na portaria avisando que só voltaria a trabalhar no dia seguinte.

De repente, o restaurante estava abarrotado de homens de todas as idades, envoltos em cachecóis e sacudindo bandeiras como se estivessem em um estádio. Bianca não entendia por que uma disputa entre aqueles dois times movimentava tanto a rotina dos homens do bairro. Se ainda fosse um clássico como AC Milan x Juventus, talvez fizesse algum sentido. Quem lhe explicou o fenômeno foi Mister Mario Visconti, o dono do estabelecimento, que lhe serviu uma Coca-Cola no bar do restaurante enquanto ela esperava uma mesa vagar:

– *Signorina*, Little Italy é um bairro fundado por imigrantes sicilianos, napolitanos e calabreses. Você chegou há pouco tempo e ainda não vivenciou as tradições do nosso povo. Mas há uma ótima oportunidade para isso, e começa já no próximo fim de semana, aqui mesmo nesta rua: a grande festa de San Gennaro. Ela dura 11 dias. – Enquanto ele falava, Bianca não conseguia desviar a atenção no movimento dos bigodes fartos e desgrenhados do homem. – Vários restaurantes participam. Inclusive o Bambino!

– Que legal, Mister Visconti! – Ela se entusiasmou, dando um gole em sua bebida. – Eu não fazia ideia de que a comunidade italiana era tão unida.

– Você está convidada para um petisco na nossa barraca – disse ele, levantando o bigode com um sorriso prazenteiro.

– A *signorina* precisa experimentar a grande especialidade da feira, que são as linguiças! – comentou um senhor de barbas brancas que aparentava ter pelo menos 100 anos. Talvez o segredo da longevidade estivesse exatamente em não se privar das iguarias de sua terra, pensou Bianca.

Um jovem casal que terminava de jantar liberou a mesa para Bianca. Antes que o garçom aparecesse para recolher os pratos, ela reparou no guardanapo, que fora utilizado para desenhos de corações e declarações de amor.

– É a letra de uma música – disse uma voz masculina.

Curiosa com a inusitada informação, Bianca levantou os olhos. Ainda que o avental verde sobre a camisa vermelha e uma boina desbotada tombada para o lado comprometessem um pouco a apreciação, a singular beleza mediterrânea do rapaz não lhe passou despercebida.

Não havia como Bianca ignorar aquele intrigante homem italiano, especialmente porque, além da tez morena, do perfil romano, dos olhos claros e dos cabelos negros, ele trazia um ar de mistério na fisionomia estranhamente familiar.

– Que música? – ela quis saber.

– "Io Che Amo Solo Te" – ele respondeu, com um sotaque siciliano pronunciado.

– O que isso quer dizer?

Enquanto Bianca aguardava pela resposta, o rapaz ignorou a etiqueta e encostou a boca em seu ouvido, falando mais devagar que o normal:

– *Eu, que amo só você.*

Apesar de brevemente capturada pelo olhar verde-água do garçom, Bianca direcionou a atenção para o nome dele, estampado na plaquinha do avental: *Salvatore*.

Salvatore agora tinha um caderninho e uma caneta na mão, aguardando para anotar o pedido. Uma mecha do cabelo que escapava da boina desajeitadamente lhe cobria parte do rosto. Desconcertada por ter se dedicado longamente a explorar aquele detalhe, Bianca foi bem rápida ao pedir uma torrada com manteiga sem sequer verificar o cardápio aberto sob os cotovelos.

– Posso trazer uma porção de mel para acompanhar? – Ele completou, com o sorriso de canto mais charmoso que ela já tinha visto: – É por conta da casa.

Mesmo que não fosse de graça, Bianca nunca resistiria ao vocábulo "mel" pronunciado com aquele sotaque. Era capaz de aceitar qualquer coisa que o garçom quisesse oferecer. Antes que começasse a dar sinais involuntários disso (como ficar vermelha, mexer os pés ou passar a mão pelo cabelo sem parar), o melhor que pôde fazer foi olhar para a tevê e se ocupar torcendo pelo Catania. Bianca tinha a tendência a torcer sempre pelo time mais fraco, pois gostava de acreditar na superação e, invariavelmente, no improvável.

O atraso de Mônica já era de mais de uma hora quando o *smartphone* vibrou sobre a mesa, anunciando a chegada de mensagens pelo *WhatsApp* com o mapa de sua localização e uma foto de Mônica olhando pelo reflexo da janela do metrô, tremida e colorida com os tons pastel do instagram.

M. Hiroshi at 09:03 pm

#broadwayfeelings #subwaystyle #onmywaytolittleitaly #waitingforthenexttrain #oquepassoupassou #youaremybff

Desnecessário informar que as duas eram completamente viciadas em *hashtags*. #Fato.

Bia Villaverde at 09:05 pm

#broadwayfeelings #oquepassoupassou #lovemybff

M. Hiroshi at 09:06 pm

#oquetemdebom?

Bia Villaverde at 09:08 pm

#torradascommel #futebolitaliano #naoapenasofutebol #whereismyromeo

M. Hiroshi at 09:09 pm

#mel? #romeo? #algumitalianogatonopedaço?

Bia Villaverde at 09:11 pm

#melsiciliano #muitogato

M. Hiroshi at 09:12 pm

#tochegando

A partida caminhava para o segundo tempo, e o Palermo estava perdendo, o que significava que a qualquer momento Bianca seria linchada ali dentro. Ela tinha plena consciência disso, mas não deixava de demonstrar entusiasmo a cada lance bem-sucedido do Catania. Então, quando o Palermo empatou, Bianca não aguentou e deu um grito de revolta tão alto e efusivo que conseguiu curar a audição do velhinho de 100 anos. Tão depressa como ela se encolheu por trás da mesa, Salvatore estacionou a seu lado, trazendo uma taça de vinho. Daqui a pouco iria servir um jantar completo e dizer que era cortesia da casa, pensou Bianca.

– Obrigada, mas não posso aceitar – ela disse, categórica.

– O vinho não é cortesia da casa. É uma oferta minha. Você é a única turista que veio aqui e torceu pelo Catania. – Ele encheu a taça até quase transbordar.

– Não estou assistindo ao jogo. Eu... não sou turista. Moro aqui perto.

Ops! Alerta amarelo. A recomendação número 1.876.635 de papai e mamãe Villaverde dizia que ela não devia falar com estranhos, nem lhes dar intimidade, como, por exemplo, fornecer detalhes sobre sua vida particular.

– Você trouxe boa sorte – ele disse.

Foi então que um tufão abriu passagem, desgrudando os olhares de Bianca e Salvatore. Mônica não poderia ter feito uma entrada mais triunfal. Ela chegou empurrando os torcedores *rosaneri* que se concentravam na porta. Alguns a laçaram com cachecóis e ofereceram bandeiras, que ela prontamente aceitou. Assim que despencou no banco, perguntou:

– Cadê o *romeo*?

Bianca girou a cabeça para todos os lados e não conseguiu encontrar Salvatore. Ele havia desaparecido de um momento para o outro, sem deixar vestígio.

Irritada, Bianca arrancou o cachecol adversário do pescoço de Mônica.

– Acho que ele foi embora... – Todo o seu semblante estava murcho. – Você o espantou – resmungou.

O jeito foi espalhar um pouco de mel na torrada e se contentar com aquele doce e sutil pedacinho da Sicília.

Como a festa precisava continuar para os moradores de Little Italy independentemente de rivalidades e resultados, o Palermo marcou mais um gol, fechando o placar em 2x1. Afinal, Bianca não havia trazido boa sorte ao Catania. Mas tomou o vinho mesmo assim.

11

THE MASQUERADES

Bianca ainda penteava o cabelo com cuidado no lugar onde ficava o curativo. Embora uma semana houvesse decorrido desde o incidente no El Calabozo, a lembrança da violência ainda a perturbava. Mesmo quando tentava esquecer, Helena e Ronaldo faziam questão de lembrá-la sempre que telefonavam, com uma lista de recomendações, agora duplicada.

Enquanto Mônica terminava de preparar sua especialidade, lasanha à bolonhesa congelada, Natalya se divertia com um seriado de comédia na tevê. Era raro vê-la sorrir, por isso Bianca se sentou ao lado dela no sofá. Era preciso aproveitar aquele momento de bom humor para, quem sabe, finalmente conseguir se aproximar da *roommate*. Natalya estava tão entretida que só deu pela sua presença quando Bianca lhe ofereceu uma de suas Pop Tarts sabor morango.

– Eu já assisti a esse episódio no Brasil – comentou Bianca.

– Então não solte nenhum *spoiler* – alertou Natalya, sem desgrudar os olhos da tevê.

– Ok.

– Por que você vai assistir a um episódio a que já assistiu? – Ela terminou de deglutir sua Pop Tart e falou com a boca cheia: – Não tem mais nada pra fazer, não?!

A reação de Bianca levou alguns segundos a mais do que Natalya esperava.

— Você é grossa, mal-educada e pensa que tem o rei na barriga. – disparou Bianca. – Mesmo assim, eu vou com a sua cara.

Natalya cruzou os braços e finalmente virou o rosto branco como porcelana para Bianca.

— Descobri qual é o seu problema, *baby*. Você não suporta que exista alguém no mundo que não vá com a sua cara. Quer conquistar as pessoas a qualquer custo.

Bianca parou de mastigar e quase engasgou com o recheio do doce.

— Não faça isso, Nat – interferiu Mônica, sentando-se à mesa com sua lasanha na bandeja. – A Bianca só está tentando criar um ambiente harmonioso aqui em casa.

— Era mais harmonioso quando ela não estava aqui – disse, e se levantou bruscamente. – Não gosto de situações forçadas, por isso vou ser bem franca. – Apontando o dedo para Bianca, continuou: – Não vou com a sua cara de princesinha. Desde o primeiro momento, eu soube que não haveria nada que você pudesse fazer para que eu passasse a gostar de você.

Depois que a garota russa bateu a porta do seu quarto, Mônica ocupou o lugar onde ela estava sentada e tentou consolar Bianca, dizendo que Natalya fora assim com ela também no começo; que não tinha família e que, de certa forma, as invejava por elas terem um corpo cheio de curvas e por terem um ideal na vida.

— Você já pensou em se dedicar à psicologia? – questionou Bianca, impressionada com a precisão do perfil avaliado pela amiga.

Mônica riu sobriamente.

— Eu só conheço a Nat há mais tempo que você, Bia. Sei exatamente quais são os problemas dela. Você nunca reparou como ela olha para a gente? A inveja fica ainda mais evidente quando ela pega as nossas coisas emprestadas.

— Gostaria que ela fosse mais feliz consigo mesma – lamentou Bianca.

— Não se preocupe. Ela é feliz do jeito dela. Mas não a deixe fazer você infeliz.

Sem mais nem menos, um pano caiu negro sobre a cabeça de Bianca. Era um dos vestidos escandalosos de Natalya.

— Quer ser minha amiga, Bianca? — O sotaque russo soou ameaçador.

O semblante da garota estava confiante e cheio de si, pois tinha um dos muitos vestidos rendados de Bianca, não por acaso o seu preferido, nas mãos. Mônica se levantou e observou sem entender nada, assim como Bianca, que continuou sentada com o vestido da outra na mão.

— Vamos trocar de personalidade hoje. Eu vou sair com o seu vestido e você vai com o meu — propôs Natalya.

Bianca virou o rosto para Mônica, que lhe devolveu uma expressão do tipo "eu não disse?". Depois, a paulista foi até a cozinha, ignorando o teatro de Natalya.

— Não vou sair hoje, Nat. Muito menos para aquele lugar — afirmou Bianca. — Você sabe o que aconteceu e...

— Dane-se o que aconteceu! Não seja covarde, *princesinha*. — Ela sacudiu o vestido no ar e se exaltou: — *Move on! Get over it!*

— Quem decide isso sou eu — respondeu Bianca.

— E se eu te disser que não sou eu quem está te convidando desta vez?

Mônica largou a louça na bancada da cozinha e tornou a sentar no sofá, interessada. Natalya sacou dois convites da bolsa e os atirou no colo de Bianca.

— Se quiser saber de quem partiu o convite, tem que ir ao EC hoje.

— Não aceito nada que venha de você, Natalya. — Bianca se levantou e largou o vestido no sofá.

— Esse convite não partiu de mim.

— Não importa.

— Então é assim que quer ser minha amiga?

— Você deu uma bebida com absinto para a Mônica e depois a ficou ridicularizando para os seus coleguinhas da boate.

Mônica franziu até as rugas que não tinha no rosto. Natalya foi até perto dela, vestiu sua expressão mais sonsa e perguntou:

– Não foi a primeira vez que a Mona tomou aquele drinque, né, amiga?

– É. Mas eu não sabia que você ficava rindo de mim – respondeu Mônica, cabisbaixa.

– Você pouco se importa com as suas amizades, Nat – acusou Bianca, arrancando seu vestido da mão dela. – Quer saber? Eu não preciso de amigas como você. Estou finalmente aprendendo a valorizar o que é bom para mim e a dispensar o que não é. E você, *baby*, não é legal.

Mônica se aproximou de Bianca com a intenção de interrompê-la, mas Bianca desconsiderou a preocupação da amiga e continuou:

– Apesar de eu pouco me importar com o que você pensa de mim, me importo com você porque a Mônica se importa. E a Mônica é minha amiga. É só por causa disso que eu vou te dar um conselho: reavalie as suas amizades. Você pensa que tem muitos amigos, mas todos eles te usam para conseguir entradas para a boate. Eu reparei como seus convidados babavam o seu ovo e depois que você dava as costas faziam comentários sobre as traições do seu namorado!

Mônica procurava seu queixo no chão, enquanto Natalya se esforçava para controlar uma lágrima presa no canto do seu olho. Sem dizer mais nenhuma palavra, levou seu vestido, que estava no sofá, e bateu a porta do quarto.

– Você pegou pesado, Bia – disse Mônica, pousando a mão no ombro da amiga. – Sei que ela tira a gente do sério, mas eu te disse que ela é problemática.

– Todos nós temos problemas, Mônica. Ela não pode brincar com as pessoas.

– Você está certa. Mas... – Mônica mordeu os lábios, numa clara manifestação de conflito. – Vou te contar uma coisa sobre a Nat. Era para ser um segredo, mas acho que a situação chegou a um ponto em que preciso te contar. Ela só descobriu recentemente, um mês antes de você chegar.

Durante o tempo de hesitação de Mônica, Bianca imaginou todos os tipos de traumas e dramas familiares e já nem precisava ouvir a história para saber que tinha ido longe demais. Estava quase se levantando e indo bater na porta do quarto de Natalya para pedir desculpas quando Mônica soltou:

– O Enrique é casado.

Bianca abriu a boca para dizer a primeira coisa que lhe veio à cabeça, que seria algo como "safado", mas depois pensou melhor e engoliu a palavra.

Se Natalya gostava mesmo do rapaz e não estava com ele apenas por interesse, isso era um assunto que não devia lhe interessar. No entanto, inexplicavelmente, Bianca estava se sentindo solidária a Natalya. Podia ser um sintoma claro de que, tal como os homens, as mulheres se protegem, ela pensou. Sentiu-se culpada por esse pensamento, é claro. A educação que recebera dos pais e os princípios que aprendeu sobre a família como instituição sagrada não lhe dariam margem para aceitar uma situação daquelas. Mas Bianca não precisava aceitar. Ela simplesmente queria proteger uma amiga.

– Safado – ela disse, por fim, em alto e bom som.

🎬 🎬 🎬

Ao menos Natalya havia permitido que Bianca escolhesse o vestido. Eram tantas opções, de tantas cores e estampas, tecidos e decotes, que foi preciso espalhar tudo na cama. O escolhido foi um modelo azul-escuro de um ombro só e justo ao corpo, valorizando as curvas. Embora fosse magra, Bianca tinha formas tipicamente brasileiras. Por essa razão, optou por vestir um casaquinho preto com aplicações de *strass* e adicionou um adorno ao figurino, um cordão trançado dourado que amarrou na cintura. Para completar, colocou a pulseira de ouro com as letras do seu nome em forma de pingente, com que seus pais lhe haviam presenteado aos 15 anos.

Ao se apresentarem diante do espelho do armário, Bianca e Natalya não se pareciam em nada uma com a outra. Natalya podia estar com o vestido menos careta de Bianca e Bianca, com o vestido menos decotado de Natalya, mas nenhuma delas deixava de ser quem era. A essência de cada uma se concentrava no olhar, na postura, no comportamento. Não era preciso trocarem o invólucro para se certificarem de que o conteúdo é o que reflete a personalidade de alguém. De qualquer forma, ambas ficaram muito satisfeitas por perceber suas próprias personalidades em si mesmas.

Por causa da discussão que tiveram, Bianca sentiu que Natalya começou a se aproximar mais. Até lhe ofereceu carona no carro de Enrique! Claro que ela preferiu recusar, para não dizer palavras pouco educadas ao rapaz.

O grande letreiro que anunciava a banda The Masquerades estava em curto-circuito, e o segundo "s" piscava intermitentemente. Logo abaixo dele, na fila, Bianca não tinha certeza do que estava fazendo ali, ainda por cima *fantasiada* de Natalya.

— Bia, nós podíamos ter entrado com a Nat e o Enrique. Não perderíamos tanto tempo nesta fila idiota — resmungou Mônica.

— Não quero favor nenhum daquele sujeito. E nem da Natalya!

— Você não ficou curiosa sobre o convite? — insinuou Mônica, cutucando-a com o cotovelo.

— Não viaja! A Nat inventou essa história. Ela vive empurrando a gente para cá.

Ao entrar na discoteca, Bianca teve a impressão de ter visto o garçom do Bambino passando por trás de um segurança. Podia ser o mesmo rapaz, afinal ele devia morar por ali, no Bronx. Ela logo esqueceu o italiano quando deparou com o ambiente do lugar.

A impressão era a de que estava ainda mais lotado do que da última vez, especialmente nas proximidades do palco. Se não fossem as prerrogativas de rainha da noite de Natalya, suas *roommates* teriam que se contentar em assistir ao espetáculo no meio do fã-clube. Ah, sim, as loiras que atropelaram Bianca da última vez não perdiam nenhuma apresentação da banda e, desta vez, estavam munidas de cartazes com declarações de amor.

— Vamos! Venham comigo! — Natalya empurrava as duas amigas e avançava na multidão aglomerada na pista como um trator de guerra, derrubando quem atravessava seu caminho. — Por que estão fazendo força para dificultar? Confiem em mim. — E olhou para trás com um inédito sorriso brejeiro.

Bianca e Mônica se entreolharam. A cada passo que davam, ficavam ainda mais preocupadas, até que as três finalmente pararam atrás do palco, na área onde o acesso só era permitido ao pessoal credenciado do El Calabozo ou à produção do grupo.

— Você está achando que a gente vai entrar aí? — questionou Bianca, enchendo o peito de ar — Não vou invadir o camarim de ninguém.

— Quem disse que vocês têm o privilégio de visitar o camarim do The Masquerades? — Natalya soltou uma risada ácida que ecoou no corredor mal iluminado dos bastidores. — Vocês vão ficar no camarote, na lateral do palco.

— Quem disse que ligamos para camarote? — desdenhou Bianca, incluindo Mônica na conversa.

— Você diz isso porque nunca assistiu a nenhuma apresentação deles.

— É verdade — concordou Mônica, por fim.

Bianca amaldiçoou a amiga por ter tomado o partido da outra, mas não se manifestou. Afinal, como não pôde assistir ao espetáculo da última sexta-feira por motivos alheios a sua vontade, estava ainda mais curiosa por todo o mistério que se tornara a tal banda de mascarados. Pelo jeito, o *mistério* era parte do show.

🎬 🎬 🎬

Quando a banda subiu ao palco, a euforia do público contagiou Bianca e Mônica, que se encantavam com a visão plena da plateia. Em um lugar de destaque como o camarote, as duas se sentiam parte do espetáculo. Mais do que isso, sentiam como se o espetáculo fosse para elas. Mônica se aproveitou disso mais do que Bianca, pois, enquanto aquela se debruçava na bancada e acenava entusiasticamente para os integrantes da banda, esta, intimidada com os aplausos e com os holofotes que se cruzavam sobre si, recostava-se na cadeira por trás da sombra da amiga.

Os cinco rapazes eram jovens, mas uma máscara negra que lhes cobria parcialmente o rosto não permitia ter certeza. Vestiam camisas idênticas e calças pretas, mas cada um usava na cintura uma fita de cetim de cor diferente.

– Qual deles você acha que te convidou? – indagou Mônica, de um jeito meio abobalhado.

Bianca pediu silêncio à amiga, aproveitando para escapar da resposta no momento em que o mascarado com a fita vermelha pegou o microfone. Depois das saudações de praxe, ele se virou na direção do camarote onde estavam Bianca e Mônica e se inclinou num rebuscado e teatral cumprimento. Assim como Mônica e todo o fã-clube da banda, Bianca se derreteu com o gesto. Era bom se sentir adolescente de novo, embora ela nunca houvesse experimentado aquela sensação antes.

O repertório eclético e predominantemente composto por grandes clássicos dos anos 1980 levou as amigas a cantarem vários dos refrões. Na última música, em sintonia com a plateia, elas balançaram os celulares no ar, compondo o cenário de um céu estrelado dentro da discoteca. Ao contrário de Mônica, que usava seu aparelho como um sinalizador de emergência, Bianca acompanhava a melodia suave de "Heaven" criando uma coreografia só sua, acompanhando o ritmo e as rimas que somente ela ouvia no cenário de sua imaginação.

De repente as vozes silenciaram, os instrumentos calaram, os holofotes baixaram e um gesto atraiu todas as atenções. Os cinco mascarados atiraram rosas brancas para a plateia. Bianca se admirou com a delicadeza das flores em contraste com a agitação das fãs, estapeando-se na disputa pelas rosas quando, de repente e sem perceber de onde viera, uma rosa caiu no seu colo. O mascarado da fita vermelha apenas sorriu, desaparecendo depressa por trás da cortina.

Ainda que Bianca só tivesse visto meio sorriso, sabia que fora inteiramente dirigido a ela. Sem perceber, ela o havia retribuído, pois tinha certeza de que havia acabado de encontrar o par romântico ideal para sua protagonista.

12

BIG BAD JOHN

Assim que chegou em casa, Bianca colocou sua rosa branca em um copo com água, gelo e açúcar. Receita de Dona Helena para conservar as flores frescas por mais tempo. Recordando a mãe e o quanto aprendera com ela, sentiu um aperto de saudade no peito e olhou para o pulso onde estava a pulseira de ouro. Qual foi o seu espanto ao verificar que a joia não estava mais lá. Como já era madrugada, Bianca precisaria esperar até amanhecer para falar com Natalya, na esperança de que uma de suas lembranças mais preciosas estivesse perdida em algum canto obscuro do El Calabozo.

Bianca nem sequer deu boa-noite a Mônica, que beliscava guloseimas na cozinha como uma salteadora. Deitou-se na cama e pensou no mascarado que lhe ofereceu a rosa. Ela nunca recebera tantas flores em tão pouco tempo! Começava a achar que, afinal, as comédias românticas nunca a enganaram a respeito do homem americano. Pena que só na ficção os galanteadores se apresentassem com nome e telefone.

De repente, a música que envolvia Bianca era como uma brisa quente afagando seu rosto, seu pescoço, sua cintura. A melodia era como mãos de homem, grandes, largas, pesadas, conduzindo seus movimentos, cadenciados, suaves, repetidos. Os olhos não viam, as mãos não tocavam e a pele não sentia, mas ela não tinha dúvida de que dançavam juntos. E rodopiavam pelo quarto, desviando dos móveis, rindo dos tropeços, cruzando as fronteiras da imaginação.

Entre uma dança e outra, Bianca havia terminado de escrever uma cena inteira no computador. Mônica a assustou quando entrou no quarto usando pantufas de coelho e o pijama de algodão da personagem homônima criada por Mauricio de Sousa (ela jurava que havia comprado por acaso).

— Você acha estranho dançar sozinha no quarto? — indagou Bianca, pensando que Mônica não era a pessoa mais qualificada para responder. Não vestida como um *cosplay* na versão oriental de um personagem de quadrinhos.

Mônica tirou uma das pantufas do pé e a atirou na amiga, que precisamente a agarrou entre os braços. Bianca olhou fundo nos olhos de acrílico do coelho. Ele tinha cara de sofredor. Pelo menos não era azul e, até onde se sabia, não tinha sido batizado de Sansão.

— Por que a pergunta? Você estava dançando? — Mônica abriu um sorrisinho matreiro.

Bianca atirou o malfadado coelho sem dó nem piedade bem na cara da amiga. Era difícil dar credibilidade a uma pessoa que usava aquilo nos pés.

— Eu não! Minha protagonista — despistou. — Comecei a escrever meu roteiro para o trabalho final do curso.

Mônica deu um saltinho para fora de sua cama e se aproximou do laptop, espichando os olhos curiosos para a tela.

— Então você definiu a protagonista...

Bianca fechou a tampa do computador com brusquidão e o guardou no armário como se o que houvesse ali fosse um segredo de estado. Era a única propriedade sua que não compartilhava com ninguém.

— E o par romântico da sua heroína? — assanhou-se Mônica, suspirando teatralmente para o coelho.

— Vai ser um anti-herói.

Mônica torceu o nariz.

— Nem sempre os finais unem os casais que queremos que fiquem juntos — disse Bianca, entregando um livro para a amiga.

Era uma versão francesa antiga, com capa dura forrada em couro, que Bianca encontrou depois de muito garimpar os sebos do Rio de Janeiro. Daquela edição de "Le Fantôme de l'Opéra", o seu exemplar era praticamente uma relíquia.

Dada a aparente fragilidade do livro, Mônica tocou a capa como se ela pudesse se desfazer, deslizando o dedo no baixo-relevo do título, preenchido por uma tinta dourada. Cuidadosamente, ela o abriu e leu, na folha de rosto, uma dedicatória provavelmente escrita em caneta de pena: *"Pour mon Ange de La Musique"*[1].

– O final dessa história me irritou profundamente – queixou-se Mônica, fechando o livro. – Eu gosto de *happy endings*. Não achei nada romântico.

– Eu vejo muita semelhança entre ela e "A Bela e a Fera", por exemplo. A importância da heroína na redenção e libertação do homem amado.

– Mas a Bela termina feliz para sempre ao lado da Fera...

– E Christine vive feliz para sempre ao lado de Raoul – retrucou Bianca. – É um *happy ending*.

– Não – discordou Mônica. – O Fantasma fica sozinho, traído e abandonado. Que redenção é essa? É triste. Triste pra burro!

Bianca percebeu que, para convencer Mônica de suas teorias, precisaria aprofundar melhor seus argumentos.

– O Fantasma não é o herói. É o anti-herói. É natural que ele não termine com Christine – concluiu Bianca. – Nem por isso a história é menos romântica ou o final é triste.

– Mas eu torci pelo Fantasma. E não me diga que na sua linda história de amor o anti-herói vai dar uns pegas na mocinha, mas não vai ficar com ela no final – inquiriu Mônica.

Bianca fez ar de mistério.

– Ok, *Mademoiselle Daaé*. Bom pra você, que se contenta com o "para sempre enquanto durar". Eu prefiro quando o para sempre dura para sempre – Mônica falou com precisão para encerrar o assunto.

---

[1] Tradução livre do francês: "Para o meu anjo da música".

— Renato Russo discordaria de você. "Se lembra quando a gente chegou um dia a acreditar... que tudo era pra sempre... sem saber... que pra sempre... sempre acaba..."– Bianca cantarolou o refrão de "Por Enquanto".

— Leroux, Renato Russo... Você está inspirada hoje – comentou a amiga, cobrindo-se com o lençol. — Mas acho bom pôr a sua inspiração para dormir, porque amanhã acordamos cedo.

Bianca sabia que havia algo errado em sua teoria. Ao mesmo tempo em que reconhecia que nem todo amor podia ser "para sempre" nos romances de ficção, ela mesma, na vida real, queria acreditar que o amor era algo atemporal, capaz de transcender o final da história. Mesmo que fosse um amor platônico, um amor clandestino, um amor inventado. Parecia mais fácil ser ou deixar de ser sonhadora no papel. Ou talvez ela estivesse realmente deixando de acreditar em finais felizes.

Enfim, ela até tentou fazer o que a amiga sugeriu, mas aquela conversa a havia despertado de um sono profundo. A verdade é que havia passado tempo demais adormecida, à espera de um final para uma história que ainda nem começara a escrever.

🎬 🎬 🎬

Distrito dos grandes musicais da Broadway, a Times Square, não por acaso conhecida como "a encruzilhada do mundo", especialmente no sábado à noite era como uma discoteca a céu aberto, com seus letreiros iluminados anunciando produtos e espetáculos. Bianca se esforçava para prestar atenção aos detalhes, tarefa difícil quando todo o cenário era como uma única vitrine consumista.

Explorar todas as faces de Manhattan, cumprindo à risca o roteiro de Mônica, obrigatoriamente incluía uma passadinha na Fashion Street. Enquanto a amiga lhe dava um bolo pelo *WhatsApp,* avisando que faltaria ao programa por conta de uma audição de última hora (Mônica se deu ao trabalho de anexar a imagem de um bolo com velinhas e tudo),

Bianca convertia mentalmente reais em dólares. Pelo bem das economias que tão arduamente juntara por carregar pilhas de processos no escritório, ela queria distância de butiques famosas como Tiffany, Gucci e Chanel, preferindo atravessar a rua para não sucumbir às tentações da moda.

Foi fugindo de um lado para o outro que Bianca encontrou um mercadinho escondido em uma rua adjacente, mais afastada da apelativa Times Square. Ela não sabia exatamente onde estava, mas enquanto houvesse turistas sabia que estava próxima do seu ponto de referência.

A ideia era comprar algumas peras e maçãs, mas, de repente ela tinha nos braços duas sacolas cheias. Se deixasse para Natalya fazer as compras, a geladeira ficaria abarrotada de iogurte light e Red Bull. Se deixasse para Mônica, as três viveriam à base de produtos congelados e restos de *delivery* chinês. Nenhuma de suas duas *roommates* tinha o hábito de comprar frutas.

Depois de alguns passos com o peso das compras, Bianca percebeu quão distante parecia a estação do *subway*. Nova York era cheia delas, praticamente uma em cada esquina. No entanto, quando mais precisava, elas desapareciam. Conforme se afastava do mercado, a rua se tornava mais estreita e escura e, em determinado momento, ela não reconheceu o caminho. Os turistas, as placas e até a calçada haviam desaparecido.

– Posso ajudar? – perguntou uma voz rouca.

Ao se virar para a pessoa, Bianca tomou um susto e quase deixou os sacos de compras virarem. O homem era negro, alto e corpulento, tinha uma barba branca imensa, que lhe dava mais idade do que seus 58 anos, e vestia trapos sobre os quais havia um cobertor de flanela muito sujo. Quase não era possível encontrar seus olhos, imersos na camada de sujeira que lhe cobria o rosto.

Ele não parecia perigoso, drogado ou bêbado, mas podia ter alguma arma escondida por baixo daquele monte de tecido.

Não, obrigada. Foi o máximo que ela conseguiu dizer sem que a voz tremesse. O senhor meneou a cabeça e se afastou. Bianca aproveitou e se afastou também, um pouco mais depressa. Antes de dobrar a esquina, sentiu vontade de olhar para trás. Então viu, no beco de onde o senhor surgira, sob a iluminação fraca de um poste à calçada, um grupo de pelo menos 20 pessoas, algumas sentadas, e outras deitadas sobre placas de papelão conseguidas no mercado. Foi a esse grupo que o senhor de barba novamente se juntou, e se aconchegou ao lado de uma pequena fogueira improvisada em um latão de tinta.

🎬 🎬 🎬

Era uma noite mais fria que o habitual para o mês de setembro. Bianca ficou penalizada. Ela não tinha um cobertor para lhes oferecer, mas tinha aquelas compras, que não lhe fariam falta. Assim que deu um passo atrás para voltar, avistou a sombra de uma Sprinter que estacionava e da qual desceram uma mulher e dois homens, carregando caixas. Do bagageiro do veículo, um deles tirou uma mesa de metal e sobre ela colocou uma grande panela de aço.

Bianca hesitou, mas, quando viu que as três pessoas serviam sopas aos mendigos, decidiu se aproximar. Nas caixas havia cobertores e algumas roupas usadas, que eles podiam escolher. Bianca percebeu uma sensação quente em seu rosto. Era uma lágrima escorrendo na pele gelada da friagem que fazia.

A mulher aparentava ter a sua idade e foi a primeira a vê-la.

– *Hey,* você gostaria de ajudar? – perguntou.

Bianca não pensou duas vezes. Pegou a concha e começou a encher a tigela de barro até transbordar. A mulher riu da falta de jeito de Bianca, que respondeu com um sorriso contido enquanto passava a tigela cheia para as mãos de um dos homens. Ela ainda não havia reparado nele, mas ele havia reparado nela. Os olhos de Salvatore, quando encontraram os de Bianca, pestanejaram e arredaram para as mãos que se tocavam. A pele dele era morna e provocou nela um calafrio bom.

– Você? – ela perguntou, espontaneamente.

Ele não respondeu. Segurou a tigela e a entregou a um dos mendigos. Bianca repetiu o gesto mecanicamente, mas desta vez, antes de passar a sopa adiante, ele a encarou durante mais tempo. O mendigo que esperava por sua refeição chiou.

— Você é voluntário nas horas vagas? – ela perguntou de novo, admirada. – Legal.

Salvatore não estava interessado em conversar e continuou a entregar as tigelas, que Bianca enchia até a borda. Ao servir o último da fila, que era o senhor negro de barba branca que havia oferecido ajuda para segurar as sacolas de Bianca, ele resolveu, enfim, falar alguma coisa. Não para ela.

— Você fez o *checkup* de que eu te falei?

— Ah, Totó... Você sabe que eu não gosto dessas coisas. Não preciso.

— A sua filha está grávida, Big John. Ela vai precisar muito de você.

— Ela não precisa de mim coisa nenhuma. – Ele tirou uma garrafa da cintura, e, quando encostou o gargalo na boca, Salvatore a tirou de sua mão e a arremessou longe.

— Não volte a fazer isso na minha frente! – esbravejou.

O rapaz deu as costas para o velho e se dirigiu até a van, batendo a porta com força. Bianca, que havia assistido à cena, achou a reação excessiva e ficou em dúvida sobre o que fazer. Afinal, não conhecia o tal mendigo como Salvatore conhecia. Pelo olhar que trocaram durante o diálogo, Bianca percebeu que existia mais do que intimidade entre os dois; existia quase uma relação afetiva.

O velho tornou a acomodar-se no papelão, e Bianca se agachou ao lado dele.

— Você tem uma filha? – ela perguntou.

— Eu tenho uma família linda.

Big Bad John, como fora apelidado pelos mendigos por causa de alguma semelhança entre sua história e a contada na música de Jimmy Dean, nasceu em Nova Orleans. Lá trabalhou como mineiro desde a infância, casou e teve três filhos. Por conta de seus problemas com o álcool, foi acusado de provocar um incêndio em uma mina, vitimando muitos trabalhadores, como ele, pais de família. Sabendo que seus parentes não conseguiriam conviver com a culpa e com os olhares acusatórios das outras famílias que ele acreditava ter destruído com seu vício, em vez de entregar-se às autoridades e cumprir sua pena para um dia ser novamente libertado, John decidiu sua própria sentença. Ele simulou sua morte entre as vítimas da mina e embarcou para Nova York, onde viveria para sempre como indigente, alguém sem passado e sem futuro. Anos depois, John viu sua mulher e filha tomando um trem em Manhattan e as seguiu. Ele descobriu que sua família havia abandonado a terra natal por causa das lembranças do acidente. E, assim, percebeu que não adiantava fugir do passado. Desde então, John os espiava quando podia, sempre cauteloso, afinal não queria ser reconhecido. Para os mendigos, ele era uma lenda como o Big Bad John da canção *country*. Para ele mesmo, era apenas o John. E, para os netos que nunca o conheceriam, ele não achava que merecia ser chamado de avô.

Sem conhecer sua história, mas sensibilizada pelos olhos tristes do homem, Bianca tomou nas mãos o que de mais precioso ele trazia no bolso. Sua esposa e seus três filhos em uma fotografia. Na imagem antiga, a família estava sorridente, de mãos dadas, no jardim de uma casa de arquitetura em estilo colonial. No verso, uma legenda que dizia "Golden Years in New Orleans" (anos dourados em Nova Orleans).

— Eu não vou perguntar o que você está fazendo aqui em vez de estar com a sua família, mas vou lhe fazer um pedido, Big John.

John estranhou a conversa. Bianca pegou sua sacola de compras e a entregou nas mãos dele.

— Eu quero que você deixe esta sacola na porta da casa de uma família amanhã. Qualquer residência onde more uma família.

Ele franziu a testa, mas, antes que se negasse a fazer o que ela lhe pedia, Bianca explicou:

— É dando que se recebe.

Ainda que não soubesse pelo quê John e sua família haviam passado, Bianca sabia que eles estariam sempre unidos pelo amor uns pelos outros. Ela imaginou que, se aquele homem se sentisse útil, se ele sentisse que de algum modo ainda possuía algo para dar, estaria novamente fazendo parte de uma família. Bianca se penitenciava por ter recusado que ele segurasse suas sacolas, mas agora sentia que estava dando um destino ainda maior ao gesto de solidariedade que Big John lhe oferecera.

Através da janela do carro, Salvatore observou a conversa de Bianca e John. Por mais vontade que tivesse de ir falar com ela, estava seguro de que não devia se aproximar. E não o fez.

A mulher que cozinhou a sopa se apresentou como Cat e se despediu de Bianca, agradecendo a ajuda com um forte aperto de mão. Assim como o outro homem, chamado Eliot, que a convidou para ajudar no voluntariado aos sábados. Quanto a Salvatore, ele nem sequer se despediu. Mas Bianca acenou para ele mesmo assim, acompanhando-o pelo reflexo no retrovisor até ele desaparecer na curva distante da esquina.

13

PRÍNCIPE

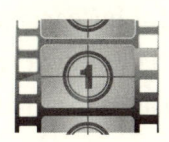

Bianca atirou sua pasta sobre a mesa e puxou uma cadeira.

– Qual é a notícia que tem para me dar?

Paul olhou para cima e a cumprimentou com um sorriso malicioso, sem dar nenhuma palavra. Quando Bianca decidiu se sentar, ainda estava à espera de não precisar agir como uma desequilibrada que não havia feito mais nada na última semana senão pensar naquele diálogo.

– Vai fazer mistério agora? Estou há uma semana esperando.

Ela não conseguiu convencê-lo de que estava apenas levemente curiosa.

– Você está ansiosa e nem sabe ainda do que se trata? – ele indagou, esticando o braço até a pasta de Bianca. Ágil e certeira, ela a tirou do alcance de Paul, abraçando-a contra o peito.

– Essa é a minha primeira cena. Vou mostrar ao Dan hoje, depois da aula.

– Posso ler?

– Você vai ser o primeiro a ler.

Bianca lamentou não ter uma máquina fotográfica para registrar a expressão de Paul naquele momento. Ele era lindo sem se esforçar, mas quando sorria parecia que o sol nascia pela segunda vez no dia. Paul pousou a mão sobre a de Bianca, que segurava o encosto da cadeira. Ela resistiu ao ímpeto de retirá-la, pois aquele carinho lhe fez bem.

— Gostaria de ter sido sempre o primeiro.

Não era algo que Bianca esperasse ouvir.

— O que quer dizer com isso? — Ela recolheu rapidamente a mão. — Cuidado com as suas palavras! Você tem namorada e eu não me sinto bem em ouvir esses galanteios.

Galanteios?! Onde ela foi buscar aquela palavra arcaica? Bianca se perguntou se não estaria em uma realidade paralela, dentro de algum dos seus romances. Devia ser o efeito que o "príncipe" Paul lhe causava.

— Eu não tenho namorada — ele afirmou.

— Vocês terminaram? — ela indagou, desconfiada.

— Nem sequer começamos. — Ele tentou pegar na mão de Bianca de novo, mas ela a manteve firmemente entrelaçada na outra, afagando a pasta em seu peito. — Depois que conheci você, Bianca, não consigo pensar em mais ninguém.

— Eu penso em você também — ela admitiu, sentindo-se bem em retribuir a declaração que acabara de ouvir, embora não estivesse tão certa de que deveria fazê-lo.

— Vou precisar viajar de novo, mas desta vez quero que venha comigo. Essa é a notícia, ou melhor, a proposta que eu queria te fazer — comunicou ele.

— Viajar para onde?

— Para a minha casa de praia, em Malibu.

— Por quê? — A pergunta escapou com um tom mais de espanto que de surpresa.

Paul franziu a testa, quase constrangido com a incerteza de Bianca.

— Eu falei com meu pai sobre você e ele ficou interessado em conhecer os seus trabalhos. A produtora dele é em LA. Por isso eu pensei em incluir uma passadinha em Malibu. Não é para já. É para quando você terminar o roteiro.

Paul deslizou o cotovelo na mesa e, quando apoiou o queixo na mão, fez o gesto com tal nobreza de estilo que Bianca pensou em uma ilustração perfeita para qualquer história dos Irmãos Grimm. Mas ficava a dúvida: *de que reino ele seria?*

— Paul, você me conhece há alguns dias. Você nem conhece o meu trabalho e já está querendo me apresentar como roteirista profissional para o seu pai?

— Espero que até lá possa apresentá-la como minha namorada também, Bianca.

Ela abriu a boca mecanicamente, mas Paul a interrompeu:

— Não me interprete mal, por favor. Uma coisa é a proposta de emprego, e a outra é o meu pedido. Você não precisa recusar a proposta se não quiser me namorar. — Ele se levantou repentinamente e ficou frente a frente com Bianca, os olhos perscrutando as dobrinhas dos lábios dela. — Estou gostando de você e quero conhecê-la melhor. Isso não é segredo. Não consigo disfarçar. Meu coração está...

— Seu coração... — ela murmurou, aproximando o rosto do peito dele.

— Ele está acelerado agora, só de olhar para você. Nunca senti isso por ninguém, e sei que é especial.

As palavras eram perfeitas. O tom de voz era perfeito. O convite era perfeito. O pedido de namoro era perfeito. Tudo era perfeito. E só o infinito é absoluto no universo!

Bianca não queria cortar o clima do momento, mas precisava pousar os pés no chão. Notando seu semblante confuso, Paul adiantou-se:

— Eu sei que você acha esse convite precipitado. Mas eu não tenho dúvida de que vai dar certo.

Paul havia tirado as palavras de sua boca. Bianca estava achando muito prematuro misturar sentimento com trabalho. Afinal, aquele roteiro, que tinha dois meses para produzir, poderia não ser apenas um trabalho de conclusão de curso. Poderia ser uma oportunidade para entrar no mercado de Hollywood! E o rapaz que estava diante dela dizendo coisas lindas, que um jovem cavalheiro talvez dissesse para uma primeira namorada, era simplesmente o príncipe encantado perfeito! Tais coisas não existiam. Nem o príncipe encantado. Nem o homem perfeito.

– Quanto tempo eu tenho para te dar uma resposta? – ela perguntou.

– Até o dia da entrega do roteiro. O que acha? Não sei como vou esperar até lá, mas prometo me esforçar por você. *Você* vale a pena, Bianca.

Se não era mesmo um príncipe, Paul devia ter saído de algum livro de autoajuda. Nem em seus maiores devaneios românticos ela imaginara ouvir algo assim.

Por via das dúvidas, foi melhor perguntar:

– Você existe?

🎬 🎬 🎬

Os dias na NYFA passaram lentamente. Sempre que Bianca encontrava Paul durante os *workshops* de roteiro, ao contrário dos esperados sintomas apaixonados, como mãos suadas e coração acelerado, ela se sentia mal por não lhe dar logo uma resposta. Bianca optou por manter a distância entre eles enquanto pensava nas propostas. Ainda que Paul tivesse esclarecido que uma coisa era a proposta de trabalho e outra, o seu pedido de namoro, ela assumiu que se tratava de uma decisão única.

– Como é que eu posso aceitar o emprego e dizer a Paul que não quero namorá-lo? Não dá! – desabafou Bianca, tentando se equilibrar no meio-fio de uma ruazinha de Little Italy.

– É, amiga. Você precisa ouvir o seu coração – aconselhou Mônica.

– Coração? Nem pensar! Se há uma coisa que eu preciso ser enquanto estiver aqui é racional.

– E o que a razão te diz?

Antes de responder, Bianca fez sinal para que as duas se afastassem do caminho do apê, tomando a rota da rua transversal, onde moradores e comerciantes preparavam o bairro para receber os visitantes da festa de San Gennaro, que começaria naquela noite.

– Não sei. Minha razão não me diz nada...

– Eu sei que não é uma decisão fácil, mas também não é tão difícil! Continuar na NYFA para terminar o bacharelado de três anos é qualificação em termos de currículo. E trabalhar em Los Angeles... uau! É o sonho de todo roteirista, não é? De brinde, você vai ter um autêntico galã hollywoodiano satisfazendo todos os seus desejos... Por que você não pode aceitar ser simplesmente uma *Holly Golightly*?

– Porque eu não sou uma acompanhante de luxo. E, para a minha sorte ou azar, depende do ponto de vista, não me pareço nem um pouco com a Audrey Hepburn.

– Você tem um sonho. O Paul pode te ajudar a realizá-lo. Se esse cara não é o príncipe perfeito para o seu conto de fadas, então o meu nome verdadeiro é Mayumi – ela disse, com uma seriedade tão enfática que Bianca ficou um tempo se perguntando se Mônica não teria mesmo uma identidade falsa. – Não se preocupe. Meu nome é Mônica mesmo. Mayumi é o nome que minha mãe queria me dar, mas meu pai não deixou. Infelizmente.

Enquanto a conversa se estendeu, as duas caminharam aleatoriamente até pararem diante de uma barraquinha de petiscos que terminava de receber os últimos ajustes de iluminação.

– Você acha que se eu comer essa linguiça vou querer ficar em Little Italy para sempre? – brincou Bianca, segurando o pratinho de cortesia que um vendedor sorridente lhe entregou.

– Bem, acho que vale a pena arriscar! – divertiu-se a amiga.

Sob o olhar atento e curioso do vendedor, Bianca beliscou de leve e sentiu o sabor da linguiça levemente picante. Ela jurou que aquela era melhor linguiça que já havia provado na vida. Não seria por isso que ficaria em Nova York, e muito menos que deixaria de trabalhar com produtores de Hollywood, mas certamente não se esqueceria daquela sua primeira experiência genuinamente siciliana.

Mônica abraçou a amiga e confessou:

– Eu queria que você ficasse até terminar o bacharelado, porque seria mais um motivo para eu ficar também. Mas, no seu lugar, eu não me prenderia a Nova York se pudesse ir para Los Angeles.

– Você pode vir comigo! Nós dividimos um apê por lá e...

– Eu não posso – interrompeu Mônica, fazendo biquinho triste. – Não tenho grana.

– Verba a gente consegue levantar. Temos sete semanas para pensar! – Bianca se sentiu aliviada por dividir o peso daquela decisão com alguém, mesmo que a responsabilidade pelas consequências fosse sua. Apenas sua.

14

SAN GENNARO

A Mulberry Street e algumas ruas adjacentes estavam interditadas para que as barraquinhas pudessem se instalar e preparar os quitutes que seriam servidos na festa. O letreiro de boas-vindas e a iluminação dos arcos enfeitados estavam sendo testados. Poucas pessoas além da equipe de organização estavam por ali. Na sua maioria, turistas. Eram considerados turistas todos aqueles, nova-iorquinos ou não, que não moravam no Bronx.

Bianca e Mônica acompanharam o momento em que as lâmpadas coloridas acenderam pela primeira vez e ficaram encantadas com a visão de toda a extensão da rua coberta pelos arcos iluminados. Uma salva de palmas dos trabalhadores que haviam montado as estruturas contagiou Bianca. O calor dos apertos de mão, a intensidade dos abraços e a genuinidade dos sorrisos era algo que só se via em uma família. Bianca começava a se sentir em casa.

A abertura oficial de uma das maiores atrações culturais da cidade, a Festa de San Gennaro, o santo padroeiro de Nápoles, se deu com um espetáculo de fogos de artifício seguido do discurso e da bênção do pároco da Most Precious Blood Church.

As cores da Itália estavam por toda a parte. Nos arcos iluminados, nas bandeirinhas penduradas nas varandas, nos postes, sacudidas pelas mãos das crianças, na decoração das barraquinhas de petiscos, no palco montado para receber as apresentações de dança tradicional e de bandas convidadas. A intenção era que a Itália inteira coubesse naquele bairro americano, em tons de verde, vermelho e branco, em sons de acordeões e pandeiros, em aromas de vinho, linguiça e pão.

Por ser uma sexta-feira à noite, o movimento tendia a aumentar, e o vislumbre do amontoado de gente que se concentrava pelas ruas, em frente às diversas e variadas barracas dos restaurantes participantes, deixou Bianca tensa. Ela não se animava em ver aquela confusão de pessoas e comidas, mas, se estava na chuva, era para se molhar. Literalmente. A chuva fina não diminuiu o ânimo dos transeuntes, tampouco o de Mônica, que puxava Bianca pela mão, buscando passagem entre os milhares de turistas, com o objetivo hercúleo de chegar o mais perto possível da imagem do santo que sairia em procissão.

Ao sentir um aroma quente de rosquinhas polvilhadas com farinha açucarada e recheadas de creme *pâtissier*, Bianca sucumbiu à súbita e incontrolável gula. Mônica, sem perceber que a amiga havia sido sequestrada por um vendedor com um tabuleiro de biscoitos, foi arrastada pela multidão, e suas mãos se separaram.

Sem se dar conta de que não conseguiria alcançar Mônica na multidão, Bianca perguntou ao vendedor o preço das gulodices, e ouviu uma voz conhecida.

– *Due dollar, signorina.*

O garçom do Bambino estava quase irreconhecível em típicos trajes sicilianos: camisa branca de manga comprida, colete e calça pretos com uma faixa de cetim vermelha na cintura e lenço da mesma cor no pescoço.

– Você, de novo? – ela sorriu brevemente, mas logo ficou séria. – Não entendi por que não falou comigo ontem. Ficou chateado porque o Catania perdeu?

Salvatore segurou o riso.

– Fala alguma coisa! Você está me deixando tensa.

– Você também me deixa tenso. – Antes de dar a ela tempo para processar o que acabara de dizer, continuou: – Sua amiga está com você?

– A Mônica? – Bianca ficou na ponta dos pés, tentando inutilmente avistar a amiga na confusão. – Nós nos perdemos. Ela foi ver a imagem de San Gennaro.

– Então, ela deve ter ido por ali – indicou ele, apontando o dedo para uma direção qualquer. Mas Bianca não prestou atenção.

– Por que não falou comigo no sábado passado? Por que eu te deixo tenso? E por que está com essa roupa?! – despejou ela, aumentando a voz gradualmente.

Salvatore achou graça do questionário e conseguiu escapar do bombardeio assim que uma senhora esbarrou na bandeja e quase levou para o chão todas as rosquinhas quentinhas.

– Desculpe, *signorina*, mas eu tenho que levar esses *zeppole*, de preferência intactos, para a barraca.

Salvatore se meteu no meio de uma banda que passava, afinando os instrumentos.

– O meu nome é Bianca – gritou ela, com toda a força do pulmão.

Ele se virou para trás e arremessou uma rosquinha na direção dela. Bianca levantou o braço e conseguiu apanhá-la no ar. Depois de dar uma mordida no doce, ela acompanhou a viagem do tabuleiro sobre a cabeça de Salvatore até ele estacionar um pouco mais adiante, não muito distante dali. Se pensava que podia fugir a uma explicação por estar agindo de modo estranho, estava muito enganado. Ela começou a caminhar ao encontro da barraca do restaurante Bambino quando uma Mônica furiosa conseguiu interceptá-la. Sem lhe deixar explicar nada, a amiga a puxou na direção contrária. Ainda que as duas não tivessem saído da rua, Bianca não sabia mais para onde estava indo.

Com a mão lambuzada de creme e açúcar, perdida entre milhares de imigrantes e descendentes de italianos na cidade de Nova York,

Bianca podia não ter nenhum senso de direção, mas se orgulhava de ter um bom reflexo.

O andor com a imagem de San Gennaro foi erguido por quatro homens fortes. Conforme a procissão seguia, a banda seguia atrás, e Mônica também. Bianca não queria fazer parte do cortejo e estava morrendo de vergonha por estar ali, mas, segundo a amiga, aquela era a forma mais fácil de andar pela multidão. Ao passarem em frente ao palco da esquina da Mulberry com a Canal Street, Mônica lhe chamou a atenção para o grupo folclórico que se preparava para dançar. Sem remorso, Bianca se desprendeu da mão da amiga e saiu do caminho da procissão.

Ela encontrou um lugar reservado de onde podia ver o palco, na lateral de uma barraca de jogos repleta de brinquedos e bichos de pelúcia. A música começou e a dança contagiou a plateia, com exceção de Bianca, que só tinha olhos para uma pessoa, uma mulher cuja fisionomia não parecia italiana. As sapatilhas nos pés não comprometiam sua alta estatura. Seus cabelos loiros escorriam até a cintura, bailando no mesmo ritmo do corpo de silhueta tão esguia e pele tão alva quanto a de Natalya.

A loira gostava de cochichar no ouvido de Salvatore, embora ele não estivesse interessado em conversar. Ele dançava bem; parecia ter ensaiado os passos pela vida inteira. Bianca o imaginou na infância, cortejando as coleguinhas da escola com aqueles trajes coloridos, nas belas e verdejantes colinas da Sicília. Descontraindo da breve ciumeira, até achou graça de seus pensamentos, mas a diversão durou pouco.

O dançarino, que devia ser o líder do grupo folclórico, pegou o microfone e convidou o público a participar da dança. Bianca usou um boneco de pelúcia dos Bananas de Pijamas para ter cobertura por trás da barraca de jogos. Dali, ela continuou a observar a confusão que se formava. Os homens fizeram um círculo dentro do qual uma mulher da plateia começou a dançar. A mulher deveria dançar para todos eles enquanto o círculo girava, até que um a escolhesse como par.

Salvatore nunca saberia que Bianca estava ali se uma criança com boa pontaria não tivesse acertado os patinhos do *carnival game* e levado a banana gigante para dormir em sua casa. Sem o seu escudo, Bianca foi puxada por um dos dançarinos para o meio da roda. Ele a fez girar entre os demais participantes, e ela, confusa, não conseguia distinguir os rostos dos homens ao seu redor.

De um momento para o outro, o mundo se estabilizou e tudo voltou ao seu lugar. Inclusive Salvatore, que estava bem diante de Bianca, enlaçando-a pela cintura. Suada e descabelada, ela não sabia o que fazer, pois desconhecia os passos da dança siciliana. Durante algum tempo, a respiração ofegante de Salvatore alimentou a de Bianca, e, naquele ínterim, ela se indagou se ele havia esquecido a dança.

O cabelo dele estava como na primeira vez em que ela o viu no Bambino. Uma mecha rebelde lhe caía na forma de um cacho desajeitado sobre os olhos verdes, e apenas esse detalhe, sutil e imperfeito, foi motivo suficiente para distraí-la. Havia particularidades naquele rapaz que sempre roubavam sua atenção. E seu juízo. Quando se deu conta, Bianca rodopiava ao comando de Salvatore, empolgando-se com os movimentos que ele lhe ensinava.

Ela se sentiu como uma vedete de cancã, levantando a saia conforme saltava, alternando as pernas. Naquela euforia, pouco importava se estava dançando certo ou não. Divertindo-se com as expressões de arrependimento daqueles que não a escolheram como par, sem perder a graciosidade e o gingado, Bianca os esnobou, misturando alguns passos de samba na ponta do pé. Sem disfarçar o encantamento, Salvatore a observava com um sorriso bobo nos lábios entreabertos.

Enquanto sambava para o seu par, o círculo de homens começou novamente a se fechar em torno de Bianca. Encarando os sicilianos, Salvatore não perdeu tempo e a puxou pela mão, afastando-a da roda. Pensando que sua participação terminava ali, ela tentou agradecer, mas uma mulher se aproximou e lhe emprestou um pandeiro. Para que serviria, Bianca só descobriria observando as dançarinas profissionais.

Levada de volta para a roda, agora só de mulheres, Bianca deu de frente com a loira, cuja mão foi obrigada a segurar.

– A próxima dança com ele é minha – sussurrou a loira em seu ouvido.

A vontade de Bianca era dar com o pandeiro na cara da mulher, mas optou pelo gesto mais discreto, limitando-se a pisar na saia da loira, fazendo-a tropeçar e esbarrar em outro casal de dançarinos. Novamente, Salvatore se encontrou com ela na dança, desta vez para tirá-la de lá antes que aprontasse mais alguma. Bianca foi arrastada para longe dali, e os dois correram de mãos dadas até ele parar diante de uma barraquinha de sorvetes. Antes que ela protestasse, tinha na mão uma casquinha com uma bola gigante sabor limão siciliano.

– Obrigada por me salvar – ela disse, finalmente. – Pena que saímos quando estava começando a ficar divertido!

– Se quiser, te jogo lá na roda de novo – ofereceu ele. Apesar do sorriso zombeteiro, não parecia brincar.

Que grosseria, Bianca pensou, dando uma lambida no sorvete.

– Agora eu entendo a fama do autêntico *gelato italiano*! – disse ela encarando Salvatore, que não percebeu a indireta.

Cremoso por dentro, gelado por fora. Com uma calda quente, ficaria perfeito.

🎬 🎬 🎬

Os dois caminhavam lado a lado por entre as mesas dos restaurantes abarrotados de turistas. De repente, Salvatore parou e colocou a mão no bolso da calça, de onde tirou um saquinho de seda, que entregou a Bianca. Como ela demorou a entender a atitude, ele mesmo o abriu. A delicada corrente de ouro reluziu na palma da mão de Salvatore.

– Onde...? Como...? – ela perguntou ao reconhecer sua pulseira.

– Encontrei no chão da boate.

– Como sabia que era minha?
– Tem o seu nome nela. Não é um nome comum por aqui.
– Então era você mesmo no El Calabozo... – ela concluiu.
– Sim, eu estava lá – ele falou, com naturalidade.
Ela ficou ainda mais desconfiada.
– Por que você estava carregando a pulseira no bolso se não sabia a quem pertencia até cerca de uma hora atrás, quando eu lhe disse o meu nome?
Salvatore ficou um instante em silêncio, avaliando a pergunta capciosa.
– Para ser bem sincero, Bianca, eu pretendia dá-la a qualquer mulher em cujo pulso achasse que ficaria bem.
– Que sorte a minha – retrucou ela – ter um nome incomum.
– Que sorte.
Nem um pouco convencida com a coincidência que Salvatore atribuiu ao episódio, Bianca pegou a pulseira e tentou colocá-la sozinha, mas suas duas mãos esquerdas não a surpreenderiam justamente naquele momento. Percebendo que a correntinha tremia nas mãos dela, Salvatore pediu licença e, delicadamente, ajustou-a no seu pulso.
– Obrigada.
Ele deu um adorável e despretensioso sorriso, que nasceu do canto dos lábios e prendeu totalmente a atenção de Bianca.
– Desculpa ter ido embora daquela forma – ele disse. – Eu trabalho no voluntariado com a Cat e o Eliot todos os sábados. – Interceptado pelos garçons que se cruzavam o tempo todo em sua frente, Salvatore buscou a saída caminhando entre as mesas da esplanada. – É algo que faço desde que cheguei à América – prosseguiu ele.
Percebendo que o rapaz começava a baixar a guarda, Bianca se entusiasmou por finalmente conseguir obter algumas respostas e o seguiu.
– Há quanto tempo você mora aqui?
A pergunta se perdeu entre pedidos de pizzas e calzones. Por mais que Bianca acelerasse o passo, Salvatore andava cada vez mais depressa, ignorando que ela estava atrás. Frustrada, ela passou a ver uma pessoa

completamente diferente do amável e solícito garçom do Bambino. Salvatore não tinha interesse em conversar, não tinha educação e não se importava que ela ficasse para trás.

Bianca se deu conta de que não sabia o que estava fazendo ali, e, deixando a calçada dos restaurantes, estacionou ao lado de um rapaz fantasiado de *cannoli*. Alguns metros à frente de Bianca, Salvatore atravessava uma rua que não estava interditada ao tráfego. Entre os carros que aumentavam a distância entre eles, Bianca teve um *insight*. A faixa na cintura do traje típico era exatamente da mesma cor e espessura da que usava o mascarado.

Quando Salvatore finalmente parou, virou-se para trás procurando Bianca, escondida por trás do *cannoli* gigante. Outra vez, ela recorria a um escudo para observar Salvatore.

15

O ENCONTRO

— Já acabou? – perguntou Bianca, de pé, encostada na porta do armário do quarto.

— Sério, Bia. Você foi atacada uma vez e teve muita sorte por ter sido salva a tempo. Você podia ter me avisado que ia sair da procissão. – Mônica suspirou profundamente, cruzando os braços. – Desculpe se eu me preocupo com você.

— Eu sei que te assustei. Por isso peço desculpas. Mas agora preciso da sua ajuda. Você pode me ouvir? – pediu Bianca, olhando para a rosa branca, já murchando no copo com água sobre a penteadeira. – Quem são os mascarados? Os nomes deles?

Mônica estranhou a pergunta. Permaneceu contemplativa durante um tempo, até perguntar:

— Você ficou interessada em algum?

— Você os conhece ou não? – insistiu Bianca.

— Não se sabe nada sobre os mascarados. Especula-se muito, mas ninguém sabe a verdade. Ficam só inventando boatos. – Mônica se aproximou da amiga e concluiu: – Bia, se eu puder te dar um conselho de irmã, não se aproxime deles.

— Chega de pegar no meu pé por hoje, Mônica!

Mônica desabou na cama, chocada com a reação de Bianca.

— Você está nervosa. Aconteceu alguma coisa?

O tom de voz impávido da amiga provocou a consciência de Bianca. Ela estava descarregando sua angústia na pessoa errada, a única em quem realmente podia confiar.

– Preciso entender algumas coisas, mas para isso eu devia tê-lo enfrentado e não fugido dele – refletiu em voz alta.

– Você fugiu, Bia?! De quem? Quando?

– Eles nunca tiraram a máscara? – Bianca prosseguiu com o interrogatório.

– O objetivo do grupo é manter a identidade secreta. Acho que é uma jogada de marketing – palpitou.

– Você disse que existem boatos. Que boatos?

– Natalya me disse que eles foram vítimas de uma explosão de gás em uma fábrica de sapatos há alguns anos.

– Que horror! – Bianca exclamou, enrugando o rosto.

Bianca se lembrava bem da aparência de Salvatore. Nem um arranhão naquele rosto perfeito.

– Você sabe que Natalya não é exatamente uma fonte confiável... – opinou Mônica.

– O vocalista parece imigrante. Tem sotaque italiano. Você percebeu?

– Sim, ele é italiano.

Bianca se sentou na cama, pensativa. A história da explosão não a convenceu. Pelo contrário, serviu para deixá-la ainda mais curiosa.

– Mas de quem você fugiu, Bia?

– Do Salvatore. O garçom daquele restaurante italiano.

– Você está desconfiada que esse garçom seja um dos...? – Mônica deixou a suspeita subentendida num suspiro. – Amiga, se você desvendar o mistério dos mascarados vai ficar na história do Bronx! As periguetes vão erguer uma estátua em sua homenagem!

Enquanto Mônica ria sozinha, uma introspectiva Bianca subiu para a cama superior do beliche e deitou a cabeça no travesseiro. Ela sabia que só obteria as respostas que buscava do próprio Salvatore. E, para isso, ela precisaria de outros escudos. Espiá-lo ao sair do Bambino em uma sexta-feira e aceitar o voluntariado com os mendigos aos sábados pareciam os pretextos menos ofensivos para se aproximar dele.

Bianca havia percebido que, quanto mais se aproximava, mais Salvatore fugia. Ela não sabia por que ele a intrigava tanto, mas, quanto mais ele fugia, mais ela queria se aproximar.

◖ ◖ ◖

Não houve dia na semana em que Paul não convidasse Bianca para jantar depois das aulas e ela não tivesse recusado com a desculpa de que precisava escrever. De fato, Bianca precisava avançar em seu roteiro, mas também levava em conta que um jantar poderia mudar o que havia entre ela e Paul. E ainda estava confusa sobre o que sentia por ele.

Todas as manhãs em que pegava o metrô para as aulas no SoHo, Bianca tinha um objetivo que definia seu destino. Se num dia decidisse pegar o metrô na direção contrária, não sabia o que ia encontrar, mas se não arriscasse nunca iria saber. Se soubesse que poderia pegar o trem de volta caso se arrependesse, seria mais fácil. Por que a vida exigia tantas definições? E por que essas definições precisavam ser definitivas?

Bianca sabia que não podia ficar parada no cruzamento esperando ter um motivo que justificasse escolher uma *certa direção*, pois nunca saberia qual era a *direção certa*. Precisava embarcar, mesmo que o destino fosse incerto, mesmo que a decisão não fosse segura. As consequências, fossem quais fossem, a fariam avançar.

E foi pensando nisso que Bianca aceitou o convite de Paul para jantar na sexta-feira. Não obstante o que acontecesse a partir daquela noite, não estaria decidindo nada; apenas daria uma chance ao destino para conhecer suas opções.

Depois de impor uma combinação de saia e blusa, ambas com aplicações de lantejoulas que fizeram Bianca sentir-se uma versão moderna de Mata Hari, Natalya insistiu para que ela usasse seu Tom Ford Black

Orchid, alegando que os homens nunca resistiam a seu aroma sensual. Tudo o que Bianca não queria era insinuar-se para Paul, mas, como Natalya nunca aceitava um "não" como resposta, borrifou a essência sobre ela, ainda que sob protestos.

– É o preferido do Enrique – ela disse, presunçosa.

– Homens como o Enrique têm mais de uma preferência, Natalya – emendou Bianca, abanando o ar impregnado à sua volta.

Natalya sabia que Bianca tinha razão, mas preferiu não alimentar o assunto. Até porque o som da buzina do carro de Paul a chamou na rua.

– *Baby*, eu não sei o que você fez para merecer isso, mas o bofe deve estar de quatro por você.

Bianca largou o estojo de maquiagem de lado e correu para a janela. Mônica desistiu da lasanha dentro do forno e fez o mesmo. As três disputaram um espaço no parapeito, debruçando-se para ver o Bentley conversível que fazia uma das principais ruas de Little Italy parecer uma viela de cidade do interior.

Como uma nave intergalática, a porta do motorista se abriu. Em expectativa, as três observaram o momento em Paul, esbanjando elegância em um conjunto de calça e blazer esportivo cinza-escuros da Burberry, desceu do carro e se dirigiu à portaria do prédio.

Bianca se perguntava quão empenhado Paul estava em impressioná-la. Ela preferia não saber a resposta e concluir simplesmente que fazia parte do seu estilo excêntrico, talvez de um método de educação "hollywoodiano", avesso à modéstia. Apesar disso, olhando para si mesma, ela percebeu que não estava vestida à altura do que Paul deveria estar esperando. Quando aceitou o convite, não se lembrava de que ele pedisse traje de gala.

– Nat, vá lá embaixo e diga ao Paul que eu estou de cama, com muita febre, e que infelizmente vou precisar desmarcar o encontro – pediu ela.

As duas *roommates* se entreolharam, confusas.

– Nem pensar! Você não pode fazer isso, Bia! – protestou Mônica. – Não pode dar um fora no príncipe!

— Que pena... – lamentou Natalya, teatralmente. – Mas nem tudo está perdido. Eu me ofereço para ir no seu lugar, *baby*. Não se preocupe que eu farei com que ele nem se lembre de que levou um fora.

Mal terminou de falar, correu para a porta, mas foi interceptada por Mônica, que colocou a perna direita no caminho. Natalya conseguiu saltar com facilidade e alcançou a porta, tresloucada e absolutamente desgrenhada. Quando abriu, surpreendeu-se com Paul, que já esperava no *hall* do edifício. Ele levou um susto ao se deparar com a garota de cabelo cor-de-rosa amarrado no topo da cabeça.

Aproveitando-se da distração das duas *roommates*, Bianca voou para trás da bancada da cozinha e se agachou ao lado do cesto do lixo. Ignorando a receptividade assanhada de Natalya, Mônica apressou-se à frente dela e escancarou a porta, convidando Paul com um largo sorriso:

— Fique à vontade, Paul. Eu vou chamar a Bia!

Ele agradeceu e espiou antes de entrar. Ao passar pela entrada, Natalya quase o tocou com os olhos esbugalhados, o que fez com que o rapaz se refugiasse no sofá.

— O seu rosto não me é estranho... Já nos conhecemos? – ela perguntou, espremendo-o ao se sentar ao lado dele.

— Creio que não – ele respondeu, secamente.

Sentindo o odor nauseante que a cercava debaixo da bancada, Bianca amaldiçoou as *roommates* por lhe fazerem passar por tal constrangimento.

— Saia já daí! O príncipe está sozinho com a Nat – sussurrou Mônica.

Contrariada, porém convencida de que não podia deixar um rapaz indefeso na presença marcante (para não dizer traumatizante) de Natalya, Bianca se apoiou no cabo de uma vassoura para se levantar. O peso torceu o cabo e Bianca perdeu o equilíbrio, derrubando torradeira, espremedor e sanduicheira, tudo junto e ao mesmo tempo. O aparatoso estrondo fez Paul dar um salto no sofá.

— Oi! – cumprimentou Bianca, soltando o cabo torto da vassoura, que tombou e quicou no chão. – Eu estava terminando de fazer a limpeza e ainda vou me arrumar.

Paul olhou-a de cima a baixo:

– Você está linda.

Natalya ia se manifestar quando Mônica a empurrou.

– Não ouse se mexer – ameaçou a paulista. Depois se virou para o casal e disse: – A Bianca levou duas horas para escolher essa roupa, Paul. Por favor, leve-a a um restaurante bem bacana!

Bianca quis trucidar a amiga, mas o máximo que pôde fazer foi ranger em silêncio.

– Tenho certeza de que Bianca vai gostar muito do restaurante que reservei – disse ele, convencido.

Enquanto Mônica mantinha um sorriso bobo congelado no rosto, Natalya deslizava no encosto do sofá. Ela se perguntava por que não lhe apareciam rapazes assim. Talvez porque rapazes assim só existissem nos filmes e nos contos de fadas. Será que teria de pedir a Bianca que lhe inventasse um?

🎬 🎬 🎬

M. Gennaro abriu a porta do prédio para eles e disse, com um sorriso misteriosamente escancarado: "Tenham uma noite agradável". Bianca pensou se Paul não o teria contratado para fazer aquele serviço.

– Vamos a um restaurante italiano – informou Paul, aconchegando-se no banco do motorista. Depois, dando a partida no carro, ele explicou: – Pela origem do seu nome, deduzi que é descendente.

Os lábios de Bianca se distenderam frouxamente.

– Italiano... – ela repetiu.

– Em *Nolita* estão os melhores italianos da cidade.

Através da janela do carro, Bianca olhava a iluminação da festa de San Gennaro e se lembrava de fazer a única coisa que estava ao seu alcance naquele momento: rezar para que Paul não a estivesse levando para jantar justamente no Bambino.

Um Herói para Ela

O norte de Little Italy, conhecido como "Nolita", não era tão grande assim. Talvez Salvatore estivesse trabalhando na barraquinha da festa. Ou, ainda, talvez ele não trabalhasse no Bambino às sextas-feiras por causa de sua vida dupla como vocalista de banda. As coincidências eram um bom artifício nos filmes, mas, se havia algo de real naquela história, que delas se encarregasse o destino. Por que ela havia de cruzar com Salvatore justamente quando estivesse acompanhada de Paul?

Quando o carro estacionou, Bianca olhou para a fachada do Bambino e não quis sair. Foi surpreendida pela mão de Paul estendida para lhe ajudar a descer.

– Eu já conheço este restaurante. Por que não vamos a outro?

– Bianca, esse é o único restaurante que aceita reservas durante as festas. Os demais estão lotados. Se já esteve aqui, então sabe que é um dos melhores. E o que é bom nós devemos sempre repetir!

Ela o encarou com frustração e despeito. Seria impossível convencê-lo a não entrar, mas ela poderia desmaiar ou torcer o tornozelo, por exemplo. Esses truques sempre funcionavam nos filmes. No entanto, era preciso sangue frio para fingir um desmaio, e isso era algo que Bianca não tinha. Pelo contrário, seu sangue fervia de excitação.

Mister Visconti recebeu Bianca com entusiasmo e indicou ao casal uma mesa no meio do salão. Antevendo que suas piores expectativas se concretizariam, os olhos inquietos de Bianca vasculharam cada centímetro do estabelecimento, procurando ávida e temerosamente por Salvatore. Aliviada por não vê-lo, mas preferindo precaver-se mesmo assim, pediu ao bem-humorado proprietário que os reacomodasse em uma mesa mais "reservada" (para não dizer escondida), preferencialmente do lado oposto ao que ficara da outra vez, imaginando que aquele lado seria servido por outro garçom.

Paul estava ao telefone tentando contatar o agente de Andrew Lloyd Webber (ninguém menos do que o renomado e premiadíssimo compositor britânico, autor de diversos espetáculos, incluindo "O Fantasma da Ópera") a fim de conseguir os concorridos ingressos para o baile de gala do aniversário do espetáculo dos sonhos de Bianca. Paul havia garantido que os conseguiria facilmente graças à influência de seu sobrenome, e Bianca não se fez de rogada. Aproveitando que a conversa estava demorando, pediu licença e foi ao banheiro. Depois de jogar água no rosto e retocar o batom, passou a mão no cabelo, respirou fundo e fez uma careta para si mesma no espelho.

– *Buona sera, signorina* – cumprimentou Salvatore, interceptando Bianca no corredor.

Demorou um tempo para encontrar o que dizer:

– Você, aqui? Que coincidência – A seguir percebeu que era melhor ter ficado calada. – Quer dizer... Você trabalha aqui, claro.

Ele sorriu candidamente diante da fisionomia perturbada de Bianca.

– Hoje eu estaria de folga, mas precisei cobrir os colegas que estão trabalhando na festa. No linguajar proletário, chama-se "turno por revezamento".

A algazarra do tilintar das louças e dos copos se encarregou de preencher o som oco da repentina e incômoda falta de assunto.

– Bem, vou voltar para a minha mesa – ela se pronunciou, finalmente.

– O seu acompanhante ainda está ao telefone.

O coração de Bianca disparou. Salvatore a havia visto chegar com Paul. Por certo havia também percebido que ela pedira a Mister Visconti para mudar de mesa. O que ele estaria pensando naquele momento? Ela daria tudo para saber. O rapaz parecia indiferente. Mas como ela queria que ele ficasse? Com ciúmes? Não tinha sentido Salvatore ficar com ciúmes se não havia nada entre eles. Ela não tinha nada com nenhum dos dois, nem com Paul, nem com Salvatore. Essa era a realidade. Não devia satisfações a nenhum dos dois.

Mas, então, por que estava com aquele nó na garganta? Aquele aperto no peito significava o quê?

– Ele é um amigo – denunciou. Por que Bianca tinha a boca tão grande? Ela encolheu os ombros. – Somos coleg...

– Eu já vou atender a mesa de vocês – ele a interrompeu bruscamente, desaparecendo depressa na porta que dava para a cozinha.

Sem entender ao certo o que havia acabado de acontecer, Bianca regressou ao seu lugar. Paul havia desligado o telefone naquele mesmo instante, e sua expressão estática não dizia nada. Era assim que ele ficava quando queria fazer suspense.

– Consegui! – ele vibrou de repente, fazendo questão de mostrar que todos os anos de cuidados intensivos com seus dentes tinham valido a pena. – Bianca, você é convidada de honra para a maior gala de aniversário da Broadway!

– Jura? Paul... não brinca... isso é... muito... – Ela sentiu os olhos arderem, mas não queria que Paul visse suas emoções aflorarem. Tinha a impressão de que ele estava se tornando íntimo de uma forma apressada demais. Alguns dias antes ela havia breve e casualmente mencionado o espetáculo e agora, com um simples telefonema, ele conseguira algo a que ela nunca poderia ter acesso. Será que Paul tinha ideia da dimensão do que significava para ela? Mesmo que ele não soubesse, isso não importava. O mínimo que podia fazer era agradecer. – Obrigada.

– "Obrigada"? – Paul torceu o sorriso. – Eu acho que mereço mais do que isso.

Bianca percebeu suas bochechas corarem quando Paul se levantou da mesa e se sentou ao seu lado no mesmo banco. Tudo o que ela via eram os olhos azuis de Paul cada vez mais perto. Sua visão periférica estava bloqueada pelo braço que ele colocou sobre o seu ombro. Ele ia beijá-la.

– O que vão pedir? – Salvatore tinha o bloco e a caneta em punho.

Paul afastou o rosto, e Bianca respirou como se houvesse acabado de subir à superfície de uma piscina após uma apneia forçada.

– Vamos começar com a *caponata* – decidiu Paul, sem consultar Bianca. – E traga o melhor vinho tinto da casa, por favor.

Salvatore esperou que ela se manifestasse.

– Sim. Por mim está ótimo – concordou Bianca, ainda sentindo o rosto em chamas.

Como um soldado após a dispensa do superior hierárquico, Salvatore voltou a seu posto, profissional e impassível em sua farda de garçom, zanzando pelo restaurante com agilidade ao passar por entre as mesas, equilibrando a louça na bandeja com destreza magistral, indo e voltando da cozinha, nunca com as mãos vazias e sempre com os olhos fixos em Bianca. Apesar de tê-la salvado havia pouco de um beijo que seria inevitável, ele não estava tornando a noite dela nem um pouco mais fácil.

O jantar estava sendo terrível para Bianca. Todos os assuntos de Paul giravam em torno de fofocas de celebridades, viagens megalômanas e trocas de favores entre magnatas do meio cinematográfico. Não restavam mais dúvidas de que o sobrenome de Paul possuía muita influência no meio artístico e de que ele conseguia o que queria. Bianca só não entendia por que Paul, sendo filho de quem era, precisava da NYFA para se afirmar em Hollywood.

E, no meio de tantas outras perguntas sem resposta, Bianca não ouvia nem via Paul à sua frente. Ela procurava por Salvatore, que, às nove em ponto, havia subitamente desaparecido.

Enfim, quando o cotovelo de Bianca já tinha as marcas da toalha, Paul ouviu suas preces e pediu a conta. Foi um garçom hispânico chamado Juan que ficou com a gorjeta.

16

O MASCARADO

Com a esfarrapada desculpa da enxaqueca, Bianca conseguiu convencer Paul a não subir para o apê. A insistência a fez sentir-se como se devesse algum favor pelo ingresso que ele conseguira para o baile. Ela precisaria ser mais incisiva sobre os limites no relacionamento dos dois, mas naquela noite não perderia tempo demarcando fronteiras. Tinha um território para invadir, e precisava ser já.

Escolheu seu melhor vestido, o preto de mangas rendadas, tomou emprestado o perfume de Natalya e a bolsa de Mônica e, aproveitando que nenhuma das duas estava em casa, fez um mix dos estojos de maquiagem, usando e abusando das sombras e do rímel. Bianca se olhou no espelho e, pela primeira vez, sentiu-se mais mulher do que menina. Era um sentimento que seu reflexo apenas confirmava.

Segura de cada passo que dava, mesmo quando percebeu que a fila diante do El Calabozo dobrava a esquina, Bianca não desanimou. Ligou para Natalya e pediu uma ajudinha. Ela sabia que estava contraindo uma dívida com a rainha da noite, mas estava disposta a pagar o preço.

Metade da fila chiou quando viu Bianca passar à frente, escoltada por dois seguranças que acompanhavam Natalya. Aproveitando-se da cobertura, Bianca atravessou o salão e escolheu seu lugar bem perto do palco.

– Obrigada, Nat.

Natalya piscou para ela.

— Vou cobrar com juros — disse, virando as costas e desaparecendo depressa na muvuca.

Bianca viu o momento em que o técnico da iluminação entrou na área restrita, e teve a ideia de entrar também. Os seguranças já estavam longe dali, misturados ao público que se espremia na pista. O pior que poderia acontecer se fosse pega seria perpetuar eternamente a sua dívida com Natalya.

O corredor por trás do palco era parcamente iluminado. Bianca lembrava que o camarim da banda ficava na terceira e última porta. Então, sem hesitar, foi nela que encostou o ouvido. Os músicos deveriam estar se arrumando, mas, inexplicavelmente, não se ouvia nada do outro lado. A proximidade do horário da apresentação e o silêncio prolongado levaram Bianca a concluir que os rapazes chegariam mascarados ao EC, talvez por uma entrada alternativa. Só havia um meio de descobrir. Ou invadia o camarim ou corria o risco de ser vista por eles primeiro.

Bianca respirou fundo e pôs a mão na maçaneta. Em breve ela conheceria o rosto dele. Mas e se não fosse Salvatore? E se os mascarados fossem mesmo trabalhadores vitimados por uma explosão na fábrica de sapatos?

Hesitante, Bianca deu um passo para trás e sentiu seu corpo encontrar amparo em alguém. Fortes e rígidas, mãos masculinas seguraram seus braços, imobilizando-a, impedindo que se virasse. Bianca podia sentir a respiração irregular do homem, inspirando sobre seus cabelos, encostando-se cada vez mais em suas costas, pressionando-a contra a porta. Ela começou a se debater para que ele a soltasse. Como um pássaro engaiolado, quanto mais se desesperava, mais presa se sentia. Percebendo que não podia segurar Bianca e abrir a maçaneta ao mesmo tempo, o homem golpeou a porta com um chute frontal e a empurrou para dentro do camarim.

Dentro do pequeno quarto, Bianca se amparou na penteadeira para retomar o ar. Bastava erguer a cabeça e o veria, pois o mascarado estava bem diante do espelho.

E se com o fim do mistério todo o encanto se quebrasse? Nesse espaço de tempo condicional, a distância começou a diminuir entre eles. Os passos dele seguiam o compasso da percussão que se ouvia ao longe.

— Olha para mim — ele ordenou.

🎬 🎬 🎬

O coração de Bianca retumbava com tanta força que ela podia ouvi-lo. Sem levantar os olhos, procurou se concentrar apenas no reflexo do arranjo de rosas brancas que enfeitava a mesa da penteadeira.

— Não tenho muito tempo. Se quer fazer isso, faça logo — ele disse, a voz cada vez mais próxima dela.

Aos poucos, as flores perdiam o foco e as formas do homem se revelavam. O cetim vermelho na cintura, a roupa preta, um cordão dourado reluzindo no pescoço, a máscara no rosto. Devagar, Bianca se virou e encarou o rapaz. Ele estava perto o suficiente para ela confirmar pela cor dos seus olhos.

— Eu não preciso tirar a sua máscara para saber quem é você.

— Mas eu quero que tire — ele impôs.

O desejo que levou Bianca a procurar pelo anti-herói de sua história foi o mesmo que a levou a procurar Salvatore naquele mascarado. Por isso, sem hesitação e, ao contrário do que sua razão lhe dizia para fazer, a mão de Bianca roçou-lhe de leve a face descoberta. A pele dele era jovem, fresca e áspera onde a barba crescia. Bianca percebeu a respiração entrecortada e, com os olhos cravados nos dele, puxou a máscara.

Ele permaneceu imóvel diante de Bianca, e ela, completamente magnetizada, aproximou-se mais.

— Quem é você? Por que se esconde?

— Acho que descobriu demais por hoje, *signorina*.

— Eu não acho. *Salvatore*.

Suavemente, ele começou a tirar a larga fita de cetim vermelha da cintura.

— O que mais você quer tirar além da máscara? — ele questionou.

— Nada... — Ela deu um passo atrás.

Ele avançou e recuperou a distância entre eles com vantagem.

— Então, não se importa que seja a minha vez de ter alguma coisa de você.

Bianca ainda duvidava do que ele pretendia fazer quando, com um movimento ágil e seguro, Salvatore enlaçou sua cintura com a fita e puxou o corpo dela para perto de si. Ela conhecia o calor, o aconchego dos braços dele, e tinha certeza de que nunca havia sentido com outro homem o que sentia quando estava com Salvatore. A vontade de beijá-lo era quase irresistível. Mas ele não era homem de se deixar beijar primeiro.

— Eu vou beijar você — ele avisou.

— Por que está demorando tanto?

Salvatore segurou seu rosto, e Bianca se sentiu derreter como manteiga em suas mãos. Ele enrijeceu a fita em sua cintura e ela gemeu de encontro a ele. De tão próximos, seus narizes se encostavam, mas ele a atiçava, provocava, torturava, respirando em seu pescoço, sussurrando palavras em italiano que ela não se importava de não compreender, encostando os lábios no lóbulo de sua orelha. Se ele não a beijasse logo...

— Não posso — ele disse, se afastando depressa.

Bianca olhou para a fita vermelha que havia caído no chão e imaginou que seu rosto deveria estar daquela mesma cor.

— Como assim não pode?

— Sei que pode parecer confuso, Bianca, mas eu não posso me aproximar de você.

— Ok. Eu entendi que você tem uma identidade que quer manter em segredo, mas um beijo não vai comprometer o seu disfarce.

— Você não entende — ele disse em tom de queixa. — E não sei se entenderia.

— Não mesmo. Você me deixa tirar a sua máscara, me seduz no melhor estilo Marlon Brando, quase me beija... eu realmente pensei que... ah, esquece!

Bianca se sentiu usada. Pior: ela sentiu que havia facilitado demais para Salvatore; mais do que ela jamais havia facilitado para homem nenhum. É verdade que ele, com ou sem seus alteregos, a fazia sentir-se diferente, mas ela não queria se tornar uma pessoa diferente por causa disso. Ela nem sabia se era certo o que estava sentindo. Precisava se preservar. De repente havia "Salvatores" demais em sua vida, e era difícil saber como se comportar sem parecer uma idiota que, quanto mais pensava descobrir, mais perdida se sentia.

– Eu vou embora – ela decidiu, virando as costas e correndo até a porta.

– Espere! – ele chamou, aflito. – Por favor, não conte a ninguém.

Ela se voltou para ele e, mal conseguindo disfarçar a decepção, disse:

– Fique tranquilo, *mascarado*. Essa nunca foi a minha intenção.

Quando bateu a porta, foi como se algo dentro dela desmoronasse. A nuvem mais linda do céu se dissipou, o castelo de areia foi consumido pela onda do mar, a borracha manchou a poesia, o beijo se perdeu num sopro de vento, o herói perdeu a mocinha. Não havia o que pensar, o que dizer, o que escrever sobre um encanto que havia se quebrado.

Seu coração emudeceu. Doía. Doía pelo silêncio do que não foi e jamais seria.

17

"UNCHAINED MELODY"

A lembrança permanente do quase beijo assombrou Bianca durante a noite, e ela não conseguiu pregar o olho. O sábado, o dia em que era encarregada de fazer as compras da semana no mercado, parecia mais longo do que o normal. Bianca precisou buscar caminhos alternativos para fugir da festa de San Gennaro, pois a atmosfera alegre, iluminada e colorida que tomava conta do bairro provocava nela o efeito inverso. Diante das ruas, becos e esquinas que cantavam, dançavam e sorriam, ela se sentia encolher, sozinha e inconsolável.

Depois do almoço improvisado com o que sobrara do jantar da sexta-feira, com a ajuda do forte *lobby* de Bianca, Natalya conseguiu arrastar Mônica para comprar maquiagem na Macy´s da Quinta Avenida, sob o argumento de que estavam distribuindo cupons de desconto para usar na loja online. Era sabido e proclamado que Mônica não resistia a promoções, e seu orçamento estava apertado, razão pela qual na última semana decidira ampliar seu currículo profissional e se candidatar também ao *casting* de comerciais.

A tevê estava ligada em um canal de moda. Bianca estava deitada no sofá, com a cabeça tombando para fora do encosto. Ela poderia ganhar um torcicolo, mas não se importava. Estava mergulhada em um estado psicológico de torpor, inerte naquela mesma posição havia duas horas, acompanhando a luz do sol minguar na parede da sala. Mais uma vez, a sombra da noite a cobriria, impiedosa e asfixiante, para lhe roubar o sono, o sonho e a inspiração com a memória do quase beijo.

O celular insistia, vibrando por baixo de suas costas. Bianca não estava com disposição para se virar e atender, embora soubesse que podia ser uma chamada importante. Afinal, ninguém ligava para ela não ser os pais, Mônica e a operadora de telefonia avisando que os créditos estavam acabando. Dentre as opções, a que aparecia no visor era a que ela mais preferia ignorar naquele momento. Mesmo assim, atendeu.

– Oi, mãe.

– Que voz desanimada, filha!

– Não gaste dinheiro ligando tantas vezes.

– Você não quer falar comigo?

– Não tenho nada novo para contar desde anteontem.

– Algum rapaz decepcionou você – sentenciou Helena.

Bianca sempre se impressionava com o sexto sentido da mãe.

– Nada disso...

A mãe sempre desconfiava quando a filha era evasiva.

– Não deixe que ninguém interfira nos seus objetivos. Termine o seu roteiro primeiro e pense em rapazes depois.

Sábio conselho, pensou Bianca. Quem dera conseguisse agir com lógica. Mas lógica era algo para as mães e não para os filhos.

– Você está certa, mãe. Como sempre – ela admitiu, a contragosto.

– Se está desanimada ou sem inspiração, busque algo para se ocupar além da escrita! Um trabalho, um passatempo qualquer.

A ideia da mãe despertou Bianca de seu estado vegetativo. Depois que desligaram, ela continuou no sofá, na mesma posição. Agora olhava para a luz da lua na parede, e a noite não lhe parecia mais tão ameaçadora.

Mas, e se o único trabalho, o único passatempo que viesse à cabeça de Bianca, incluísse o rapaz de quem ela devia fugir? Ela queria muito ter tido a coragem de fazer essa pergunta à mãe, mas para isso teria que lhe revelar que o herói da história havia dado um fora na protagonista.

Helena, com sua sabedoria materna e experiência de vida, certamente lhe diria para apagar tudo e reescrever, pois a história ainda estava começando. No entanto, Bianca, movida pelo desafio das protagonistas românticas, não admitiria entregar os pontos sem antes experimentar não só os clichês como também os *lugares-não-comuns* de sua história. Ela ainda não havia desafiado Salvatore. Quem disse que o herói não poderia levar um fora?

Bianca finalmente sentiu os efeitos dos músculos dormentes na região do pescoço. A dor era incômoda, mas não era tão insuportável quanto se sentir afetada por um personagem que ela mesma havia criado em sua cabeça. Salvatore nunca foi ou se comportou como herói nenhum. Ela viu na máscara o perfil disfarçado de um herói. Ela viu na rosa branca que caiu em seu colo o gesto de um herói. Mas o que Salvatore, o rapaz proletário e o cantor mascarado, havia feito para salvá-la? Ele a atraía, a desafiava, a provocava a ser alguém que ela não era. Pois, então, ela o atrairia, o desafiaria e o provocaria a ser alguém que ele não era. Um herói de verdade.

Helena diria que a filha não havia aprendido nada desde que chegara aos Estados Unidos. Ela talvez mandasse o marido ir buscar a filha e a internasse em um convento. Não, Helena não faria isso. Era uma mãe preocupada, sim, mas uma mãe moderna. Ao contrário de Bianca, que teimava em acreditar em contos de fadas. Se ao menos ela se contentasse apenas em acreditar...

🎬 🎬 🎬

Vestindo o sobretudo bordô de sua mãe, Bianca descumpriu mais uma das recomendações dela: não andar de metrô à noite. Os passageiros estavam mal-encarados e com aspecto catatônico dentro do vagão. Talvez porque voltassem do trabalho sem outro destino melhor do que a casa, em um sábado à noite. Bianca se encolheu no seu banco e se isolou ouvindo U2 no iPod.

Chegando à Times Square, Bianca acelerou o passo. Nada daquele turismo e daquele capitalismo era apelativo para ela naquela noite. Ela tinha um objetivo diferente, algo que a faria sentir-se humana em muitos sentidos. Havia decidido aceitar o convite de Eliot.

A rua do mercado parecia ainda mais escura que da última vez em que estivera ali. Bianca procurou o beco onde ficavam os mendigos. A lâmpada do poste piscava uma luz fraca e intermitente. Quando reacendeu, ela os encontrou encostados na parede de tijolos das ruínas de um edifício. Como dormiam, concluiu que a Sprinter de Eliot ainda não havia passado por ali. Bianca se aproximou devagar, calculando a leveza dos passos.

– Que bom que voltou – falou uma voz rouca por trás dela.

– Big John! – Ela levou a mão ao peito com o susto. – Que bom que é você.

– Eu entreguei as compras a uma família, como você falou.

Bianca abriu um largo sorriso como resposta.

– Você devia sorrir sempre – disse ele.

– Quando se tem um bom motivo...

– Uma menina boa como você não devia precisar de motivo para sorrir.

Ela suspirou.

– O que o faz sorrir, Big John?

– Saber que não fui esquecido – ele disse sem pensar duas vezes, ajeitando um papelão para que ela se sentasse a seu lado. – Ontem vi minha filha entrando em uma igreja no Harlem. Não sei por que eu perdi a cabeça e entrei também. Me escondi atrás de uma cortina e fiquei assistindo ao ensaio do coral. Minha filha vai cantar uma música em minha memória no culto de domingo – ele concluiu, orgulhoso.

Bianca se acomodou:

– Big John, você tem alguma dúvida de que a sua filha sente a sua falta?

– Não quero que ela sinta falta. Só não quero que me esqueça. Que não se esqueça do meu abraço ao chegar em casa do trabalho, nem das vezes em que a levantei nos meus ombros até ela dizer que quase podia tocar o céu, nem das vezes em que a coloquei na cama e esperei que ela fechasse os olhos, ou de quando a ensinei a andar de bicicleta sem as rodinhas e acabamos caindo os dois numa grande poça de lama... Espero que ela ainda se lembre de tudo isso.

— Se as lembranças são tão boas, como não sentir falta? A menos que você decida voltar para casa, ela não vai ter com quem compartilhar essas memórias. E, bem, para ser sincera com você, Big John, é chato guardar tão boas memórias só para nós. É muito egoísta da sua parte querer que ela se lembre sozinha de tudo isso.

John se levantou de repente, tirou uma garrafa de dentro de uma sacola e começou a entorná-la na boca de uma só vez. Bianca ficou sem ação. Ela se encolheu em sua impotência, sentindo-se esmagar pelo peso de suas próprias palavras, enquanto John tentava afogar as memórias que não queria que a filha esquecesse.

— Não faça isso na frente da *ragazza* — disse Salvatore, estendendo o braço na direção de John. — Você devia ter vergonha de estar sempre decepcionando as pessoas!

John lhe entregou a garrafa, e Salvatore despejou todo o líquido na rua. Faróis iluminaram a parede onde os outros mendigos dormiam. A Sprinter de Eliot e Cat estacionou bem ao lado deles, e os dois desceram animados por verem Bianca.

Durante todo o tempo em que serviram a sopa e distribuíram remédios e alguns cobertores, Salvatore e Bianca não trocaram uma palavra. Em compensação, nunca trocaram tantos olhares. Bianca fazia o possível para se concentrar em sua tarefa, mas por duas vezes quase derrubou sopa fervendo em si mesma. Salvatore passou, então, a encher as tigelas e Bianca, a servir os mendigos. Conforme tocava aquelas mãos maltratadas, frias e calejadas para entregar a sopa quente, Bianca se deu conta de que alguns deles eram jovens abatidos física e mentalmente pela dependência química. Sentiu vontade de chorar por eles, por si, por tudo aquilo que nunca fez e por tudo o que não tinha coragem de fazer. Ao pegar uma tigela das mãos de Salvatore, ele percebeu seus olhos lacrimejosos.

– Por que está aqui? – ele perguntou em um tom que soou agressivo. – Isto não é para você.

Bianca deixou uma lágrima correr pelo rosto e se afastou depressa, antes que ele tentasse enxugá-la.

– Não me toque – ela disse, rispidamente.

– Bianca...

Ele tentou uma nova aproximação e ela se afastou mais.

– Estou aqui porq... porque... – as lágrimas agora não paravam de cair, e o acesso de choro começava a chamar a atenção das pessoas.

– Vamos para algum lugar – ele convidou.

Salvatore terminou de guardar as panelas dentro da van e se despediu de Cat e Eliot. O casal acenou para Bianca, que retribuiu timidamente. Naquele momento ela não sabia se conseguiria voltar a ajudar no voluntariado. Estava envergonhada por se sentir pouco experiente e sem preparo psicológico para aquele trabalho, que queria tanto fazer.

🎬 🎬 🎬

Bianca e Salvatore caminharam lado a lado pelas ruas escondidas de Manhattan. Ela estranhamente sentiu como se já tivesse passado por aqueles lugares, esconderijos do seu inconsciente, lugares que evitava visitar para não enfrentar algumas verdades. Havia tanto que queria conversar com Salvatore e tão pouco que ele pudesse dizer para ajudá-la. Ele havia lhe dado o primeiro fora da sua vida. O que ele estava fazendo ali a seu lado?

Ela não precisava da solidariedade de um estranho. Não queria que ele visse suas fraquezas, suas dúvidas, seus receios. No entanto, mesmo sem saber para onde estavam indo, Bianca seguia ao lado de Salvatore sem saber por quê. Simplesmente seguia a seu lado porque confiava nele.

O silêncio era desconcertante. Ela tirou o iPod de dentro da bolsa e colocou os fones no ouvido.

— Posso saber o que está ouvindo?

Antes de dar a Bianca tempo para responder, Salvatore tomou o aparelho, obrigando-a a ceder um dos fones. Ele fechou os olhos e inclinou levemente a cabeça para trás. Devagar, começou a mexer os ombros ao ritmo da melodia. Quando tornou a abri-los, Bianca sorria sem perceber, apreciando o inusitado instante de intimidade que ele partilhava com ela. Então, ele tomou sua mão no alto e fez com que ela girasse de forma desengonçada, rompendo a corrente musical que os unia. Frente a frente para ela, Salvatore sussurrou:

— Você não devia ouvir "Unchained Melody" sozinha. Por que não dança comigo?

Bianca olhou para os lados, indecisa. Não teve tempo de responder. Ele passou o braço por sua cintura e a puxou para si.

— Por que tantas dúvidas, Bianca? — ele perguntou em seu ouvido.

Pelo que ela sabia, as dúvidas eram mais dele do que dela. Mas ela não queria se opor. Sem mais segundos pensamentos, Bianca decidiu compartilhar novamente os fones do iPod, e a música se encarregou de recriar o ambiente.

Salvatore tinha um cheiro bom, fresco e natural. A palma de sua mão tinha um toque eletrostático que colocava nervos, células, músculos em alerta; tudo no organismo de Bianca ficava refém de apenas um órgão: o seu coração. Então, Bianca deixou que Salvatore conduzisse todo e cada movimento do seu corpo.

Aos poucos, um se tornava o reflexo do outro, os dois respiravam na mesma intensidade e compasso sonoro. Os braços de Salvatore relaxaram nas costas de Bianca, e ele deslizou a mão sensualmente ao longo do braço dela, despertando seus sentidos adormecidos. Bianca não queria que ele percebesse que ela não tinha forças para repeli-lo e, ao mesmo tempo, queria que ele sentisse o que ela estava sentindo. Dominante e cativa, ela enlaçou o pescoço de Salvatore, apoiando-se nos ombros dele, e, sem apartar um coração do outro, ele encostou o rosto no dela e cantou no seu ouvido.

Na penumbra de uma rua nova-iorquina, os dois dançaram, sem testemunhas e sem defesas.

🎬 🎬 🎬

Quando a música acabou, eles eram estranhos de novo. Bianca não esperou que Salvatore lhe desse o beijo que ficou suspenso na noite anterior. Ela guardou o iPod dentro da bolsa e acelerou o passo, tomando distância.

— Para onde está indo? — ele perguntou, correndo para alcançá-la. — Bianca!

Ela também começou a correr. Sem saber por quê, embora confiasse nele, queria correr. Seu instinto de autopreservação era algo novo que ela não podia ignorar.

— Venha cá! Não ande sozinha! — ele gritava, e sua voz já soava distante aos ouvidos dela. — É perigoso! Bianca!

De repente, sem se dar conta do quanto havia corrido, Bianca parou diante do número 729 na esquina da Sétima Avenida com a Rua 49. Os *spots* de luz dos anúncios piscavam, refletindo o brilho em seus olhos, e ela observava, maravilhada, a imponência dos *outdoors*, em especial o que anunciava o espetáculo dos seus sonhos.

— Já assistiu a algum espetáculo na Broadway? — perguntou Salvatore, recuperando o fôlego.

Com muito custo, ela abandonou os cartazes iluminados e encarou o rapaz ofegante, fazendo que não com a cabeça.

— Você já?

Ele copiou o gesto de Bianca com a cabeça. Pela primeira vez ele poderia lhe satisfazer uma curiosidade.

— Gostaria de um dia poder contar a você o que me atormenta.

Impressionada com a intensidade das palavras de Salvatore, ela pediu:

— Conte agora.

Salvatore suspirou profundamente e, surpreendendo Bianca, segurou sua mão.

– Não solte mais, está bem?

Ela franziu a testa e teve o rompante de soltar, mas gostava da força que ele imprimia naquele gesto. Fazia-a sentir-se segura. Então, porque aquela sensação era boa, Bianca apertou ainda mais a mão de Salvatore e permitiu que ele caminhasse a seu lado como um guarda-costas.

Ele não levou Bianca muito longe. Sua moto, uma Harley Fat Boy, estava estacionada uma quadra acima. Quando ela percebeu que aquele veículo era de Salvatore, libertou sua mão e cruzou os braços.

– Se acha que vou subir nessa coisa, está muito enganado.

– Você nunca andou de moto? – perguntou ele, com espanto.

Bianca se deu conta de que estava muito velha para andar de moto pela primeira vez.

– Vou para casa de metrô – decidiu, depois acenou para ele e recomendou: – *Drive safe!*

Salvatore a interceptou, jogando o capacete em seus braços.

– *Una donna* que sai comigo não volta para casa sozinha.

Ela não sabia se se sentia mais afrontada por ele ter dado uma de machista ou por ter insinuado que os dois haviam tido um encontro. Preferiu abordar a questão responsável por fazer borboletas voarem em seu estômago, fenômeno que não acontecia desde a adolescência. Era uma sensação estranha, e ele não precisava nem devia saber disso.

– Peraí! Você está dizendo que tivemos um encontro?

Salvatore não se intimidou com os olhos inquisidores de Bianca.

– Ainda não terminou.

Ele era mais doido do que ela pensava. E ela, não menos doida do que já se julgava.

– Não terminou mesmo.

Disposta a desafiá-lo, Bianca disparou pela rua, atravessando-a sem olhar direito para os dois lados. Um carro que dobrava a avenida ignorou o sinal vermelho, entrou depressa e ainda buzinou quando Salvatore se atirou para empurrar Bianca. Os dois caíram abraçados e rolaram no asfalto, o corpo dele amortecendo a queda.

    Enquanto o mundo ainda girava ao contrário aos olhos de Bianca, Salvatore agasalhava sua cabeça com os braços contra seu peito, e ela podia ouvir as batidas do coração disparado dele.

    – Você está bem, *signorina*? – perguntou, resfolegando.

    – Até quando vai me chamar assim? Se estamos num encontro, você não precisa ser tão... formal.

    Salvatore impulsionou o corpo de Bianca, colocando-se por cima dela. Ele era pesado, e ela podia sentir a textura áspera e a temperatura gelada do asfalto em seus cotovelos e costas. O rosto dele estava tão próximo do dela que seus cabelos desarrumados lhe afagavam a bochecha. Sem que ela tivesse chance de se esquivar, já tinha lábios cálidos ansiosamente colados aos seus. Ele a beijou com vigor, como se há muito desejasse isso, como se já houvesse explorado os lábios de Bianca antes, ainda que somente em sonhos. Ela percebia, e estava sendo tão bom sentir o desejo refreado de Salvatore, sentir-se desejada pelo homem desejado, que não podia ficar de olhos fechados. Quando os abriu, teve certeza de que não era um sonho.

    – Obrigada por me salvar – ela sussurrou.

    Em uma só noite Bianca dançou no meio de uma rua obscura de Manhattan e beijou um estranho desmascarado sobre o asfalto. A música, um ruído baixinho vindo de dentro da bolsa, ainda tocava no iPod.

18

FUGITIVOS

Passado o medo inicial, tudo o que Bianca queria era permanecer de olhos fechados, sentindo o vento sacudir seus cabelos. Ela não sabia se estava na direção certa, mas seu coração havia escolhido assim.

Salvatore dirigia com cautela e, apesar de acelerar nas vias mais livres da estrada, preocupava-se em manter os braços de Bianca em torno dele. Sempre que ela afrouxava o abraço, ele virava a cabeça para trás e lhe chamava a atenção. Mas, de repente, sem que ele pudesse impedir, ela se soltou dele, tirou o capacete e começou a gritar para os carros que os ultrapassavam. Ela não sabia o quanto sempre desejara fazer aquilo.

A sensação de liberdade vivida naqueles breves instantes valeu pelo sermão que teve de ouvir ainda no acostamento da estrada.

– Bianca, a polícia americana não alivia. Se você não colocar o capacete, seremos multados.

– Eu pago a multa para você – ela respondeu, ainda com a adrenalina estimulando seus sentidos, em especial aquele que ignorava os alertas de perigo.

– Não estou brincando. Coloque já este capacete – ele falou, de modo autoritário e sério demais.

– Não sabia que você era tão careta, Salvatore.

– E eu não sabia que você era tão irresponsável.

Bianca não acreditou no que tinha acabado de ouvir. Ele estava realmente levando a sério a história do capacete. Para início de conversa, foi ele quem quis que ela subisse naquela moto, e ela só estava ali porque ele cismou que precisava deixá-la à porta de casa. Sem dizer mais nada, Bianca deixou o orgulho falar por si, virou de costas e começou a andar rente à pista.

Primeiro, Salvatore esperou que ela parasse e desistisse daquela loucura. Depois, viu que ela já estava desparecendo entre as luzes dos faróis dos carros que voavam pelo asfalto. Mais uma vez, chamou por ela até alcançá-la, cansada e desanimada, sentada em uma mureta.

– Desça daí, Bianca.

– Enquanto você falar como se mandasse em mim, não vou descer.

– Por favor, Bianca – ele respirou fundo. – *Me desculpe.*

Enquanto ela pensava em como saltar sem quebrar uma perna, Salvatore viu ao longe o giroflex de um carro da *highway patrol*, e estendeu a mão para Bianca.

– Vamos! Pule. Eu seguro você.

No mesmo instante em que Bianca fechou os olhos e pulou nos braços de Salvatore, a sirene anunciou que o policial os havia avistado. Se corressem, seria pior. Ela olhou para ele, serena e despreocupada, mas percebeu que ele suava e que suas mãos estavam trêmulas.

– O que você tem? Está passando mal?

Ele tirou um papel de dentro do bolso da calça jeans e anotou um número. Ao entregá-lo na mão de Bianca, olhou firme em seus olhos. Ela nunca o havia visto com aquela ruga de preocupação tão pronunciada. Percebendo que não teria alternativa, Salvatore disse:

– Não estou com os meus documentos, nem com os documentos da moto. O policial vai me levar para a delegacia. Preciso que você ligue para este número e fale com o Juan. Ele vai até lá pagar a minha fiança. Entendeu bem?

Bianca confirmou com a cabeça, enquanto o policial descia da viatura e caminhava ao encontro deles.

— Desculpe, Salvatore. Eu não sabia... – ela sussurrou.

O senhor fardado, dono de fartos bigodes grisalhos, era completamente careca por baixo do chapéu. Ele se aproximou dos dois, avaliando-os de cima a baixo. Bianca o achou caricato, mas agora não tinha mais humor para se divertir com a situação.

— Boa noite – ele cumprimentou. – Posso saber como os senhores vieram parar aqui?

— Minha moto está logo adiante, policial – respondeu Salvatore, apontando na direção onde o veículo estava estacionado.

— Eu estava enjoada e pedi para ele parar – interveio Bianca.

O patrulheiro cruzou os braços, e Bianca tentou depreender algo através da linguagem corporal. Não precisava entender de psicologia para perceber que não estava convencido. Ainda assim, Bianca fez questão de aperfeiçoar sua interpretação e imaginou tudo aquilo que a fazia ficar enjoada, como viagens de navio, por exemplo. Pôs a mão na barriga e fingiu se apoiar no braço de Salvatore, que olhou para ela e a advertiu, murmurando entredentes:

— Menos, Bianca.

— É uma rota muito perigosa, principalmente à noite. Os senhores tanto podem ser vítimas como podem causar acidentes. Existem bolsões ao longo da via onde poderiam descansar em segurança – discursou o policial.

— O senhor não está entendendo, eu ia vomit...

— O senhor tem toda a razão, policial – interrompeu Salvatore. – Fiquei preocupado com ela e não pensei direito.

— Ok. Então é só apresentar sua carteira e os documentos do veículo e estarão liberados.

Bianca e Salvatore se entreolharam.

— Eu não tenho os documentos comigo – revelou Salvatore.

— Ah, não? – dessa vez o patrulheiro cruzou os braços mais acima, na altura do peito. Bianca imaginou que aquela postura corporal fosse mais agressiva que a anterior. – Os senhores precisarão me acompanhar até a delegacia. A senhorita vai ser liberada, mas o senhor terá que passar a noite na cela.

Quando as luzes dos faróis dos carros ofuscavam seus olhos, Bianca os fechava e se lembrava do beijo. Um beijo em *flashes* longos, curtos, intensos, suaves.

Com a cabeça pousada no ombro de Salvatore, ainda que o encontro tivesse terminado dentro de uma viatura, ela estava realizada por ter sido salva naquela noite.

🎬 🎬 🎬

Já era a terceira tentativa de contatar Juan. Bianca começava a perder o ânimo quando ouviu um *hola* feminino do outro lado da linha. Mônica se sentou a seu lado no sofá e começou a mudar os canais da tevê. Naquele momento, mais do que em qualquer momento, Bianca sentiu falta da privacidade do seu quarto no Rio.

— Posso falar com o Juan?

Mônica imediatamente desligou a tevê. Parece que ela havia encontrado um programa ao vivo mais interessante para assistir.

Do outro lado da linha, ninguém respondia, mas se ouvia nitidamente o choro de uma criança.

— Alô? Posso falar com o Juan? — insistiu.

— *¿De parte de quién?* — perguntou a mulher, soando preocupada.

— Da parte de quem... — Bianca se deu conta de que não sabia sequer o sobrenome dele ainda. — Salvatore.

Mônica espremeu as sobrancelhas, não disfarçando seu interesse na conversa alheia.

Passou-se um minuto inteiro de total silêncio até que Bianca começou a ouvir vozes. A mulher gritava com Juan em espanhol.

— *Sí. ¿Quién es?* — perguntou Juan, atendendo.

Mônica quase grudou o ouvido no telefone. Bianca precisou se afastar e ir até a cozinha.

— Meu nome é Bianca e eu sou... — ela não tinha pensado nisso ainda — *amiga* do Salvatore.

— Aconteceu alguma coisa? — Ela ficou aliviada por ele ter começado a falar em inglês, mas percebeu a voz do homem ansiosa demais.

— Ele pediu que eu ligasse para você porque... bem, ele foi preso.

— O quê?! — com a interrogação, Bianca ouviu um estrondo. Talvez Juan tivesse dado um murro em alguma porta, ela pensou.

— Ele disse que você pode pagar a fiança para ele.

— *Loco, loco...* — repetia ele. — *El muchacho es loco! Loco...*

Bianca se perguntou quanto tempo o tal Juan iria perder chamando Salvatore de louco. Ele até tinha razão, mas certamente teria tempo para puxar as orelhas do amigo depois. Após conseguir informar o endereço da delegacia, Bianca desligou sem ter certeza do que deveria fazer a seguir. Seu primeiro estímulo seria ficar bem quietinha em casa, pois estava cheia de ideias para colocar em seu roteiro. Mas o segundo era mais forte.

— Ei, Bia! Aonde você vai? — intrometeu-se Mônica, vendo que Bianca vestia a jaqueta.

— Amiga, eu não posso falar agora. Quando eu voltar, mais tarde, prometo te contar tudo.

Ela ainda não tinha certeza disso, mas era a única maneira de contentar Mônica e não perder tempo precioso.

🎬 🎬 🎬

Toda vez que descia a estação de Spring Street, Bianca agradecia ao *deus subway* por amparar os cidadãos de Manhattan, permitindo que desfrutassem do seu direito de locomoção livres dos engarrafamentos na superfície. Graças a esse eficientíssimo meio de transporte urbano, Bianca chegou ao 15º Distrito Policial tão depressa que duvidava que Juan tivesse chegado antes dela e desaparecido com Salvatore. Ela queria algumas explicações, mas sabia que de Salvatore não obteria as respostas.

Teria sido bem mais fácil se tivesse aberto o jogo com Juan e marcado um encontro por telefone.

Ela não conhecia o rosto de Juan, e o intenso entra e sai da esquadra era um obstáculo a mais para chegar até ele. Pelos comentários dos policiais locais, parece que a Interpol havia desmantelado uma quadrilha de traficantes. E tinha que ser exatamente naquele mesmo lugar e momento!

Um rapaz de moletom e capuz azul-marinho na cabeça se aproximou correndo da entrada do prédio. Sua pressa chamou a atenção de Bianca, que não perdeu tempo. Ela seguiu o encapuzado até a secretaria, e bingo! A probabilidade de haver mais de um Juan ali dentro não era tão pequena, mas ela queria acreditar em seu instinto. E na sorte, principalmente.

– Juan? – Bianca chamou.

Quando ele se virou, ela o reconheceu imediatamente.

🎬 🎬 🎬

Talvez porque Juan estivesse tão preocupado com Salvatore quanto ela, o rapaz aceitou seu convite para tomar um *espresso* em um café próximo à delegacia. A ansiedade lhe dava fome, e era desagradável o quanto ele reclamava, especialmente em lugares públicos. Ela foi obrigada a calá-lo com duas torradas com mel. Não foi uma estratégia, mas serviu para que a conversa ganhasse um pouco mais de tempo.

– Eu conheço você – ela disse.

Juan estreitou a sobrancelha e, pela forma como se remexeu na cadeira, pareceu ter ficado incomodado com a afirmação.

– Você é colega de Salvatore em um restaurante em Little Italy, não é?

Juan soltou um suspiro, que não passou despercebido por Bianca.

– Eu me lembro de você também – disse ele, abrindo demais o sorriso.

Bianca deu uma mordida em sua torrada, mas, apesar da fome, não tinha paladar. Ou então o mel é que não era siciliano.

— Eu vou direto ao assunto. Salvatore e eu estamos nos conhecendo. Eu sei algumas coisas sobre ele, mas espero que me conte mais.

Juan aproximou a cadeira da mesa e começou a brincar com o paliteiro.

— O que você sabe? — ele perguntou, e a ruga entre suas sobrancelhas ganhou ainda mais destaque.

— Isso é o que eu quero perguntar a você.

Aconteceu o que Bianca previra, e os palitos caíram todos no chão. Desajeitado, Juan quase derrubou a bandeja de uma garçonete quando se abaixou para recolher os palitos. Outra garçonete veio ajudar.

Entre todas as suas dúvidas, Bianca achava estranho um garçom que tinha dinheiro para comprar uma Harley Davidson, e ainda mais estranho o outro estabanado como o que estava diante dela.

— Eu acho que, se você e Salvatore estão se conhecendo, deveria fazer essa pergunta a ele.

— Juan, você o conhece há mais tempo do que eu. Sabe que Salvatore é evasivo. Ele não responde às minhas perguntas.

— Mais um motivo para eu não dizer nada. Sinto muito. — Ele ameaçou se levantar. — Preciso pagar a fiança dele.

— Me responda pelo menos uma pergunta. Por favor. — Bianca apoiou os cotovelos na mesa e encarou Juan. — O que você acha de Salvatore? Eu sei que você é amigo dele e que não vai apontar defeitos, além do "*loco, loco*"...

Juan achou graça do comentário da garota.

— Não é por ele ser meu amigo que vou dizer isso, Bianca. Mas o Salvatore é o melhor cara que eu conheço. Ele dá a camisa do corpo por um amigo. Fez isso por mim mais de uma vez. Ele não é sociável, e às vezes é grosso pra burro, mas isso tem a ver com as origens dele. — Ele se interrompeu para dar um último gole no café, e depois sua expressão se tornou mais compenetrada, em dúvida sobre se devia ou não dizer o que diria a seguir: — Eu nunca o vi apaixonado, mas de uns dias para cá venho notando que está pensativo demais, distante, com aquele olhar meio abobalhado... Acho que ele gamou em você. E eu acredito que, quanto mais ele tentar te tirar da cabeça, mais vai se enrolar.

Bianca não sabia se isso era bom ou ruim.

– Você acha que eu vou trazer problemas para ele, Juan?

– Você disse que seria só *uma* pergunta!

– Só mais essa – ela insistiu.

– Eu acho que *ele* pode trazer problemas para você.

19

SAPO

A sensação oscilante de calor e frio acontecia sempre que ele estava ansioso. Salvatore já havia tirado e vestido a jaqueta de couro algumas vezes enquanto esperava por Bianca, encostado em sua moto, na frente do prédio. Ele tinha certeza de que o endereço era aquele. Já tinha estado ali uma vez, carregando Natalya, que bebera demais.

Nuvens pesadas confirmavam a previsão da meteorologia para aquele domingo. O vento começou a soprar mais forte, anunciando que a tempestade começaria a qualquer momento. Salvatore se abrigou sob a marquise do prédio e se sentou na escada. Em algum momento Bianca teria que aparecer.

Gotas grossas pingaram em seu coturno. Salvatore olhou para cima no momento em que dois raios cruzaram o céu. A seguir, ouviu um trovão, seguido de mais relâmpagos. Ele pensou em ir embora, mas, depois do que aconteceu e do que Juan lhe contou sobre a conversa que tivera com Bianca, sabia que não podia continuar a envolvê-la.

Um guarda-chuva vermelho encharcado pediu passagem, e Salvatore se levantou depressa. O rosto que se revelou por trás da tela não era o que ele esperava. Aliás, era exatamente o que ele queria evitar.

– O que está fazendo aqui? – admirou-se Natalya.

– Vim para falar com a Bianca. – Ele se desviou para que ela chegasse até a porta.

Quando passou, Natalya sacudiu a água da sombrinha, respingando nele. Mostrando-se indiferente, Salvatore não se afastou e deixou que ela o empurrasse com o quadril.

– O que você quer com aquela sonsa?

– Sonsa?! – ele estranhou a animosidade.

– Pensei que tivesse vindo me visitar – ela se insinuou, piscando para ele. – Eu bem que estou precisando sentir a pegada de um homem de verdade. Um *revival*.

– Volto mais tarde.

Quando Salvatore começou a descer os degraus, Natalya o puxou pela manga da jaqueta e os dois se desequilibraram, batendo na parede. Com o impacto, o corpo de Salvatore pressionou o de Natalya e ela se aproveitou para acariciá-lo. Bruscamente, ele se afastou.

– Entra comigo! – pediu ela. – Você não pode andar de moto nesse temporal.

– Eu posso – ele afirmou, sustentando os olhos dela.

– Ok. Você pode. Você pode tudo. Mas entre sair nessa chuva e relaxar no aconchego do meu apê, o que você prefere? – perguntou ela, afastando uma mecha cor-de-rosa da testa. – Da última vez foi tão bom... – ela sussurrou.

– Você estava carente.

– Eu ainda estou. Estou mais carente ainda! O Enrique não sabe me valorizar – resmungou.

– Quem não sabe se valorizar é você, Nat.

Ele lhe deu as costas, e, mais uma vez, ela o segurou pelo casaco. Ele se soltou e ela correu atrás dele, na chuva. Em alguns segundos, os dois estavam ensopados no meio da rua.

– Se você não subir comigo, vou ficar aqui até pegar uma pneumonia – ameaçou ela.

Ele não se importava se ela pegasse uma pneumonia, mas não queria ser o responsável por isso. Salvatore a agarrou e a ergueu pelas pernas até a entrada do prédio. Satisfeita, Natalya colocou a chave na porta e lhe deu passagem. Salvatore, contrariado, cumprimentou Mister Gennaro, que olhava espantado para o estado em que os dois estavam. Natalya deu um beijo na bochecha do homem, cochichou algo que o deixou ruborizado e entrou no elevador logo atrás de Salvatore, deixando o rastro de um lago pelo caminho onde passou. O senhorio só abanou a cabeça e rogou ao santo que lhe emprestara o nome que fosse paciente com aquela menina. Bastante paciente.

🎬 🎬 🎬

Paciência era algo que Salvatore não tinha. Com a desculpa de que o café não aqueceria tanto quanto o álcool, depois de lhe servir um licor, Natalya se sentou ao lado dele no sofá. Salvatore sabia que ela podia ser mais perigosa que pegajosa, e saiu de perto. Caminhou pelo corredor até chegar à porta do quarto de Bianca e Mônica. Antes de entrar, bateu duas vezes.

— Só estamos nós dois em casa, *amore mio* — disse Natalya, escorando-se na parede.

— Não me chame assim.

Salvatore entrou no quarto e imaginou que a cama de Bianca fosse a de cima do beliche, a que tinha alguns livros espalhados sobre o edredom. Ao se aproximar, chamou-lhe a atenção um livro com uma capa antiga de couro, cujas letras do título eram grafadas em tinta dourada: *O Fantasma da Ópera*. Sob a fiscalização curiosa de Natalya, ele pegou o livro e o folheou, encantado com o requinte da edição, quando uma folha se desprendeu e caiu sobre seus pés.

— Que coisa feia ficar bisbilhotando as coisas dos outros... — disse ela, fechando a porta por trás de si.

Salvatore não lhe deu importância e se agachou para pegar o papel. Não era uma página do livro, como ele temia. Ela uma carta escrita por Bianca alguns anos atrás, quando completara 20 anos. Na carta, Bianca enumerava várias promessas para a próxima década, tudo o que almejava e queria conquistar até completar 30. Salvatore sorriu ao ler: "*Além de roteirista de sucesso, e talvez mais do que isso, eu quero encontrar o meu príncipe encantado*". Ao dobrar e guardar o papel de volta no livro, ele pensou se ela ainda conservava a mesma prioridade, pois, se ainda a tivesse, provavelmente colecionaria muitas decepções. *Que tipo de garota ainda sonha com o homem perfeito?*, ele se perguntou.

Natalya tirou uma pasta de dentro do armário de Bianca e a entregou na mão de Salvatore.

– Já que você está dando uma de *stalker* com a garota, dá só uma olhada...

Salvatore se sentiu compelido mais pelo desejo de conhecer melhor a garota por quem estava apaixonado do que por mera curiosidade incitada por Natalya. Na pasta havia dois roteiros inacabados, que Bianca havia imprimido com a intenção de revisar. Os títulos eram sugestivos: "Como Se Apaixonar Pelo Cara Errado" e "Razões Para Não Te Esquecer".

– Romântica a nossa Cinderela, não acha? – perguntou Natalya, se atirando na cama de Mônica.

Enquanto Salvatore folheava os dois calhamaços, ela se divertia com as poses e caretas de Mônica nas fotografias coladas à parede.

– Ela escreve muito bem. Esses trabalhos têm técnica de roteiro, mas têm tanto sentimento que são quase literários.

– *Whatever...* – resmungou Natalya, pulando da cama.

Sem o menor pudor, ela se aproximou de Salvatore, obrigando-o a andar de costas até chegar à janela. Ela se esticou por cima dele e fechou a cortina. Depois, tirou a pasta da mão dele e a jogou no chão.

– Eu sei que você gostou – ela disse, com a voz sedutora.

– Você é atraente, mas não é o meu tipo de mulher.

Ele a repeliu, deixando-a sozinha diante da janela. Salvatore tentou abrir a porta, mas estava trancada.

– Onde está a chave, Natalya? – Sua voz era grave.

– Adoro quando consigo te provocar... – ela disse baixinho, cercando-o.

Lenta e sensualmente, ela cruzou as mãos na barriga e puxou a blusa para cima, ficando somente de sutiã. Era uma bela peça, vermelha e rendada, semitransparente na medida certa para atiçar a imaginação dos homens. Salvatore conhecia esse estilo de lingerie de corpos de variadas belezas e nunca antes havia ficado indiferente ao apelo sexual de uma mulher. Mas agora não conseguia sentir nada a não ser desprezo e pena; da situação, de Natalya, de si mesmo.

— Não faça isso, *ragazza*. Você merece um homem melhor do que Enrique, mas não é se atirando em cima de outro que vai esquecê-lo.

— Quem disse que eu quero esquecer o Enrique? Eu vou casar com ele, mas isso não quer dizer que eu não precise de amor.

— Eu não te amo, Nat.

— Porque ama outra mulher... — Ela franziu a testa e depois perguntou, em tom de afirmativa: — Você *ama* a Bianca...?

A ausência de resposta fez Natalya assumir a confissão de Salvatore.

— Eu logo vi. Quando me perguntou se a pulseira de ouro era da Bianca... Você nunca repararia numa sonsa como ela. — Natalya cruzou os braços, claramente detestando ser preterida. — Ela já sabe do seu segredinho?

— Sim. Ela sabe que eu sou o vocalista da banda.

— Pensei que era um segredo profissional.

— Ela descobriu.

— Ah! Até que a sonsa é esperta!

— Não fale assim, Natalya.

— Adoro quando você defende mulheres indefesas. Fica tão *sexy*!

— Ciúme é uma coisa que não combina com você.

— *Você* combina comigo.

Ela retomou a investida e, dessa vez, não deu tempo a Salvatore para escapar. Ela o jogou na cama, deitando-se por cima dele. Salvatore podia afastá-la, mas não queria machucá-la. Bastava segurar o braço da garota com mais força para deixar um hematoma. E isso poderia causar muitos problemas com Enrique.

— Você ainda vai me prejudicar — ele disse, virando o rosto quando ela tentou beijá-lo.

— Eu garanto a sua segurança, *amore mio*.

— Já pedi para não me chamar assim... — ele sussurrou perto dos lábios de Natalya.

Pensando que o beijo aconteceria, Natalya fechou os olhos e esperou. Salvatore se aproveitou para girar o corpo da garota e se posicionar por cima dela, imobilizando-a e prensando seus pulsos sobre a cabeça. De repente, sem que nenhum dos dois percebesse, alguém abriu a porta do quarto.

🎬 🎬 🎬

Bianca manteve a mão na maçaneta, em estado de choque, por tempo suficiente para Natalya vestir a blusa. A loira do cabelo cor-de-rosa se divertia com a situação, contendo um sorriso malicioso no canto dos lábios. Enquanto Salvatore se recompunha e pensava com cuidado no que ia dizer, a roupa de Bianca pingava a água da chuva, que também gotejava das folhas da árvore à janela. Quanto maior a mancha encharcada no carpete sob seus pés, mais se sentia constrangida por estar ali.

— Eu vou deixar vocês à vontade — ela disse, tornando a fechar a porta.

A gargalhada que Natalya prendia reverberou pela casa toda.

Nervosa, Bianca atirou a bolsa no sofá da sala e foi até a geladeira pegar um copo de água. *O que ainda estou fazendo aqui?*, perguntava-se enquanto a água fresca descia depressa pela garganta. Um acesso de tosse veio com o engasgo, no momento em que Salvatore surgiu na sala com a cara mais deslavada do mundo. Bianca queria partir para cima dele e lhe dar murros no peito, mas seria a atitude mais mulherzinha que já tivera, e um acesso de ciúmes só o deixaria ainda mais convencido. Ela optou por demonstrar indiferença. Assim, por mais que quisesse arrancar a juba de algodão-doce de Natália, dar tapas e socos em Salvatore e fugir daquele apartamento, precisava ser fria se quisesse manter a dignidade.

Calmamente, Bianca ligou a tevê e escolheu um canal que transmitia um filme. Para seu deleite, era "O Poderoso Chefão", em uma cena em que o "padrinho" dizia: *"Não somos assassinos, apesar do que pensa o agente funerário"*. A cara de pau de Marlon Brando como Don Vito Corleone vinha a calhar.

– Será que podemos conversar? – Salvatore perguntou, dando dois passos na direção de Bianca.

Ela deu de ombros, tentando dar o melhor de si naquela interpretação, mas um suspiro raivoso escapou quando ela cruzou os braços. Atento a cada mínimo movimento, Salvatore percebeu que ela era uma bomba armada prestes a explodir. Aos poucos e com jeito, tirou o controle remoto da mão de Bianca e desligou a tevê.

– Obrigado por ter chamado o Juan – ele disse, sentando-se no sofá, de costas para ela.

Bianca permaneceu no mesmo lugar, de pé e com os braços cruzados. Não queria ter nenhuma conversa, mas sabia que era necessário colocar alguns pingos nos "is".

– Você tem sorte por ter um amigo como ele.

– E por ter conhecido você.

Bianca se virou tão repentinamente que sentiu a coluna estalar com o movimento brusco.

– Como ousa?

Salvatore se levantou, mas não arriscou dar mais nenhum passo.

– Não interessa o que eu e Natalya estávamos fazendo no quarto, mas o que você está pensando que estávamos fazendo.

Bianca colocou a mão no peito e simulou uma expressão abismada.

– Eu? Não estou pensando nada! Vocês são colegas de trabalho, vivem da noite... Têm muito em comum. Eu percebi isso agora!

– Bianca, eu vim aqui com o propósito de ter uma conversa com você – ele disse, finalmente tentando uma aproximação.

– Eu desconfiei mesmo que estava me esperando – ironizou.

Salvatore expirou forte. Ele não poderia pensar que seria fácil.

— Sei que você fez perguntas sobre mim para o Juan. Você tem todo o direito de querer me conhecer melhor se eu não lhe dei essa chance. Mas há um motivo para eu agir assim, e é o mesmo pelo qual o Juan não pode lhe contar nada.

Quando Salvatore já estava perto o suficiente para Bianca sentir o aroma cítrico de bergamota com o frescor do alecrim, ela se sentiu ofendida por pensar que ele teria se perfumado para se encontrar com Natalya.

— Não quero saber dos seus motivos.

— É melhor assim. Eu sou um homem de muitos segredos, Bianca.

— E não é homem de uma mulher só – ela completou.

— Eu não posso envolvê-la na minha vida.

O problema é que eu já estou envolvida, ela assumiu para si mesma.

— Obrigada por me poupar, mas, só para que saiba, você não é o primeiro cara que me faz sentir como se eu andasse fora da linha.

Salvatore se lembrou do que leu na lista de promessas de Bianca e, confuso, abaixou a cabeça.

— Então o que você quer? Um cara que a tire do eixo? Que a faça cometer loucuras? Que a desafie a...

— Que me faça sentir apaixonada pela vida – ela interrompeu. – Não me importa que ele me faça sentir como se eu andasse fora da linha, contanto que me desafie a viver!

— E se ele andar mesmo fora da linha? E se ele não for bom caráter? Se ele não for... um príncipe encantado?

Bianca estranhou a pergunta e desviou seus olhos da expressão inquiridora de Salvatore.

— Eu não estou entendendo...

Salvatore ergueu a mão para sentir a delicadeza do rosto de Bianca e não conseguiu tocá-la.

— Ele pode fazer você sofrer, colocar a sua vida em risco, colocar em risco a vida de pessoas que você ama.

— Do que você está falando?

Ele continuou, dando um passo para trás.

– Por mais que ele a ame, estará sendo egoísta ao querê-la só para si, sem deixá-la viver.

O quanto será que ele gosta de mim? Se gosta de mim, por que me afasta? O que de tão grave ele fez? Por que não confia em mim?, ela se perguntava, querendo fazer essas perguntas a ele. Mas Salvatore já estava na porta, olhando para ela como se nunca mais fossem se ver.

– Você vai encontrá-lo, *signorina*. – Ele percebeu que ela tinha os olhos espelhados das lágrimas. – O seu príncipe.

No momento em que Salvatore bateu a porta, Bianca se deixou tombar sobre o sofá. Ela apertou a almofada contra o rosto, sufocando a vontade de chorar. Quando Natalya passou, balançou a cabeça e a empurrou para sentar em um espaço consideravelmente pequeno, mas onde seu quadril magro se encaixava perfeitamente.

– Não chore por ele. Salvatore não vale uma lágrima de mulher. Nem ele, nem homem nenhum.

Bianca atirou a almofada, que acertou em cheio o nariz de Natalya.

Tudo o que Bianca queria era chorar.

As aulas demoraram a passar. Mesmo a preferida de Bianca, o *workshop* de roteiro, pareceu durar uma eternidade. Enquanto Dan falava sobre os finais e os inícios dos roteiros e a importância de determiná-los antes de começar a escrever, reforçando que *"o final é a primeira coisa que você deve saber antes de começar a escrever. Bons filmes são sempre resolvidos"*, Bianca pensava: *"Então, o meu filme vai ser uma porcaria."*. Tudo o que Dan dizia, Bianca comentava e contestava para si mesma, num diálogo monótono e completamente inútil.

– A história se move para a frente do início para o fim, da apresentação à resolução – explicava Dan, traçando o esquema de um paradigma no quadro magnético, demarcando "início", "meio" e "fim" em uma linha cronológica de três atos, sobre o que iria explicar a seguir: – Quando as pessoas me dizem "meu personagem definirá o meu final", ou, então, "vou saber o meu final quando chegar lá", eu digo: por favor, não façam isso! Esses finais não serão eficientes! Serão forçados e frustrantes!

Bianca provavelmente não conseguiria ouvir mais nenhuma palavra do discurso à la Syd Field de Dan. Já havia desistido de anotar qualquer coisa no caderno, e, sob o olhar indiscreto de Paul, rabiscava desenhos que não faziam sentido nenhum.

– Você está bem? – ele perguntou em seu ouvido.

Sem virar o rosto para ele, Bianca rasgou um pedaço da sua folha e escreveu algo.

"Estou entediada. Não vejo a hora de chegar ao Ponto de Virada".

Paul sorriu e escreveu de volta, atrás do mesmo papel.

"Você está muito adiantada!"

Bianca deu de ombros e arrancou o resto da folha mutilada.

"Cansei de explorar o personagem. Quero chegar à confrontação!"

Paul percebeu que havia alguma coisa incomodando Bianca. E não era o roteiro. Quando a aula terminou, ela se apressou em recolher o material na mochila e saiu na frente dele, evitando-o. Ele foi atrás e precisou apertar o passo para alcançá-la, perto da saída do campus.

– Calma, calma! – Ele se colocou à frente dela, bloqueando-lhe a passagem. – Por que está fugindo de mim?

– Não estou fugindo de você. Estou com pressa porque tenho um compromisso.

Ele não escondeu o quanto ficou decepcionado, e Bianca se sentiu mal.

– Paul, eu não quis te dar esperanças quando saímos para jantar naquele dia. Eu preciso de tempo. – Ela apertou a pasta no peito.

– Não quero pressionar você, Bianca.

– Então, por favor, me dê espaço. – Ela viu quando ele abaixou os olhos e pensou que um carinho não seria nada demais. Ergueu a mão e tocou de leve a face dele.

Paul parecia ter saído das ilustrações de um conto de fadas. Deveria ser um herói e não um anti-herói aquele que Bianca procurava para sua história, mas ela não olhava para Paul como seu protagonista. E queria bater em si mesma por causa disso.

– Respeito você e vou esperar – ele disse, tomando a mão dela na sua.

– Eu não quero que tenha expectativas.

– Não posso esperar sem criar expectativas.

Bianca recolheu a mão.

– Eu sei. Por isso... siga em frente, não se prenda por mim.

– O que você quer dizer? – A voz dele era tensa. – Quer que eu procure outras garotas?

Bianca não respondeu, mas ele entendeu a resposta em seu silêncio.

– Não consigo olhar para nenhuma outra, Bianca. E você sabe que...

– Chovem mulheres no seu canteiro – Bianca lembrou.

Ele riu e a contagiou, aliviando um pouco o clima.

– Você é a única rosa que eu quero cultivar.

A imagem da rosa fez Bianca se lembrar de Salvatore com tristeza.

– Eu preciso ir.

Sem olhar para trás, Bianca atravessou a rua e correu pelas escadas da estação do metrô. Sabia muito bem do que estava fugindo e para onde queria ir. O único lugar do mundo onde podia se refugiar. O único lugar que agora podia chamar de casa.

O cursor ficava piscando na tela branca. Talvez faltasse uma frase que preenchesse aquele espaço e abrisse uma nova entrelinha no texto. A sequência havia sido abruptamente interrompida. E na melhor parte. Bianca levou o dedo até a tecla "delete" e esperou a coragem vir. A frase não veio. Tampouco a coragem.

Fechando a tampa do notebook com força, deitou a cabeça por cima dele, molhando-o com lágrimas. Quando Mônica entrou no quarto e viu a amiga naquele estado, pensou em afagar seus cabelos, carinho que trocaram noutras vezes. Mas, por alguma razão, talvez receio de interromper um momento de introspecção, ela simplesmente encostou a porta do quarto e deixou Bianca com seus pensamentos.

Ao ouvir o som da porta se fechando, Bianca ergueu a cabeça e enxugou os olhos. O silêncio absoluto era um péssimo conselheiro. Ela não queria ficar sozinha. Então, foi até a sala, onde encontrou Mônica refletindo sobre o que ia jantar. Como Bianca sabia que estavam sem opções, tirou uma lasanha do congelador e perguntou se Mônica queria. Mônica pegou a caixa da mão da amiga e a abraçou.

– Pode chorar – disse ela. – Não guarde dentro do peito. Não faz bem.

Bianca se recusou a se deixar vencer pelas lágrimas. Então, Mônica guardou a lasanha, pegou um pacote de pipoca sabor bacon com pimenta e perguntou:

– O que você quer assistir?

Bianca deu de ombros.

– Um filme italiano!

– Italiano não... – resmungou Bianca.

– "Cinema Paradiso" – intrometeu-se Natalya, entrando na sala, imponente em um salto de 20 centímetros. – Tenho certeza de que Bianca vai gostar muito. É sentimental, triste e romântico do primeiro ao último segundo.

– Você acabou de enumerar as exatas razões pelas quais ela jamais deveria assistir a esse filme agora – replicou Mônica.

– E eu nem mencionei o nome do protagonista – cantarolou Natalya enquanto pendurava a bolsa no ombro: – *Salvatore*.

– Cala a boca, Nat! – exaltou-se Mônica.

– Perguntem o que eu sei – provocou ela.

Bianca foi até a porta, onde Natalya se preparava para sair, e a encarou.

– O que você sabe?

Além de naturalmente mais alta que Bianca, os saltos agulha favoreciam a imponência de Natalya. Mas Bianca não se sentia mais baixa, nem deixaria que a *roommate* crescesse mais nenhum centímetro diante dela.

– Você ainda está me devendo, *baby*. Por aquele dia em que te ajudei a furar a fila no EC – lembrou, mostrando dentes reluzentes entre os lábios exageradamente vermelhos.

– Não esqueço isso nem um dia da minha vida.

– Eu vou perdoar a sua dívida, mas só se você e o Salvatore...

– Eu e Salvatore terminamos... o que nem sequer começamos – antecipou-se Bianca, voltando para o sofá. – O caminho está livre para você.

Mônica sentou-se ao lado da amiga com o pacote de pipoca nas mãos. Em retaliação, atirou algumas em Natalya.

– Não é nada disso! – irritou-se Natalya, rebatendo o ataque. – Conheço o Salvatore desde que ele se mudou para o Bronx. Ele mal falava inglês, e tinha um sotaque ainda mais *sexy*. Quando chegou ao EC para se candidatar ao emprego de *bartender*, o Enrique quase cuspiu o drinque que ele preparou. Antes que ele mandasse o Salvatore ir passear, o italiano subiu no palco, agarrou o microfone e cantou.

– Que música ele cantou? – perguntou Mônica, interrompendo a história.

– Ah, isso não interessa... Ele cantou *muito*! Todo mundo ficou de queixo caído. No dia seguinte, ele apareceu com mais quatro caras e disse que a banda se chamava The Masquerades. A única cláusula que ele exigiu no contrato foi sigilo absoluto sobre a identidade dos integrantes.

– Você nos disse que eles eram empregados de uma fábrica que explodiu. Você mentiu para a gente, Nat? – indagou Mônica.

– Essa foi uma história que o próprio Salvatore pediu para espalhar. Mesmo sem saber se era o certo, fiz isso por ele.

– Por que me contou isso? – Bianca perguntou, confusa.

— O Salvatore guarda um segredo. Ele me disse isso em uma das minhas muitas tentativas de levá-lo para a cama. — Ela olhou fixamente para Bianca, que fez uma careta mal-humorada. — Ele me disse que um homem com os segredos dele não poderia se apaixonar nunca. Mas ele se apaixonou. *Por você.* — Natalya estava séria como Bianca nunca havia visto. — Você pode ser a ruína ou a salvação dele. Ajude-o. Reate com ele – ela suplicou.

— Foi o Salvatore quem me afastou, Natalya – respondeu Bianca, ainda sem entender aonde a garota queria chegar. — Ele não precisa de mim.

— Ele fez isso por causa daqueles caras. Dos mascarados... — ela acusou, querendo levantar a suspeita.

Bianca franziu todo o semblante. Talvez Natalya estivesse certa, mas para lhe dar razão precisaria passar por cima do orgulho ferido pelo fora que levou. E ela precisava se cobrar outras coisas naquele momento.

— Desde que cheguei aqui, o meu foco tem sido o curso e o roteiro que preciso terminar para entregar até o fim desse período.

— Você precisa pensar o que é mais importante para a sua vida: uma droga de roteiro ou o homem da sua vida! — Natalya se exaltou.

Mônica cortou o clima tenso ao rir da dramaticidade de Natalya. O súbito excesso de romantismo não combinava com ela.

— Isso porque você nem imagina a proposta irrecusável que a Bia recebeu do maior herdeiro da indústria cinematográfica de Hollywood.

Nesse instante, as lágrimas que brotavam nos olhos de Natalya desapareceram e deram lugar a um brilho bem diferente; eles não mais espelhavam solidariedade e amor; só havia inveja e cobiça.

— Que babado é esse que ninguém me contou?

Bianca trucidou Mônica com o olhar.

— Talvez eu possa ter as duas coisas, Natalya – disse Bianca.

Natalya olhou para o relógio dourado em seu pulso e levantou do sofá com um salto. Antes de sair para mais um reinado na noite mais agitada do Bronx, pegou as mãos de Bianca e virou as palmas para cima como uma quiromante para ler a sua sorte.

– Vejo que você já encontrou o seu príncipe. Pena que ele seja um sapo.

A porta da rua bateu e Bianca caiu, arrebatada, no sofá. O que faltava em seu roteiro e que causava o vazio de tantas páginas em branco devia ser como a linha do destino na palma de sua mão. Se Bianca queria descobrir o que o destino reservava para o final de sua história, teria que beijar o sapo.

20
FRÁGIL

Não houve um dia durante as duas semanas seguintes em que Salvatore não tivesse pensado em Bianca. Mister Visconti contava na cristaleira da copa a quantidade de taças de vinho que lhe restavam e podia atestar isso. Nada que parava na mão de Salvatore sobrevivia intacto.

— Deixe o Juan fazer esse trabalho — ordenou Mister Visconti, tirando a última taça das mãos de Salvatore e entregando ao outro. — Se eu fosse descontar cada taça que me quebrou, você ficava sem salário este mês!

— Pega leve, Mister Visconti. O senhor nunca ficou apaixonado? — perguntou Juan, cutucando o patrão com o cotovelo.

O patrão espremeu as rugas e meneou a cabeça.

— Eu sou um eterno apaixonado, meu rapaz. Pelo meu restaurante, isso sim! — disse ele, entrando na cozinha.

Juan aproveitou que o velho os deixou sozinhos e, tal como havia feito nos últimos dias, perguntou sobre Bianca. Salvatore mais uma vez fugiu do assunto.

— Por que a obsessão com esse assunto, Juan? Eu não quero falar dela.

— Talvez essa garota seja a sua chance de mudar de vida, *hermano*.

— Não há lugar para ela na minha vida.

Juan não se convenceu. Aliás, só reforçou o que ele já acreditava.

— Você não para de pensar nela, e isso já começou a afetar o seu trabalho.

— Eu nunca tive jeito para lidar com coisas delicadas...

— Sim, a Bianca é mesmo *una chica muy delicada* — ele colocou ênfase no espanhol.

Salvatore pegou o pano de cozinha e chicoteou o ombro do amigo.

— Eu estava falando das taças!

Juan desatou a rir, e Salvatore acabou por rir também, mas, antes de Juan, ficou sério e calado de novo. Enquanto o amigo descia a porta de aço do restaurante, Salvatore foi até a despensa e tirou de sua mochila uma caixa de madeira. Antes de voltar para o salão, ele beijou a tampa talhada com um mosaico de madrepérola.

— Fique com isto — pediu, entregando a Juan.

— O que é? — estranhou o amigo, tomando a caixa nas mãos.

— Não abra. O que tem aí é tudo o que eu tenho.

— E por que está me dando?

— Na verdade é para você entregar à Bianca. — Salvatore se aproximou do amigo e falou em seu ouvido: — Se acontecer alguma coisa comigo, entregue para ela. Promete?

Percebendo a importância do pedido, Juan colocou a mão no ombro de Salvatore:

— *Hermano*, você sabe que pode contar comigo. Resolve as tuas paradas, mas, se precisar do meu pessoal, estamos na área.

Juan era a única pessoa em quem Salvatore confiava, no Bronx e em qualquer lugar de Nova York, da América, do mundo.

Foi preciso aprender a duvidar de tudo e de todos para sobreviver até aquele dia. Com o surgimento inesperado de Bianca em sua vida, Salvatore ganhou mais um motivo para duvidar; não dela, mas de si mesmo. Ele sabia que o que sentia por Bianca era forte demais para se resumir a beijos e encontros furtivos. Ele queria mais do que um homem com seus segredos podia ousar querer. Mais do que algum dia pensou que fosse querer. Salvatore percebeu, então, que não confiava mais em si mesmo.

Os cinco mascarados, Juan, Salvatore, Miguel, Giulio e Mateo, se preparavam para subir ao palco do El Calabozo. Como sempre faziam antes da grande entrada, deram-se as mãos e as elevaram com o grito de guerra: *siamo nosotros*!, a junção das línguas italiana e espanhola em uma expressão que significava "somos nós". De fato, eram muito mais eles mesmos no palco do que podiam ser nas ruas.

Cada um deles trazia um passado do qual se escondia e buscava um futuro no qual pudesse recuperar o que perdeu ou, pelo menos, começar uma nova vida. Quando vestiam suas máscaras, não deixavam de ser quem eram, porém se tornavam livres para expressar o que sentiam e absolvidos para expressar o que não podiam quando não as usavam.

Enquanto os demais integrantes esperavam por trás da cortina, Salvatore entrou sozinho. Surpreendendo a plateia, ele se dirigiu ao piano no canto esquerdo do palco, sentou-se e ajustou o microfone.

– Hoje eu quero começar cantando uma música que não faz parte do repertório da banda. Nunca foi cantada neste palco. Aliás, é a primeira vez que subo aqui sozinho. – Salvatore precisou interromper para ouvir os assobios de algumas meninas empolgadas demais. – Esta música eu dedico àquela que vê através de mim. Espero que não seja tarde. Chama-se "Vorrei", de Cesare Cremonini.

Salvatore posicionou os dedos sobre as teclas e fez soar a primeira nota, introduzindo a canção italiana. Entre o público que balançava os braços, bem no centro da pista, Bianca tentava se manter na ponta dos pés, apoiando-se nos ombros de Paul e Mônica.

– Esse show é coisa de mulher – resmungou Paul, olhando torto para as patricinhas que gritavam para o palco.

– Fica frio, Paul. Espere só até o baterista fazer o solo! – defendeu Mônica.

– Silêncio! – gritou Bianca. – Ah, querem saber? Eu vou lá pra frente!

Bianca abriu espaço, forçando a passagem, e se misturou à multidão, desaparecendo da vista dos dois. Ela já nem se lembrava do motivo que a fez chegar ao EC acompanhada de Paul. Ah, sim, a intenção n° 1 seria provocar ciúmes em Salvatore. Mas, ao ouvir aquela canção, que parecia dedicada a ela, teve certeza de que havia feito uma grande besteira ao ouvir os conselhos de Natalya.

Ignorando as dezenas de garotas se acotovelando a seu lado, Bianca começou a movimentar os ombros, dançando com olhos fechados, ouvindo Salvatore cantar só para ela. Quando tornou a abri-los, a música havia terminado e era Paul que estava diante dela com dois drinques na mão. Bianca afastou a mão dele, recusando a bebida, e lançou um apelo para Mônica, que percebeu a tensão e a chamou para ir ao banheiro.

– O que eu estou fazendo? – desesperou-se Bianca ao olhar para sua imagem no espelho. Toda maquiada, com seu segundo melhor vestido e se sentindo mais imatura do que nunca.

– Você se arrependeu de ter trazido o Paul?

– Aquela música era pra mim – disse Bianca, desencadeando a resposta.

– Eu percebi. – Mônica suspirou. – O cara está completamente apaixonado por você, Bia.

O consolo de Mônica não surtiu efeito. Bianca jogou a água da torneira no rosto e esfregou a maquiagem, borrando tudo. Seu rosto parecia com o de Heath Ledger em sua caracterização do Coringa.

– Então, por que ele não me procurou mais? – choramingou. O rímel escorria de seus olhos como lágrimas negras. – Faz mais de duas semanas que não o vejo. O Salvatore não apareceu no voluntariado no último sábado, e ele não falta àquele compromisso. Ele está me evitando. Eu deveria saber por quê, mas não sei.

Mônica a observava sem entender o enigma que Bianca estava colocando na própria cabeça. Fechou a torneira e tirou lenços removedores de maquiagem de dentro da bolsa minúscula.

– Uma mulher prevenida vale por duas – disse, limpando o rosto da amiga com delicadeza.

– Eu não entendo o que ele quer! Ele me expulsa da vida dele e depois me faz uma declaração de amor... O que eu devo fazer? – Bianca tornou a se olhar no espelho. Mesmo com o rosto limpo, seu reflexo ainda era turvo. – O Salvatore não pode me ver com o Paul.

– Não sei se a estratégia da Natalya foi tão ruim assim, Bia. – Mônica fez uma expressão misteriosa, que deixou Bianca ainda mais apreensiva. – O Salvatore vai morrer de ciúmes do *Mister Hollywood*. Vai querer lutar por você!

– Você andou lendo demais os meus roteiros – constatou Bianca, espantada. – Salvatore disse com todas as letras que eu ia encontrar o meu príncipe. Ele me viu com o Paul no Bambino e agora vai achar que Paul é...

Mônica empurrou a amiga pelos ombros em direção à porta.

– Você não pode se esconder, Bia. Como ele mesmo disse, não é tarde demais. Vá para o salão e descubra de uma vez se esse sapo é ou não um príncipe.

Embora audacioso, aquele foi o conselho mais sensato que ela já recebera de uma amiga. Mônica ofereceu seu copo de tequila e Bianca bebeu o tudo de uma só vez.

🎬 🎬 🎬

Enquanto a apresentação dos mascarados fervia na pista de dança e todas as atenções estavam voltadas para o palco, Bianca procurava uma forma de chamar a atenção de Salvatore, que tocava guitarra no alto do tablado. Ele precisava vê-la, mas no meio de tanta gente, só mesmo se...

– Briga! – berrou Mônica, apontando para o lado direito do *lounge*, perto do bar.

Um aglomerado de pessoas formava um círculo em torno de dois homens que lutavam. Alguns grupos faziam apostas. Outros comentavam que era briga por causa de mulher. Conforme se aproximava, Bianca estreitava os olhos para confirmar o que preferia negar. Se não estava em erro, um deles se parecia muito com Paul.

– É ele sim! É o Paul! Mas parece que está perdendo! – exclamou Mônica, quase subindo nas costas de um homem, como se estivesse participando da torcida.

Para o maior desprezo de Bianca, faltava descobrir para quem a amiga torcia.

Natalya surgiu acompanhada de três seguranças. Enquanto a relações-públicas da discoteca dispersava a confusão, os seguranças tentavam apartar os brigões. O rapaz fortão de que Paul se defendia (sim, pois ele não conseguiu acertar nenhum soco no adversário) gritava:

– Eu vou te ensinar a não se engraçar com a mulher dos outros! Vem cá, playboyzinho! Vem cá! – Ele erguia os punhos em frente ao rosto, mas os seguranças o seguravam, impedindo que partisse para cima de Paul.

Quando viu que Bianca assistia à briga, Paul negou veementemente a acusação. Deu dois passos na direção dela, que o encarava com altivez e desdém. Ela não era sua namorada, a quem ele devesse satisfação, e, se ficasse ali para ouvi-lo, implicitamente estaria assumindo esse compromisso e esse dever. Sem pensar duas vezes, Bianca deu as costas para Paul e começou a se afastar.

Com o rompante de procurar a saída, Bianca esbarrou em alguém que não teve tempo de ver quem era. Alguém que, ao contrário do que ela pensava, sempre soube de sua presença na discoteca: o mascarado da fita vermelha. Os comentários e cochichos ao redor de Bianca a levaram a parar onde estava e se virar para trás. Quando ergueu seus olhos para aquele homem sem máscara e sem receio, todo o lugar silenciou. Ela foi até ele e mirou sua face publicamente revelada, sem dizer nada e, ao mesmo tempo, confessando tudo. Então, sabendo que era o que ela queria que fizesse, Salvatore agarrou Bianca pela mão e a levou para longe dali.

A moto estava estacionada junto às dos demais integrantes da banda, nos fundos do estabelecimento. Sem que Bianca perguntasse ou pensasse nisso, Salvatore lhe mostrou sua identidade e o documento do veículo. Era a primeira vez que Bianca sentia que ele confiava nela tanto quanto ela confiava nele e, contente, repetiu para si o nome do ex-mascarado: Salvatore Giovanni. Antes de colocar o capacete, ele lhe entregou sua máscara e pediu que a segurasse. Algo muito valioso estava em suas mãos. Confiança era uma coisa muito frágil, e podia se quebrar.

O sereno e a friagem da noite, que ficava para trás na velocidade da moto, fizeram Bianca espirrar algumas vezes. Salvatore levantou a camisa e ajustou os braços dela em torno da sua cintura. Ao sentir sua pele quente, ela estremeceu. Ele apreciou a sensação, mas não mais que ela. Era como vestir luvas de lã, macias e aconchegantes. Bianca não conseguia ignorar o músculo rígido e bem trabalhado da barriga dele e ficou grata por Salvatore não poder ver o quanto ficava encabulada com o que podia sentir.

As ruas do bairro estavam silenciosas e vazias, e as mais residenciais tinham quebra-molas que sempre induziam Bianca a estreitar o abraço. Quando Salvatore percebeu isso, deixou de reduzir a velocidade ao aproximar-se dos quebra-molas. Num salto mais alto, ela apoiou a cabeça nas costas dele e o apertou tão forte que ele reclamou. Ela sabia que ele estava fazendo de propósito e também se aproveitou.

Após estacionar a moto, ele não desligou o farol. Significava que não pretendia subir ou perder mais tempo, assim pensou Bianca. Depois de um longo e pesado suspiro, ela desceu e lhe entregou a máscara.

– Obrigada por ter me salvo de novo. Mas você não precisava ter arriscado a sua identidade por mim.

– Estava escuro – disse ele, desdenhando da preocupação de Bianca só para provar que não estava preocupado. Mas estava. – Talvez ninguém tenha me visto direito.

– Pode ter certeza de que viram...

– Infelizmente não tenho nenhuma rosa para te dar – ele lembrou, mudando de assunto.

– Bem, você encerrou o show por motivo de força maior. Está perdoado.

Ele deu um sorriso extremamente charmoso para o estado crítico de saudade que Bianca sentia do beijo dele. E foi esse mesmo estado que interferiu no seu senso racional e a fez perguntar:

– Quer subir?

A expectativa, a dúvida, a expressão dele como se procurasse uma boa desculpa para não decepcioná-la, tudo isso era pior do que o "não", curto e direto. Bianca estava simplesmente lendo os sinais. Sem dizer nada, deu as costas e começou a subir as escadas da entrada do prédio.

– Bianca! – ele chamou. – O capacete.

Ela encolheu os olhos, sem perceber. Estava envergonhada por ter feito aquele convite. Pensou se seriam os ares nova-iorquinos que alteravam os seus hormônios, pois nunca teria coragem de tomar uma iniciativa como aquela se estivesse no Rio.

– Você vai entrar em casa com ele? – perguntou Salvatore, descendo da moto.

Com ele? Do que ele está falando?, indagou-se Bianca, levando a mão à cabeça e só então percebendo que ainda estava de capacete.

– Desculpa – disse, sem graça.

Salvatore se aproximou e a ajudou a abrir o fecho. Quando Bianca chegou ao último degrau da escada, sentiu que o perfume dele a seguia. Por um instante, contentou-se, pensando que dormiria com o cheiro dele nas roupas. Só então percebeu que ele estava mesmo a seu lado.

– Você vai...? – ela não conseguiu terminar a frase, porque ele já havia confirmado com a cabeça.

Bianca estava arrependida do convite, e se pudesse o desfaria antes que fosse tarde demais. O que ela deveria fazer? O que dizer? O que não fazer ou não dizer? Ela tinha certeza de que faria e diria tudo ao contrário do que deveria.

Mister Gennaro arregalou os olhos quando viu Salvatore entrar segurando os capacetes e coçou a cabeça quando foi cumprimentado.

– O senhor pode dar uma olhada na moto? – perguntou Salvatore. – Eu sei que a rua é sossegada, mas nunca se sabe...

Nunca se sabe se algum motoqueiro mascarado vai invadir sua casa. Bianca sorriu para o seu pensamento. O que mais ela precisaria descobrir para ficar ainda mais apaixonada por ele?

21
ONE WAY

Assim que chegaram ao terceiro andar, Salvatore fez questão de abrir a porta do elevador para Bianca. Ela caminhou à frente dele pelo corredor e deparou com um bilhete colado na maçaneta do apartamento 302:

1. Have fun!
XOXO,
Nat.
P.S.: Só volto de manhã. ♪

Se aquele era o primeiro, significava que havia mais bilhetes espalhados pela casa. Assegurando-se de que Salvatore não o havia visto, Bianca colocou o papelzinho depressa na bolsa.

Depois de respirar fundo, ela hesitou antes de girar a chave. Ao entrar em casa, por alguma razão, veio-lhe ao pensamento a famosa frase de Bella Swan no filme "Amanhecer – Parte I", antes de ter a sua primeira noite com o vampiro Edward Cullen: *"Não seja covarde. Não seja covarde"*. A única e irrelevante comparação servia apenas para lembrá-la de que ela também era virgem. Ao contrário de Bella, Bianca sempre quis esperar o casamento para ter a grande noite. E, ao contrário do vampiro, seu mascarado não parecia ser nem um pouco conservador.

Mas quem disse que aconteceria alguma coisa? Não precisava acontecer nada. Se Salvatore estava com alguma expectativa, em cinco minutos estaria frustrado.

Pousando a máscara, o chaveiro e os capacetes sobre a bancada da cozinha, ele foi direto para a janela, onde a frondosa árvore balançava seus galhos ao sabor da brisa noturna.

– Essa árvore me dá muita tranquilidade. Quando escrevo, gosto de fazer uma pausa e olhar para ela – disse Bianca, debruçando-se ao lado de Salvatore.

– Você escreve muito bem, Bianca.

Ela se virou para ele à espera de uma explicação.

– Eu não pude evitar. Quando estive em seu quarto, li alguns textos seus.

Bianca se afastou num rompante, e Salvatore imaginou o porquê da reação. Sentiu-se culpado, embora não estivesse arrependido.

– Não fiz com a intenção de violar a sua privacidade – ele disse, antes que ela o acusasse.

– Você faria de novo? – ela perguntou. – Mesmo sabendo que é errado?

– Sim. Eu faria. Se isso pudesse me aproximar de você. Se eu pudesse, através das suas histórias, conhecer você.

– E você sabe o quê sobre mim? – A pergunta tinha um traço de insatisfação. – Você não me conhece, Salvatore. Como eu não conheço você.

– E, ainda assim, não conseguimos ficar longe um do outro.

– Talvez seja melhor – ela disse.

– Ficarmos longe um do outro?

– Não nos conhecermos.

Ele percebeu o que ela queria dizer. Ela tinha medo do que podia descobrir sobre ele. Estava apaixonada e, ainda assim, confiava nele mesmo sabendo que, se escondia muitas verdades dela, era porque sua vida tinha muitas mentiras. E que relação poderia sobreviver assim? Como Bianca poderia entregar-se a um homem assim? Como Salvatore podia esperar que ela o amasse sabendo quem ele era? Ela nunca o amaria se soubesse.

Naquela noite, ele iria contar a Bianca toda a verdade. Iria também falar sobre o conteúdo da caixa que deixou com Juan. No entanto, diante daquele rosto tão lindo, perdeu a coragem de se revelar. Uma coisa era tirar a máscara da carne; a outra era tirar a máscara da alma. Ele não tinha o direito de decepcioná-la. Mas, se Bianca queria estar com ele naquelas condições, se gostava do Salvatore que conhecia, isso deveria bastar. Era quem ele realmente gostaria de ser.

– Qual verdade você quer, Bianca?

Ela esperou ele continuar. Em vez de palavras, Salvatore a compeliu a encostar as costas na parede da geladeira. O único som que se ouvia era o dos passos dele sobre o piso de madeira e a respiração dela, ofegante e entrecortada. Bianca estava sem saída, presa pela bancada da cozinha. Ao virar a cabeça para o lado, percebeu o papel colado à porta, bem na altura dos seus olhos, e que dizia:

2. *Me diga que comprou champanhe! Aqueçam-se primeiro.*
XOXO,
Nat.

Ela não tinha champanhe, nem lhe havia passado pela cabeça planejar isso. Bianca arrancou e amassou o papel, atirando-o à lixeira. Salvatore estava cada vez mais próximo e tinha um olhar latino matador que ela nunca vira antes. E se ela desviasse o foco? E se oferecesse algo para beber ou comer?

Bianca abriu depressa a geladeira, fazendo Salvatore congelar imediatamente onde estava.

– Nós não fomos ao mercado, por isso só temos pão de queijo e guaraná. Você quer?

Contra todas as expectativas de Bianca, Salvatore começou a rir. A risada dele era muito contagiante, e, quando se deu conta, ela ria também, sem saber do quê.

– Você está mesmo me oferecendo pão de queijo e guaraná? – ele perguntou.

Ela levantou os ombros, na defensiva.

– É, acho que estou.

Salvatore saiu de sua posição de estátua e, mais uma vez, Bianca sentiu-se encurralada. Ao ficar frente a frente com ela, o rapaz tirou o pacote congelado de sua mão direita e a garrafa pet da outra mão, pousando os itens sobre a bancada.

– Eu não sei o que é... – Ele se apoiou na geladeira, prendendo Bianca entre seus braços, e prosseguiu, sussurrando: – pão de queijo.

Bianca deu a mais longa gargalhada de sua vida. Salvatore descolou as mãos da porta da geladeira, libertando-a, e ela pegou o pacote da *exótica* iguaria.

– É uma das maiores delícias da culinária brasileira. Vou colocar no forno pra gente!

Os pãezinhos não só forraram o estômago como serviram para descontrair. Os dois ficaram mais à vontade, conversando sobre as futilidades que passavam na tevê àquela hora da madrugada. Ela aconchegou as costas no sofá e ele aproveitou para fazer o mesmo, encostando seu braço no dela. Aquele simples toque foi responsável por acender a luz amarela do alerta de perigo. Os pelos eriçados do braço de Bianca não obedeciam ao lado racional de seu cérebro.

– Você está com frio? – ele perguntou, reparando. – Ou sou eu que estou provocando isso?

Agora não havia mais nenhuma comida ou bebida para oferecer. Mas ela também não queria mais pretextos.

– Você me provoca – ela confessou.

Salvatore inclinou-se mais para perto e ajeitou uma mecha do cabelo de Bianca que estava fora do lugar.

– Se você quiser, eu paro. – Sua mão estacionou enquanto ele enrolava a mecha nos dedos.

– Não pare – sua voz saiu fraca.

– Tem certeza?

Ela não podia confessar mais nada. Se dissesse o quanto idealizou aquela noite, se revelasse que estava prestes a quebrar os votos de virgindade pré-marital que fizera na puberdade, Salvatore sairia correndo dali. Como explicar que ela havia levado esse tempo todo para descobrir que seu corpo era uma extensão de sua alma, e que ele reagia ao que seu coração sentia? O sentimento não eram somente as reações físicas e químicas de seu organismo, mas também o conceito espiritual de enxergar-se nos olhos da outra pessoa.

Enquanto Salvatore inspirava o perfume floral em seus cabelos, Bianca abraçava suas costas e sentia os músculos dele retesarem a seu toque. Então, ela se afastou o suficiente e tomou o rosto dele entre suas mãos. No espelho daqueles olhos verde-água ela podia mergulhar sem medo e afogar todas as suas inseguranças.

– Eu tenho certeza.

Bianca tinha certeza do que queria e de mais nada, e ele sabia disso. Salvatore sabia mais do que ela tinha coragem de imaginar, pois cada piscar de seus olhos anunciava a expectativa da primeira vez, cada gesto revelava a inocência do desejo imaculado. Devagar, ele se levantou e, sem soltar a mão que segurava como se fosse para sempre, levou-a pelo corredor.

Desta vez quem encontrou o bilhete, colado na primeira porta à direita, foi ele.

3. Minha cama é King Size. ♪
(tem um livro de instruções na gaveta da mesa de cabeceira)
XOXO,
Nat.
P.S.: Deixe os lençóis na lavanderia (ou você vai se ver comigo!).

Bianca apressou-se em tirar o papel dali, mas Salvatore foi tão natural diante da situação que ela relaxou. Ele empurrou a porta e entrou primeiro.

– Cuidado que pode ter alguma armadilha... – Bianca suspendeu a fala assim que Salvatore acendeu a luz e eles puderam vislumbrar o quarto.

Natalya havia preparado o ambiente com velas de várias cores, aromas e formatos espalhadas por todo o quarto. Havia pétalas de rosa vermelha sobre o lençol branco e pacotes de camisinha de diversos sabores e tamanhos sobre o travesseiro. Bianca corou e tentou disfarçar indo até o aparelho de som, que estava ligado. No botão "power" havia outro bilhete, que ela desesperadamente esperava que fosse o último.

4. Caution: hot playlist.
XOXO,
Nat.
P.S.: Não seja covarde.

Bianca queria tirar da cabeça a imagem de qualquer personagem de suas ou de outras histórias que já havia lido. Fossem românticas, destemidas, tímidas, atrevidas, heroicas ou não. Ela não sabia o que esperar de si mesma; só sabia que estava naturalmente insegura por estar em um quarto que não era o seu, com um homem que mal conhecia, para fazer amor pela primeira vez.

Bianca ligou o som e se surpreendeu com a música que começou a tocar.

– Vamos tentar de novo. – Quando Salvatore falou, ela sentiu um ar quente acariciar sua nuca. – Você não devia ouvir "Unchained Melody" sozinha.

Ele ficou imóvel, observando-a por trás. Bianca não sabia se deveria virar ou se ficava naquela mesma posição, sentindo o cheiro dele. Era bom assim.

Mas ficou melhor quando ele cruzou os braços em torno da sua barriga e se encostou em suas costas, movimentando seu corpo conforme a melodia crescia. Salvatore a girou de frente para si e abraçou seu corpo, imprimindo todo o seu desejo na palma larga de suas mãos. Era incrível como a intensidade da música interferia no batimento cardíaco. Bem, ela sabia que não era apenas a intensidade da música.

– Eu tenho medo da música que virá depois... – ela ofegou.

– Você está com medo de mim – ele concluiu. Salvatore indicou a cama, Bianca se sentou na borda e ele a seu lado. – Não precisamos faz...

Ela o calou com um beijo, e, sem querer interrompê-la, ele deixou que ela conduzisse a próxima dança. Para essa dança não era preciso música. Era preciso apenas escutar a vibrante percussão coronária. Não havia mistério ou segredo, não havia outra forma de ouvir que não se entregando e descobrindo a si mesma no outro. Então, ela colocou a mão dele sobre seu coração. Com a outra mão, Salvatore tocou o próprio peito e bateu nele no mesmo ritmo que podia senti-lo pulsando de dentro dela.

Quando os corações sossegaram, ele deslizou sua mão para a fina alça do vestido de Bianca. Ela tinha a pele macia e quente, e pareceu ferver ainda mais quando um leve toque fez a alça cair. Sem desviar os olhos dos dela, ele repetiu o mesmo movimento no outro ombro. A seda leve do tecido revelou a obra de arte mais bela que Salvatore havia visto. Nenhum corpo de mulher havia provocado nele tamanha admiração, contemplação e medo. Pela primeira vez ele se sentia como um menino despreparado diante de uma mulher que lhe entregava seu maior segredo.

Comedidamente, Bianca abriu o primeiro botão da camisa de Salvatore. Abriu o segundo, o terceiro e, quando chegou ao quarto, ele segurou sua mão, interrompendo-a. Ela percebeu em seus olhos o mesmo brilho oscilante que tantas vezes o havia motivado a fugir dela. Mesmo sem saber o que havia por trás daquele olhar, Bianca queria acreditar que ele não fugiria dela de novo.

– Se você não quiser...

Agora foi ele quem a calou com um beijo. Os lábios dele abriram um sorriso nos dela.

– Eu quero que você seja minha mulher esta noite, Bianca; que conheça os meus segredos, que saiba quem eu sou. Só não quero que se assuste com o que vai descobrir.

Salvatore desabotoou o quarto e o quinto botões, e se despiu da camisa preta do seu alterego mascarado. Bianca não sabia o que a atordoava mais: se as cicatrizes que marcavam profundamente a pele dele, ou as inúmeras e violentas tatuagens gravadas na maior parte do seu corpo. Cada cicatriz contava uma história, e cada tatuagem ilustrava um momento da história que ele tentava apagar. Bianca percebeu que, o que quer que Salvatore escondesse dela, estava ali, contado pela ponta de uma agulha em registros gravados com tinta, sangue e lágrimas.

Entre tantos significados explícitos nos desenhos, armas, caveiras estilizadas e foices, uma tatuagem em especial chamou a atenção de Bianca por ser o nome de uma mulher e estar exatamente no lugar do coração: *Giulia*.

Ela tentou ignorar o ciúme, e, para não perder a chance de fazer uma das quinhentas mil perguntas que desejava, preferiu demonstrar interesse por outra palavra, gravada em fonte romana, localizada ao longo de todo o peitoral.

– O que quer dizer "trinacria"?

– Sicília. É o outro nome da minha terra.

Ele já esperava pela pergunta, e se admirou que fosse a única.

Percebendo que Bianca estava impressionada com o excesso de informação exposta em sua pele, Salvatore começou a vestir novamente a camisa. Ela o impediu, tocando seu braço direito. Ao fazê-lo, teve um *insight* que a conduziu para o exato momento em que seus olhos bateram pela primeira vez naquele desenho.

– A cabeça da medusa! – exclamou, exaltada.

Salvatore fechou os olhos e terminou de vestir a camisa. No mesmo momento, Bianca também se cobriu com o vestido.

– Foi você! Você me salvou no metrô! E dos caras na boate! – Ela estava chocada.

– Me desculpe.

– Por me salvar?! Mas como... como você está em todos os lugares onde eu preciso de ajuda? Por quê?!

– Eu não sei por quê.

– Por que não me contou?

– Eu não quis que me associasse a um...

– A um o quê?

– Bianca, há muita coisa que você não sabe.

— E o Juan! Era o mesmo Juan. Claro! Ele estava no dia da boate. E todas as rosas? Foi sempre você! Salvatore... – Ela cobriu o rosto com as mãos.

Salvatore ergueu a mão para tocá-la, mas desistiu.

— Eu não sou digno de estar aqui com você.

— Ah, não! Não comece com esse papo de novo.

Salvatore se levantou da cama e Bianca o abraçou pelas costas, tirando de novo a camisa dele. Ele sentiu um arrepio e se virou de frente para ela.

— Você me quer desse jeito, Bianca?

— De que jeito?

— De que jeito você me quer?

— Do seu jeito – ela disse, sem relutar.

— E qual é o meu jeito?

— Eu só vou saber se você me quiser.

— Eu te quero, Bianca. Muito.

O silêncio que veio a seguir pediu um beijo que não veio. Em vez disso, abruptamente e sem dar satisfação, Bianca saiu do quarto. Ao regressar, estava frustrada por não ter encontrado o que fora procurar. Quando Salvatore percebeu o que ela tinha em mente, tirou um isqueiro do bolso da calça e começou a acender as velas, uma a uma. A chama que tremulava nos olhos dele era muito mais intensa.

Recostada na cama, Bianca o observava na penumbra. As ondas em suas costas, as curvas de sua cintura, montanhas, planícies, cores e nuances da sua história. Aquele era o caminho que queria seguir. E sabia que não teria volta.

22

CENTRAL PARK

Até os passarinhos que cantavam na janela do quarto de Natalya eram desavergonhados e atrevidos como ela. Bianca pegou o travesseiro debaixo da cabeça e se escondeu dos sons e da luz que a incomodavam, mas não adiantava mais. Havia um aroma adocicado no ar, algo que lhe provocava os sentidos. Ela não sabia por que seu estômago reclamava e doía tanto. Irritada, com os olhos ainda semicerrados e desacostumados com a claridade, ela atirou o travesseiro longe. Logo depois, ouviu um grunhido.

– Que pontaria! – ele reclamou.

Receosa, Bianca levantou a cabeça e viu que havia acertado em cheio na bandeja de café da manhã que Salvatore trazia ao entrar no quarto.

– Me avise se você for acordar sempre violenta assim – disse ele em tom zombeteiro, colocando o que restava sobre a bandeja no colo dela. – Bom dia, *signorina*.

– Bom dia... – ela se interrompeu, sentindo falta de dizer algo que ainda não havia dito: – Como posso te chamar? Quais são os apelidos italianos que os namorados usam?

Ao se dar conta de que havia usado a palavra "namorados", encolheu-se na cama. Uma pena que houvesse atirado o travesseiro do outro lado do quarto.

– Quero dizer... apelidos... carinhosos... entre as pessoas... – corrigiu-se.

Salvatore achou graça da reação desconcertada de Bianca e enfiou um pedaço de bolo em sua boca.

– Você está falando demais. Coma enquanto está quente.

– Pelo menos o bolo está intacto. Onde você encontrou os ingredientes? – perguntou ela, terminando de mastigar.

Salvatore molhou um morango no chantilly.

– Enquanto você descansava, eu fui ao mercado. Abasteci a geladeira – informou, oferecendo-lhe a fruta na boca.

– Talvez você mereça um beijo por isso...

– Um só?! – Ele se debruçou sobre ela e tirou a bandeja do seu colo.

– Sim. Um de cada vez, para que todos sejam inesquecíveis.

Bianca olhou para as velas que o fogo consumira durante a noite, para os lençóis amarrotados sob os quais Salvatore a descobrira, para o fino tecido da cortina acariciada pelo calor da brisa, e, em seu suave movimento de vaivém, lembrou-se de tudo o que sentiu, de quem havia deixado de ser e de quem seria daquele dia em diante.

Depois de lavar o rosto, ela se olhou no espelho do banheiro e se viu diferente. Talvez nunca houvesse reparado que seus olhos tinham aquele tom de mel dourado e do quão atraentes eram seus cabelos quando cacheavam durante a noite. Uma risada a despertou daquele momento de contemplação, e Salvatore apareceu à porta com um livro na mão.

– O que é isso? – ela perguntou, enxugando-se com a toalha.

– O manual de instruções da *king size*.

Bianca pegou o livro da mão dele.

– O *Kama Sutra*?!

Salvatore ria como uma criança, mas Bianca não achou graça nenhuma.

– Acho que nos saímos muito bem sem isso – replicou Bianca, sentindo as bochechas ganharem cor.

– Acho que podemos ensaiar um pouco mais – ele a puxou para dentro da banheira.

Bianca precisou se apoiar em Salvatore para não escorregar. Ele aproveitou e ligou o chuveiro. Em poucos instantes os dois estavam encharcados, ela de *baby doll* e ele de cueca *boxer*.

– Estamos muito vestidos para tomar banho – insinuou Salvatore, analisando a transparência do tecido sobre a pele de Bianca.

– Salvatore... você é doido! – ela deu tapinhas no ombro dele. – A Natalya deve estar chegando a qualquer momento. E se ela nos pegar aqui?

– O máximo que pode acontecer é ela tirar uma foto e postar no Facebook.

– Rá-rá-rá! Vai brincando. Ela é bem capaz de fazer isso mesmo!

Ele ficou sério de repente. A água que caía forte sobre sua cabeça bagunçava sua franja e lhe dava um ar mais jovial. Ele parecia um menino travesso.

– Eu não tenho medo de me expor com você.

– O que isso quer dizer?

– Eu quero que você seja a minha *ragazza*, Bianca.

Bianca se perguntou se ele a estava pedindo em namoro. Não foi exatamente como ela imaginara, mas a banheira de hidromassagem de um apê alugado no Bronx servia. E como servia!

– Eu quero que você seja o meu namorado, Salvatore.

– *Amore mio...* – sussurrou ele, beijando sua orelha. – *Ti voglio tanto bene...*

Embora não soubesse italiano, Bianca não precisava de tradução. Ela esqueceu Natalya, *Kama Sutra*, NYFA, Paul e até o seu próprio nome. *Amore mio* estava bom. Bom demais.

🎬 🎬 🎬

Um dos programas preferidos dos casais de namorados é passear no Central Park. Em uma área de mais de três quilômetros quadrados de verde servida com atrações como museu, zoológico, carrossel, lago e até minicastelo, é programa para um dia inteiro.

Além da principal motivação romântica, embora Salvatore preferisse evitar passear com ela em locais públicos e expostos demais, Bianca conseguiu convencê-lo com o argumento irrefutável de que precisava fazer um estudo *in loco* das possíveis locações de cenas para o seu roteiro.

Ao passar pela pista de patinação, Bianca imaginou a paisagem de inverno do filme "Love Story". Salvatore não entendeu o motivo da emoção, então ela se virou para ele para dizer uma da frase da qual nunca esqueceu, e queria que ele não se esquecesse também: *"Love means never having to say you're sorry"*. Pelo brilho nos olhos dela, ele certamente não se esqueceria.

Mais adiante, ao atravessar a Bow Bridge, a ponte de ferro fundido que cruza o lago, Bianca sorriu ao imaginar Tom Hanks e Meg Ryan em "Mensagem para Você". Ela não pôde deixar de se lembrar de que, após ter assistido ao filme, começou a frequentar salas de bate-papo na internet. Pela quantidade de relacionamentos virtuais que amargou, não era algo bom de recordar.

Passando pelo terraço da fonte Bethesda, Bianca pensou estar ouvindo "That's How You Know" em uma cena do filme "Encantada". Era uma de suas cenas musicais preferidas. Quando assistiu ao filme, nunca imaginou um dia estar ali com um homem que, embora passasse longe de ser considerado um príncipe de verdade, havia se tornado seu mais forte candidato até aquele momento. Será que conseguiria transformá-lo? Será que conseguiria salvá-lo tanto quanto ele já a havia salvado?

🎬 🎬 🎬

Era a primeira vez que Bianca faltava às aulas na NYFA. Além de não estar com vontade de encontrar Paul e ouvir suas explicações, não queria desperdiçar o dia em que Salvatore também faltaria ao trabalho no Bambino só para estar com ela.

— Eu nunca pensei que uma garota fosse me fazer faltar ao trabalho — ele disse, de um jeito matreiro. — Você está me desviando do bom caminho.

Bianca se empertigou, toda prosa, porém não menos injuriada.

– Essa é boa! É você quem está me desviando do bom caminho... – acusou ela, apontando o dedo para ele.

– Temos um impasse aqui, *amore mio* – ela falou em tom zombeteiro. – Como resolvemos isso?

– Eu vou sair da linha com você e seremos dois desalinhados – Bianca achou graça, mas Salvatore ficou sério de um jeito que ela não podia ignorar – O que houve?

Ele colocou a mão na água da fonte e jogou para cima de Bianca, molhando seu rosto. Bianca entrou no jogo e fez o mesmo. Na brincadeira de jogar água um no outro, os dois espantaram algumas crianças que brincavam de jogar bola. Quando Bianca e Salvatore perceberam o quanto estavam molhados, começaram a rir. Ele silenciou primeiro só para admirar o riso dela. Salvatore achava que ela ficava ainda mais bonita quando sorria, pois suas bochechas ficavam mais rosadas e arrebitadas.

– O que pretende fazer com o seu sonho americano? – Salvatore perguntou de repente.

Bianca terminou de enxugar o rosto com a echarpe:

– Você quer saber se eu vou voltar para o Brasil quando terminar o curso?

– Faltam três semanas.

Bianca lhe emprestou a echarpe, mas ele recusou.

– Você está contando o tempo... – deduziu ela.

– Não devia?

– Eu aprendi aqui em Nova York que se há uma coisa que nos tira o tempo é contar o tempo.

Salvatore reparou nas nuvens que se moviam no reflexo do lago.

– *È vero.* Você está certa.

– Eu estou pensando, mas é só uma ideia... – Ela esboçou um curto sorriso. – O que acha de vir comigo para o Brasil?

Ele não pôde disfarçar que a ideia não lhe agradou, e evitou olhar nos olhos de Bianca, que já conhecia esse sinal.

— Você não quer...

— Quero muito conhecer a sua terra e a sua família, Bianca. Mas não posso deixar os Estados Unidos agora.

— Salvatore, você não está ilegal aqui, né? – ela sussurrou.

— Não.

— Você nunca me explicou aquela situação da delegacia.

Se ela não introduzisse o assunto naquela oportunidade, poderia perdê-la para sempre, e algo que aprendia todos os dias em uma cidade como Nova York era justamente não deixar nada para depois.

— Não há o que explicar. Mostrei meus documentos, Juan pagou a fiança e a polícia me liberou.

Não havia nada para explicar, mas havia muito que esconder. Bianca sabia disso. E Salvatore sabia que ela sabia. Ela não iria querer caminhar naquele terreno pantanoso no seu primeiro dia de namoro.

— E o Juan? Vai contar para ele que estamos namorando?

— Ele te achou desconfiada, mas gostou de você.

Bianca percebeu que Salvatore não quis responder a pergunta, então cruzou os braços e o encarou.

— Bem, se você não vai querer ir para o Brasil comigo, talvez eu tenha que estender a minha estada aqui nos States. Eu poderia arrumar um trabalho e completar os três anos do bacharelado. Meus pais apoiariam. Eles foram o meu maior suporte para vir.

Salvatore sabia a resposta, mesmo assim perguntou:

— Você ficaria aqui por mim?

— É claro – ela se levantou e olhou o parque ao redor. Aquele refúgio no meio da cidade grande era como ela se sentia em relação a Nova York. A cidade havia se tornado o seu refúgio, onde havia descoberto o seu futuro. – Você sabe, o meu sonho é ser roteirista. Eu quero isso para provar a mim mesma que sou capaz. Vivi muitos anos me iludindo, achando que poderia ser o que eu nunca seria de verdade.

— Eu entendo isso.

— E agora eu tenho essa oportunidade maravilhosa...

— Que oportunidade?

Bianca percebeu que havia chegado a hora de tocar no assunto delicado. Ela teria tentado adiar um pouco mais, mas Salvatore não deixaria passar.

— Preciso conversar com você sobre isso. — Ela não sabia como Salvatore iria reagir e se demorou escolhendo as palavras. — O Paul me ofereceu um trabalho em Los Angeles, na produtora do pai dele. Na verdade eu teria que ir lá primeiro para mostrar os meus trabalhos, fazer a entrevista...

— Você pensou em aceitar uma oferta daquele *stronzo*?! — Ele se levantou bruscamente.

— Stron...?

— Bianca, ele é um verme! Você acredita nele? — Salvatore falava cada vez mais alto, atraindo a atenção de algumas pessoas que passeavam pelo parque. — Mesmo depois do que aconteceu no EC?

— Não sei. Nem falei com ele sobre o EC ainda...

Salvatore percebeu que Bianca estava assustada com seu comportamento, então colocou a mão nos bolsos da jaqueta e respirou fundo até se acalmar.

— Você veio para a América para estudar. Eu caí de paraquedas na sua vida. Sou a pessoa errada no momento errado.

— Não fale assim! — Bianca se exaltou, e foi a sua vez de se levantar.

Ela puxou Salvatore pela mão e ele hesitou antes de aceitar. Não adiantaria ser orgulhoso, pois a verdade é que não conseguia pensar em si mesmo tanto quanto já pensava nela. Bianca havia se tornado alguém por quem ele seria capaz de desaprender tudo o que seu passado o havia ensinado. Ele seria capaz de mudar o futuro por ela e fazer dos sonhos dela os seus próprios.

— Você é a pessoa certa, Salvatore. Quando a pessoa certa aparece, é porque a hora certa chegou. Eu quero que faça parte da minha vida, mas você precisa entender que esse sonho é a minha vida – continuou Bianca.

Salvatore beijou as mãos dela e não as soltou.

— E, por ser o seu sonho, se torna o meu também. Só peço que você considere que aquele cara pode não ser quem parece.

Nada era o que parecia, e tudo o que parecia podia não ser. Essa era a verdade que Bianca precisava enfrentar e a mentira que não queria aceitar. Salvatore e Paul: qual dos dois era a mentira? Qual dos dois era a verdade?

23

TRINACRIA

Naquele dia Bianca precisou se alimentar de coragem no pote de sorvete de pistache que roubara de Natalya. Depois da última colher, decidiu retornar as quinhentas ligações de Paul. Ele havia deixado recados os mais diversos, com estados de humor que oscilavam entre o inquietamente deprimido ao bizarramente exaltado. O baile de aniversário do "Fantasma da Ópera" era naquela noite e, especialmente nas últimas mensagens, Paul parecia furioso, sem saber se Bianca havia se esquecido.

– Bianca! Pensei que tivesse esquecido que temos um encontro hoje!
– Paul...
– Se você está chateada por causa daquela confusão no EC...
– Paul...
– Eu não tive culpa! Vou te explicar tudo pessoalmente hoje.
– Paul... eu não vou.

O silêncio se manifestou com um terceiro interlocutor. Tanto Bianca como Paul o deixaram interferir tempo demais.

– Estou saindo de casa agora – ele anunciou. Bianca ouviu um barulho de chaves. – Vamos conversar.

– Não adianta você vir até aqui. Não posso lhe dar falsas esperanças. Me desculpe – sua voz saiu mais fraca do que ela pretendia.

– Tudo bem. Você não me deixa explicar que o que aconteceu no EC não foi culpa minha... já me condenou.

— Não tem nada a ver com isso, Paul. Acredite. Não sei qual vai ser a sua explicação, e nós podemos falar sobre isso outro dia, mas hoje, neste momento, quero que saiba que gosto de você como amigo. E é assim que eu gostaria que você permanecesse.

Paul não insistiu, não lamentou, não fez perguntas. Ele apenas disse monotonamente "tudo bem" mais umas três vezes, enquanto Bianca encontrava diferentes maneiras de pedir desculpas.

Bianca olhou para o pote vazio do sorvete de pistache como um lembrete da sua culpa e se deu conta de que a coragem era doce.

Tendo passado a última meia hora fugindo das perguntas indiscretas de Natalya e das insinuações empolgadas de Mônica, Bianca tremeu ao ouvir a buzina estridente insistir diante do seu edifício.

— *Oh, my God!* — Mônica foi a primeira a reagir. — Bia, o príncipe veio te buscar para o baile!

Bianca tinha certeza de que sua cota de coragem havia se esgotado com a última colherada de sorvete. Quem tomou o seu lugar na janela foi Natalya, que correu como se a visita real fosse para ela. Depois de espiar para baixo, virou-se para Bianca com um suspiro engasgado.

— Preciso reavaliar meus conceitos, *baby*. Ultimamente os plebeus andam muito mais *sexies* do que os príncipes... — Natalya encostou a máscara esquecida de Salvatore em seu rosto e não foi preciso dizer mais nada.

Ao avistar aquele rapaz de cabelos penteados com gel, vestindo camisa social azul e calça de terno bem engomadas, se não fosse pela moto e pelos óculos escuros inseparáveis, Bianca pensaria que estava alucinando. Sem ignorar o impacto arrebatador que Salvatore parecia empenhado em causar, caminhou ao encontro dele em vez de correr. Ela queria apreciá-lo de longe um pouco mais, pois nunca imaginou que pudesse ficar ainda mais sensual do que estava habituada a vê-lo.

Salvatore a observava, encantado. Ele queria dizer a ela o quanto estava especialmente linda sob a luz da lua; que sua pele, seus olhos, seus cabelos brilhavam mais do que em qualquer outro dia, como se ela fosse um anjo. Mas pensou que soaria piegas, e o lirismo não combinava com ele. Bianca devia saber que ele encontraria outras maneiras de lhe dizer isso, ou melhor, de fazê-la acreditar nisso.

Ela parou diante de Salvatore e inspirou o ar à sua volta. À atmosfera noturna se misturava o mesmo aroma fresco e provocante de algum cítrico com um tempero que a atraía ainda mais para perto dele. Bianca não conseguiria se segurar nem mais um instante e se atiraria aos braços de Salvatore, não fosse ter reparado em algo em suas mãos. A fita vermelha de cetim.

Ela queria perguntar, mas ele pôs o dedo em riste sobre seus lábios, pedindo que ela permanecesse em silêncio. Delicadamente, ele levantou seus cabelos e beijou sua nuca. Depois, colocou a fita sobre os olhos dela e a vendou antes de colocar o capacete em sua cabeça. No alto da moto, Bianca se apoiou e se agarrou a Salvatore como se a gravidade não existisse.

E eles voaram por algum caminho no meio de não se sabe onde. Ela não sabia o destino e não se importava. Bastava sentir o corpo de Salvatore entre seus braços e ela estava segura, sentindo o sabor do vento, ouvindo o silêncio da noite. Então, Bianca percebeu que o motor da moto desacelerou. Uma curva, outra curva e o cheiro, os sons, as luzes que atravessavam o tecido sobre seus olhos eram diferentes.

Salvatore ajudou Bianca a descer e girou seu corpo em 180º. Quando a fita caiu sobre seus ombros, não era mais o tecido que lhe dificultava a visão, mas a emoção que vertia dos seus olhos. Não havia lugar no mundo onde Bianca mais queria estar naquela noite além do Majestic Theater, na Broadway.

Antes que ela conseguisse falar alguma coisa, Salvatore lhe entregou os bilhetes do baile de máscaras em comemoração ao aniversário do espetáculo "O Fantasma da Ópera".

Oferecendo o braço para ela segurar, ele a encaminhou para o hall do teatro. A cada passo que avançava no tapete vermelho, Bianca sentia mais forte a sensação de que pisava em nuvens. Em nenhum sonho ela havia experimentado a sensação de flutuar de verdade. Olhava ao redor e procurava os rostos dos personagens nos sofisticados convidados. Repentinamente, ela se sentiu a própria Christine Daeé, tímida em sua audição inesperada no *Ópera de Paris*. Foi então que se deu conta de que Christine nunca vestiria trajes como os seus para ir ao teatro.

Ela parou assim que o tapete vermelho chegou ao fim.

— Salvatore, eu não estou vestida para entrar. Todas as mulheres estão de longo e usando máscaras lindíssimas!

— Você precisa que eu lhe diga que é a mulher mais linda deste teatro? Que as outras damas, por mais aprumadas que estejam por baixo de quilos de cetim e cosméticos, não têm o brilho dos seus olhos? Você tem o seu próprio brilho, sem precisar usar nenhuma máscara ou fantasia. — Bianca sorriu, agraciada com os elogios, mas ainda se sentia constrangida. Salvatore inspirou e confessou, por fim: — Eu não quero perdê-la, Bianca.

— Me perder? — ela perguntou, confusa.

— Existe um Fantasma aqui dentro — ele apontou para o próprio coração.

Bianca tocou a mão dele sobre o peito, deixou que a derradeira lágrima caísse:

— Você acabou de me encontrar.

🎬 🎬 🎬

Bianca esticava a barriga sobre o colchão e colocava os pés para fora do lençol, enquanto ajeitava o notebook sobre o travesseiro. Remexia-se tanto que Mônica não conseguia se concentrar no texto que precisava decorar para a sua audição no Carnegie Hall.

— Mãe, ontem foi... incrível! Primeiro assistimos ao espetáculo e depois o palco se transformou num salão de baile com todo o requinte do século 19. A veemência das músicas, o luxo da indumentária, dos cenários! Eu não tinha máscara, mas uma senhora inglesa muito simpática me ofereceu a dela, e pudemos nos misturar aos casais anônimos que dançavam... Se não fosse o Salvat... – Bianca bateu na testa ao perceber que estava falando demais. Não pretendia contar à mãe sobre Salvatore; não antes de terminar o curso. – Enfim, que noite fenomenal!

– Estou vendo que você está muito agitada, minha filha. Se não parar de mexer a câmera, não vou conseguir ver você direito. Você está se alimentando, Bianca? Estou te achando mais magra! – acusou a mãe, aproximando os olhos da webcam.

– Estou falando que ontem realizei um sonho e você nem presta atenção!

Mônica cutucou o estrado de madeira sob Bianca, pedindo que falasse mais baixo.

– Eu entendi que foi maravilhoso, querida. Mas agora fale sobre o curso. Você acha que aprendeu muita coisa? – Ela virou a cabeça para trás e depois continuou: – Seu pai está perguntando se o professor Dan está gostando dos seus trabalhos.

– Eu quero ver o papai! Onde ele está? – perguntou Bianca, acenando para a tela.

Quando Ronaldo apareceu na janela do Skype, Bianca não conseguiu controlar a vontade de chorar. Já havia falado com seu pai por telefone, mas não o via desde que embarcara para os Estados Unidos. Ela o achou bonito e jovial na camisa azul-marinho que ganhou no último aniversário.

– Estou com a camisa que você me deu! – ele disse, estufando o peito.

– Ai, pai... – Bianca enxugou as lágrimas.

A voz embargada chamou a atenção de Mônica, que saiu da toca para verificar se estava tudo bem com a amiga. Sua presença não passou despercebida por Helena.

– Então, essa moça linda é a famosa Mônica? – perguntou Helena.

Mônica abriu um sorriso cerrado e deu tchauzinho quando, de repente, ouviu-se um barulho vindo da janela. As duas olharam para trás, deixando Helena e Ronaldo de sobreaviso. Mônica correu para verificar e sinalizou para Bianca dizendo que era Salvatore. Ele estava escalando a árvore.

— Mãe, pai, eu preciso ir agora. Nos falamos mais tarde. Quer dizer, aí já é bem tarde. Nos falamos amanhã à noite! Amo vocês!

Bianca fechou o notebook e logo o aperto de saudade que sentia no peito foi substituído por uma sensação bem diferente, algo que a deixava quase sem ar e que, no entanto, desejava sentir o tempo todo.

Ao ver Salvatore se agarrando a um galho pouco confiável, ela quase deixou escapar um grito.

— Você é louco?!

— *Sì, sono pazzo di te!* — gritou ele, com a voz arranhada pelo esforço que fazia ao colocar a perna para dentro da janela.

Bianca agarrou um braço dele e começou a puxá-lo. Mônica se encarregou do outro braço. Ele poderia ter deslocado ou quebrado algum osso, mas se sentiria mais inteiro do que nunca contanto que estivesse com Bianca.

— O que você está fazendo aqui a esta hora? — Bianca olhou para o relógio de pulso e arregalou os olhos. Passava das onze da noite.

— Não consegui ficar longe de você, *amore mio*. Vinte e quatro horas é tempo demais.

Mônica, que tapava com as pastas de estudo o desenho do pateta na camiseta do seu pijama, continuou de frente para os dois, muito concentrada na conversa. Quando Bianca notou, cruzou os braços e encarou a amiga.

— Você não precisa estudar o texto para a audição de amanhã?

— É verdade... — admitiu, desanimada. — Mas onde eu vou estudar? A Nat está na sala e você está aqui.

— O quarto da Nat é a primeira porta ao final do corredor — indicou Salvatore. — Se ela estiver assistindo "Friends" agora, não vai nem saber que você está lá.

Bianca ficou perplexa com a informação privilegiada de Salvatore:

— Como você sabe que a Nat é fanática por "Friends"?

Mônica se convenceu de que realmente era o momento de deixar o casal a sós. A sós, porém não sozinhos. As paredes daquele apartamento tinham ouvidos, e o máximo que Bianca se permitiu foi trocar alguns beijinhos.

— Não posso tocar o seu corpo hoje? — ele perguntou.

— Você está tocando... — disse ela, referindo-se às mãos que Salvatore deslizava por suas costas. — Se quiser, pode me fazer uma massagem de relaxamento. Eu deixo!

Bianca desprendeu-se do abraço e se sentou na cama de Mônica.

— Preciso levar você ao meu apartamento — ele avisou, começando a massageá-la.

— Jura? Você vai me deixar conhecer a sua casa?

— Lá poderemos ficar mais à vontade. — Salvatore sentiu que os ombros de Bianca ficaram mais tensos com a insinuação. — Você já se encontrou com o *stronzo*?

— Não vou responder se você não me disser o que significa isso.

— Idiota.

— Só isso?

— Talvez.

Bianca se virou de frente para ele, interrompendo a massagem, e sustentou seus olhos com seriedade.

— O Paul negou. Ele disse que foi um mal-entendido. Que a mulher queria provocar ciúmes no namorado e ele estava no lugar errado na hora errada.

Salvatore não disse nada, mas sua expressão não escondia o que ele pensava sobre o assunto.

— Não me importa se é verdade ou mentira. Eu estou com você. E quero ficar com você, Salvatore.

Ele inclinou a cabeça, e a franja caiu sobre seus olhos. Bianca escorreu os dedos pelo cabelo dele e o puxou de leve, chamando sua atenção. Ele tornou a olhar para ela, mas dessa vez tinha uma ruga maior entre as sobrancelhas.

– E o roteiro? Já decidiu o que vai fazer?

– Tenho até o próximo fim de semana. Independentemente da minha decisão sobre esse trabalho de Los Angeles, você iria comigo se eu precisasse me mudar para lá?

– Vamos ver.

Percebendo que a resposta não a satisfez, ele a empurrou com força, obrigando-a a se deitar com as costas para cima. Ele ficou por cima de Bianca e levantou sua blusa, sob protestos. Ao sentir as mãos largas e pesadas de Salvatore sobre si, rapidamente todas as dúvidas e incertezas de Bianca se dissiparam. Para cada ponto mais rígido de seu corpo, Salvatore encontrou uma cura.

As tensões musculares eram fáceis de curar. Já as feridas, cicatrizadas à força pelo tempo, estas Salvatore sabia que talvez Bianca não pudesse curar.

🎬 🎬 🎬

Amore mio,

Sono veramente, assolutamente, disperatamente innamorato di te. Come sei bella, gioia mia... Mi hai stregato! Ti penso, ti desidero, ti voglio con me per sempre. Non sarà solo una chimera. Per te farei di tutto.

Ti prego, Bianca, resta sempre con me. Senza di te non posso più vivere.

Eternamente tuo,

Salvatore

Pela quinta vez, Bianca lia o bilhete em voz alta, comparando com o que o Google Tradutor lhe apresentava na tela do notebook:

"*Meu amor,*

Estou verdadeiramente, absolutamente, desesperadamente apaixonado por você. Como você é linda, minha joia... Você me enfeitiçou! Penso, desejo, quero estar com você para sempre. Não será um sonho apenas. Por você farei tudo.

Por favor, Bianca, fique sempre comigo. Sem você não posso mais viver.

Eternamente seu,
Salvatore"

Irritada, Natalya tirou o bilhete da mão da amiga.

– Urgh! Esse papel até desliza nos meus dedos de tão melado! – reclamou ela, entregando-o na mão de Mônica. – Confisca isso, senão vamos acabar decorando o texto.

– Eu não me importo – disse Mônica, suspirando. – Nunca havia lido nada tão lindo! – Mas eu prefiro a versão italiana... é mais romântica!

– Que Bianca fique desse jeito ainda vai, mas você, Mona... não me decepcione! – chiou Natalya.

Bianca tinha o olhar distante, parado nas folhas que o vento balançava lá fora.

– Se eu soubesse que você ia ficar assim, *baby*, não teria mexido os pauzinhos para ajudar o *Don Diego de La Vega* a pegar você. Nem um "obrigada, Nat" eu ouvi – desabafou. – Lembrando que a ideia de fazer ciúmes no bofe foi minha e que eu contei para ele que Bianca estaria no EC naquela noite. Ah, os homens são tão previsíveis... – convencia-se Natalya.

– Salvatore não ficou com ciúmes – replicou Bianca, despertando do transe.

– Então por que ele te arrastou de lá como se você fosse a *ragazza* dele? – perguntou Natalya, desdenhando da afirmação.

– Ele quis me poupar da humilhação.

– Todas as garotas no salão dariam um brinco de ouro para saber quem é a garota misteriosa do mascarado! – comentou Mônica piscando um olho para Bianca. – Elas ficaram se mordendo de inveja de você.

– É, eu deixei de ser a acompanhante chifruda para ser a garota misteriosa do mascarado...

– Será que o Paul realmente paquerou a namorada daquele cara? – Mônica cutucava a pontinha da unha para descascar o esmalte.

– Não ponho a mão no fogo por ele – opinou Natalya.

A assertividade de Natalya despertou o interesse de Bianca.

— Por quê, Nat?

— Eu ia te falar antes, mas acho que fiz bem em esperar. É mais fácil você acreditar em mim agora, depois do que já viu. – Natalya deu um salto, sentando-se na bancada da cozinha. Precavida, Mônica afastou a cesta de pães e a tigela de cereais. – Se esse é o talzinho que te prometeu mundos e fundos no mundo cinematográfico, abra o olho. Ele é filhinho de papai, conhecido nas revistas de fofoca pela fama de mulherengo e gastador, já enfrentou um monte de processos por assédio sexual em sets de filmagem. Os advogados do pai sempre conseguiram calar a imprensa, sem provas contra Paul, cobraram indenizações de uso de imagem tão absurdas que até os tabloides perderam o interesse nos casos. No entanto, por torrar a paciência e os cofres da família com frequentes manchetes de baixo nível, o pai decidiu fazer um acordo com o filho. Desde então, nunca mais se ouviu falar de escândalo nenhum envolvendo o sobrenome da família. Isso é o que eu sei. Agora, que acordo é esse, *baby*, você terá que descobrir se quiser mesmo a ajuda desse cara para entregar o seu roteiro para o produtor.

— Nat, não joga areia no sonho da Bia! – protestou Mônica.

— Não estou jogando areia! Eu vivo da noite, e o *showbiz* é a minha área. Eu conheço tipos como ele e soube dessa história por fonte segura. Bem que eu achei que aquele rostinho bonito não me era estranho.

— Eu acredito nela, Mônica. Eu estava achando tudo perfeito demais com o Paul. Uma hora o disfarce cai.

— E o que você vai fazer então, Bia? – perguntou Mônica.

— Não sei. Preciso terminar o roteiro primeiro. Mas uma coisa é certa: não vou para Malibu com ele – declarou.

— Uma coisa não implica a outra? – Mônica franziu a testa. – Você não precisa ir a Los Angeles para entregar o roteiro para o pai dele?

— Não preciso ir para a casa de praia da família dele. Entrego o roteiro na produtora do Mister Johnson e volto. Na verdade, eu nem precisaria do Paul para isso. Depois da conversa que tive com ele, não sei se vai continuar querendo me ajudar. De qualquer forma, não vou dar a resposta ao Paul agora. Tenho alguns dias pela frente.

– *Baby,* essa casa de Malibu é armadilha. Vai por mim – interferiu Natalya.

– *Oh, my God...* será? – Mônica terminou de extrair todo o esmalte do seu dedo mindinho e nem se deu conta.

– Bianca, o Paul não é bobo. Você e Salvatore vão continuar a sair, e, se ele vir vocês dois, já era – agourou Natalya.

– Vamos tomar cuidado. O Salvatore também não pode andar muito por aí.

Mônica não escondeu a preocupação e aproveitou para perguntar:

– O que você descobriu sobre o Salvatore, Bia? Ele te contou alguma coisa?

Bianca deu um longo e desanimado suspiro.

– Ele não me contou, mas eu vi uma coisa.

Natalya, que já estava se preparando para descer da bancada, ficou novamente interessada na conversa.

Bianca não só havia visto como tocado em algo que não conhecia. E isso poderia mudar tudo.

Bianca se lembrou de que Salvatore sempre usava camisa de manga comprida. Poderia ser um estilo, um hábito, gosto pessoal, mas não podia ser à toa que, mesmo em dias de calor, ele nunca mostrava os braços. Eram muitas as cicatrizes que ele trazia no corpo e no espírito, mas uma em particular, localizada no antebraço direito, não tinha a relevância de uma cicatriz qualquer. A medusa escondia alguma coisa. Como se fosse algo que Salvatore precisasse preservar; um segredo.

Se Bianca não contasse para suas amigas, com quem iria desabafar? Por mais que gostasse do Salvatore que conhecia, ela sabia que existia um lado obscuro. E se esse lado estivesse sempre entre os dois, impedindo que Salvatore estivesse inteiro ao seu lado? Talvez as amigas não pudessem ajudá-la, mas pelo menos Bianca se sentiria um pouco mais aliviada.

— Eu vi a tatuagem de uma medusa – declarou.

— É isso?! – O semblante de Natalya murchou. – Não quer dizer nada, só que o bofe curte mitologia.

— Não, não é só isso... A medusa tinha um par de asas. Por trás dela, três foices se cruzavam no sentido anti-horário. Vocês conseguem visualizar?

Mônica e Natalya se entreolharam, angustiadas.

— Bem, agora complicou, *baby* – assumiu Natalya.

— Desenha! – pediu Mônica, animada.

Bianca pegou uma folha de papel e, com os traços tremidos de alguém que sempre foi uma nulidade em artes plásticas, colocou os elementos do desenho tais como os viu na tatuagem.

— Essa medusa parece um... – Mônica virou a cabeça para ver se faria alguma diferença na interpretação do desenho. – Sol inca.

Natalya pegou a folha e a girou, também procurando alguma charada ou enigma oculto. Percebendo que as duas estavam tão cegas quanto ela, Bianca roubou o desenho da mão de Natalya e o rasgou, atirando-o ao lixo.

— Meninas, isso não é o *Código Da Vinci*, tá?

Depois de alguns minutos de silêncio e sopros desanimados, Natalya tomou o notebook de Bianca e o posicionou confortavelmente em seu colo. Sob protestos da carioca, a russa apenas disse:

— Quando tudo está perdido...

— "Sempre existe um caminho..." – completou Mônica, cantarolando a melodia de Renato Russo.

— Sempre existe o Google! – exclamou Natalya, interrompendo a cantoria.

Para espanto de Bianca e Mônica, ela estava levando a investigação sobre a tatuagem realmente a sério e não achava que os símbolos estivessem dispostos daquela maneira sem um por quê. Tampouco pensava que fossem somente elementos fora de um contexto.

No site de busca, Natalya digitou as palavras "medusa + asas + foices". Apareceram mais de 62.000 resultados que não esclareciam nada, apenas curiosidades sobre mitologia grega, lendas e mitos diversos. Bianca virou para si a tela do computador e ficou observando os textos em negrito. Já que não esclareciam nada, tentou se lembrar de algum outro desenho ou palavra que se destacasse no corpo de Salvatore.

Trinacria.

O número de resultados subiu para mais de 1.240.000. As imagens não mentiam. O símbolo da trinacria fazia parte da bandeira da Sicília, a cabeça de um gorgon com asas e três serpentes e pernas em rotação por trás.

– É uma homenagem à terra dele. Que fofo! – comentou Mônica, confiando que as demais concordariam.

Bianca permaneceu em silêncio, ainda desconfiada. Algo não estava certo. Por que foices em vez das pernas?

Por sua vez, Natalya também não estava convencida. Não obstante o sentido da tradição e da mitologia que aquele símbolo trazia, algo não se encaixava. Que motivação Salvatore teria para fazer da bandeira de sua terra um escudo de armas?

– Eu suspeito de uma coisa, mas não sei se devo falar – Natalya sondou, fazendo mistério. Diante dos olhares de súplica de Mônica e do desdém falseado de Bianca, desistiu de fazer cena e continuou: – A máfia russa usa tatuagens para distinguir um clã do outro. Não é assim também com a *Yakuza*, Mona?

Mônica encarou Natalya com as sobrancelhas tortas.

– É, acho que sim – respondeu, receosa. – Eu sou uma pobre nissei... não entendo dessas coisas.

– Não... – Bianca balançava a cabeça. Ela preferia apenas enxergar a homenagem de um siciliano à sua saudosa terra natal.

A palavra "máfia" ricocheteava como uma bola de pingue-pongue nas paredes do apartamento. Bianca não conseguia dizer ou pensar em mais nada. Recusava-se a acreditar na suspeita levantada. Natalya tomou o computador de volta e digitou mais uma vez o nome de todos os elementos, desta vez mencionando palavras como "máfia", "crime organizado", "clãs italianos nos Estados Unidos" e "O Poderoso Chefão". Afinal, a arte imita a vida.

— Vejam só! Está aqui! – vibrou Natalya, virando a tela para as duas. E exclamou em alto e bom som: – Gângsteres!

— Fala baixo! – repreendeu Mônica, colocando a mão na boca de Natalya.

Bianca estava em estado de choque e não queria olhar para as várias páginas que explicavam o conceito, os crimes, regras, rituais e práticas da organização.

— Eu sabia que era algo muito grave – continuou Natalya. – The Masquerades deve ser um clã da *Cosa Nostra*! Mas será que o Salvatore pertence a alguma das Cinco Famílias que dominam a máfia aqui em Nova York? – Ela deu prosseguimento à pesquisa, ignorando que nenhuma das duas *roommates* prestava atenção. – Na Wikipédia tem até uma lista com os nomes dos chefões! O Salvatore ainda é novo para ser um *Big Boss*, mas...

— Desliga isso, Nat! – exaltou-se Mônica e, notando a expressão inconsolável de Bianca, sentiu que precisava dizer alguma coisa. Algo que uma irmã diria. Então passou o braço por sobre o ombro da amiga: – Não vamos tirar conclusões prematuras. Vai ver o Salvatore realmente já foi um maf... – Ela procurou outra palavra que não parecesse tão grave, mas não encontrou. – Ele agora pode estar tentando mudar de vida.

— Chame do que quiser. O mascarado pertence a uma gangue e ponto final. Se não fosse por mim, Bianca ainda estaria procurando mais motivos para sonhar acordada: "Oh, como ele é apegado às suas raízes, oh, isso é tão romântico...!". Me poupem! – Nem diante dos olhos lacrimejantes de Bianca, Natalya titubeou: – A verdade está bem diante dos seus olhos, *baby*! O Salvatore não te enganou. Ele só não te contou.

— Dá na mesma – contestou Mônica, em defesa da amiga.

— Não, Mona. O cara gosta da Bianca! Do contrário, teria contado logo pra ela sabendo que ela o largaria. Ele não quer perdê-la, por isso não contou. Mas não mentiu, nunca escondeu que tinha um segredo.

Bianca percebeu que as duas haviam começado a falar dela na terceira pessoa e se manifestou, procurando mascarar a voz embargada:

– Ele é um criminoso, Nat. Ele vive entre nós posando de bom moço, trabalhando dignamente em um restaurante tradicional, fazendo voluntariado nas folgas, cantando em um clube noturno. É tudo um disfarce, tudo fachada para o crime. E eu achando que conhecia o verdadeiro Salvatore! Ele me dizia que eu... – As lágrimas não paravam de correr em seu rosto, e Bianca soluçava sem conseguir terminar a frase. – Ele teve a coragem de me dizer... que eu conheço o melhor dele.

– É porque é o que ele quer que você veja – disse Natalya. – Porque ele arriscaria te perder...

– Se ele ama você, Bia? – concluiu Mônica, entregando-lhe novamente o bilhete de Salvatore.

Bianca tornou a lê-lo, pela última vez. Como podiam aquelas palavras, que antes a fizeram exultar de alegria, causar agora tanta dor?

Sem que Mônica ou Natalya pudessem impedir, Bianca rasgou o bilhete com força e vontade.

Natalya lamentava por Bianca, mas percebeu que teria de ser ela mesma a ensaiar a defesa do rapaz. Afinal, havia sido responsável por cavar aquela verdade, e agora seria muito complicado voltar a enterrá-la.

– *Baby*, ele não é um bandido. Pensa bem. Se ele está vivendo disfarçado, é porque quer viver dignamente. Ele não precisaria de disfarces se vivesse do crime.

– Não o defenda, Nat! Se ele vivesse dignamente não precisaria usar disfarces. Se ele não tivesse medo de nada, não... ah, o que interessa?! – Bianca se irritou, com o semblante rígido. – Eu sei que você tem uma quedinha por ele.

– Você é o *amore mio* dele. Tipos como o Salvatore se casam com a garota que amam. Não fazem como os "Enriques", que amam várias garotas ao mesmo tempo.

Raras vezes, como aquela, Mônica concordava com Natalya. Naquele momento, ela só não sabia qual das duas amigas precisava de mais consolo. Então, pediu a Bianca, em tom de apelo:

– Bia, não tome nenhuma decisão sem antes conversar com ele.

– Vou procurá-lo uma última vez. – Bianca enxugou o rosto com as costas da mão. – Ele vai saber que não me fez de trouxa.

– Você está mesmo decidida a esquecê-lo? – duvidou Natalya. – Porque eu acho que ele não vai deixar.

– Vou fazer o Salvatore desejar nunca ter me conhecido.

Com a mesma determinação, Bianca não conseguia desejar nunca tê-lo conhecido.

24

HARLEM

Uma noite fria de setembro era tudo o que Bianca precisava para que a coragem não lhe faltasse. Corpo frio, coração quente. Ou seria o contrário? Deveria ser. Ela pretendia descobrir em breve. As roupas pesavam sobre o seu corpo, e o ar gelado das ruas desertas de Manhattan lhe fazia cócegas no nariz. Ela não estava com medo de andar em becos. Preferiu os caminhos alternativos para chegar mais depressa. Sentia que não tinha medo de nada, pois não imaginava nada que a pudesse surpreender mais. Não naquela noite.

Para não chegar de mãos vazias, Bianca passou antes no mercado e comprou pão, biscoitos, frutas e sucos. Como foi a última cliente, um funcionário a ajudou a carregar as compras. Não era longe dali; era depois de uma esquina, ao lado do muro de um prédio em ruínas interditado.

A iluminação do poste ainda não havia sido consertada, e os mendigos estavam deitados na penumbra de um poste mais afastado. Quando viu o que Bianca pretendia fazer, o funcionário de meia-idade lhe entregou as sacolas nos braços e foi embora.

John levantou a cabeça ao sentir a presença de alguém. Ele era o guardião do grupo, pois estava sempre acordado. Bianca percebeu que o velho mendigo não conseguia se equilibrar sobre as pernas de tanto que havia bebido. Ela o ajudou a ficar de pé, e ele se abraçou ao poste. Alguma serventia ele tinha, afinal, apesar de não iluminar o logradouro público.

– Hoje não é sábado... – ele disse com a voz lenta.

– Não. Hoje é quarta-feira.

Ele fitou os olhos dela com surpresa.

– O Salvatore não vem hoje – ele soluçou ao fim da frase, mas pelo menos a pronunciou de uma só vez.

– Eu sei.

John tentou segurar as sacolas, mas Bianca não deixou. Ela mesma as pousou no chão. Depois, tirou um presente de dentro da bolsa. Ela o estendeu para John, que teve receio de tocar o pacote e sujá-lo.

– Para o seu neto.

John segurou, ainda incerto se devia fazê-lo.

– É um presente meu. Eu não sei se um dia vai entregá-lo, Big John, mas espero que sim.

– O que é? – ele sacudiu a caixinha.

– Abra! – ela incentivou.

John mal conseguia coordenar seus movimentos, e Bianca precisou ajudá-lo. Aos poucos o delicado embrulho foi desvendando um par de sapatinhos de lã, feitos a mão.

– Não sou prendada em muitas coisas, mas aprendi a fazer crochê com a minha avó...

John se pendurou no pescoço de Bianca, em um abraço desajeitado. Ele não conseguia se sustentar, e ela tampouco. Com o peso dele quase a derrubando, precisou da ajuda dos outros mendigos para afastá-lo.

– Os seus filhos terão os pés quentinhos – disse ele, sorrindo e mostrando os dentes enegrecidos. Bianca não pôde evitar lembrar-se do sorriso brilhante da fotografia.

– O seu neto também.

John deu um passo atrás e bateu com as costas no muro, deslizando até o chão. Bianca se assustou e agachou para ver se ele estava bem. Quando John ergueu a cabeça, sorriu novamente. Ela se perguntou se ele estava consciente. O homem via duas "Biancas" à sua frente, não olhava na direção da verdadeira, mesmo assim continuava a sorrir.

– Salvatore me falou de você. Na verdade, eu perguntei e ele falou.

– O que você sabe dele, Big John?

– É um bom garoto. Ele vem me visitar noutros dias além dos sábados e me leva para passear. Uma vez me levou para jogar sinuca e me pagou uma bebida!

– O quê?!

– Brincadeira... – ele riu e deixou Bianca furiosa. Ela acabou por rir também. – Ele me pagou uma Coca-Cola. E me falou de você tomando Coca-Cola em uma mesa de bar!

Tombando a cabeça para os lados como se fizesse um esforço sobre-humano para equilibrá-la sobre o pescoço, John conseguiu encontrar um cigarro entre as diversas camadas de mantas que vestia e pediu que Bianca acendesse para ele. Ela não sabia sequer manusear o isqueiro, e ele riu.

– Ele a descreveu exatamente como você é. Ele a conhece melhor do que você pensa.

– Eu também o conheço melhor do que ele pensa, Big John.

Ele percebeu a seriedade com que ela o havia afirmado.

– Você não conhece o Salvatore. Ainda não.

– É tarde demais, Big John.

– Pena... – Ele fechou os olhos e Bianca achou que fosse adormecer, mas voltou a abri-los e desta vez parecia ter ficado sóbrio de repente. – Ele está morando no East Harlem. Eu sei onde é, se quiser saber.

– É melhor não...

Bianca se ouviu falando. Tinha ido até ali também para entregar os sapatinhos do bebê, mas não era o motivo principal. Ela saíra de casa com o objetivo de obter informações sobre Salvatore e pensou em John. Se fosse ao Bambino falar com Juan, encontraria Salvatore saindo do trabalho. Além disso, sabia que Juan não iria dizer nada. John, ao contrário, tinha algo como um sexto sentido paternal em relação a Salvatore. Mais do que nunca, agora ela não tinha nenhuma dúvida disso.

— Por que acha que eu devo ir, Big John? Por que me disse onde ele mora, mesmo sabendo que Salvatore não iria querer que você me desse o seu endereço? Você sabe que ele se esconde...

— Calma, Bianca, calma... — pediu ele, cansado só de ouvi-la falar sem respirar. — Ele não se esconde de você. Ele corre riscos por você. Porque ele te ama. Depois de três garrafas de Coca-Cola, Totó me disse, olhando nos meus olhos: *"Io amo quella ragazza, John"*.

Bianca deixou escapar um riso, mas sem humor nenhum.

— Que riscos ele está correndo por mim?

— Todos os riscos.

O que John queria dizer? Que Salvatore arriscava *a vida* por ela?

— Ok, Big John, eu preciso das coordenadas do East Harlem. — Percebendo a expressão confusa do velho mendigo, ela explicou: — Se ele se arrisca pelo que faz, problema dele. Mas, se corre algum risco por mim, então precisa saber que eu não vou correr o risco de ficar com ele.

— Eu aprendi uma coisa na minha longa vida errante, Bianca. Não existe final feliz. Existe o *para sempre*. Aconteça o que acontecer, se o que você sente é verdadeiro, não acaba com o final.

Bianca inspirou o ar gelado da noite e espirrou, colocando a mão no peito. Seria o seu coração tão frio assim?

🎬 🎬 🎬

Bianca considerava o bairro do Harlem um dos lugares a evitar em Manhattan. Devido às altas taxas de criminalidade com frequência lembradas pela mídia, não seria o destino de programa turístico que uma agência de viagem recomendaria, tampouco o cenário que Bianca escolheria para cena alguma de seu roteiro romântico. Ela não pisaria ali a não ser que ignorasse solene e irresponsavelmente o alerta amarelo de perigo. Estava disposta a correr o risco por Salvatore. Mas só daquela vez.

Quando Bianca desceu na estação de trem da Rua 125, a rua principal, as lojas estavam fechando as portas. Enquanto caminhava, podia apreciar os murais pintados por Franco Gaskin, conhecido como o Picasso do Harlem. Aos poucos, conforme seguia o mapa mal desenhado por Big John, o receio inicial com a aparência hostil do bairro foi ficando de lado. Bianca sentiu o ritmo do soul ao passar diante de um templo religioso, onde um aglomerado de pessoas assistia a um animado coro gospel que convidava ao culto.

Mais adiante, na Rua 116, imigrantes senegaleses improvisavam danças típicas em troca de gorjetas. Bianca havia chegado ao Malcolm Shabazz Harlem's Market, o conhecido mercado étnico, repleto de lojinhas bagunçadas de produtos artesanais e suvenires, como tapetes e esculturas de madeira. Um dos vendedores de uma delas, vestido com o tradicional *dashiki* colorido e com um *kufi* na cabeça, sinalizou para Bianca, chamando-a com o dedo. Apreensiva, ela se aproximou, mas não muito. O rapaz lhe estendeu a mão com um prendedor de cabelo feito em madeira e lindamente decorado. Bianca não quis aceitar, porém, muito insistente, o rapaz conseguiu colocar o enfeite em seu cabelo.

Bianca aproveitou a receptividade e perguntou onde ficava a Pleasant Avenue, na antiga Little Italy do Harlem, local em que os primeiros imigrantes italianos se estabeleceram.

– *You go... down 114ᵗʰ Street. Turn right. Turn left* – disse ele, sem falar muito bem o inglês, explicando por meio de sinais.

A cada passo que dava, mais distante Bianca ficava do conto de fadas que queria viver; daquele roteiro encantado que pensou que escrevia para sua vida. Mais distante Bianca ficava do seu super-heroico e levemente anti-heroico Salvatore; daquele que lhe provaria que sapos podem se transformar em príncipes.

Bianca levava na bolsa a máscara que Salvatore esquecera em seu apê e ela ainda não havia se lembrado de devolver, e levava no peito a coragem para reconhecer que, ao acreditar nele, havia deixado de acreditar em si mesma. Como poderia ter se apaixonado por alguém como ele?

Assim como a jovem donzela Christine Daaé deixou-se seduzir pelo Fantasma, pelo homem obscuro e misterioso, Bianca pensou que Salvatore era o seu anjo, o seu protetor, o seu *salvador*. E agora, que podia ver o verso da máscara, entendia por que sempre se encaixara tão bem em sua face.

Bianca pensou em seu romance favorito e se ouviu lendo, tempos atrás: "Esta cara fantasmagórica não me inspira qualquer terror agora. É na tua alma que a verdadeira distorção reside".

Quem era Salvatore, afinal? Mocinho ou bandido?

🎬 🎬 🎬

Bianca olhou ao redor, tentando identificar expressões acolhedoras nos estranhos que a encaravam. Mas ela não estava na pacata Little Italy do Bronx. Estava na antiga área onde foram fundadas as primeiras famílias da máfia italiana nos Estados Unidos, e de onde Mister Gennaro conhecia as piores histórias. Bianca não estava arrependida por não as ter ouvido.

Havia um bando de rapazes de origem hispânica encostados à carcaça de um carro incendiado. Do outro lado da rua, alguns jogavam futebol em um terreno baldio. Não havia mulheres nem crianças naquelas redondezas. Mas o que mais assustava Bianca era não haver polícia.

Depois de respirar fundo, ela decidiu entrar no prédio. Subitamente, teve seu pulso retorcido e puxado para trás. A dor impediu qualquer reação. Bianca foi rapidamente imobilizada por um homem bem maior que ela. A este se juntaram mais três rapazes, que desceram de um Mercedes preto, os três vestidos em alinhados e caríssimos ternos italianos. Ela tinha fortes suspeitas de que eles não pertenciam àquela região e que, se estavam ali, é porque a tinham seguido.

Bianca enxergou seu medo refletido nas lentes do Ray-Ban daquele que a segurava, Aniello. Ele foi o primeiro a falar:

– *Dov'è il tuo ragazzo?*

Mais desconcertante do que ter sido rendida era não entender patavinas do que o agressor estava dizendo. Bianca engoliu seco.

– *Tuo ragazzo...* Seu namorado sabe que um bom filho deve sempre retornar à casa de seu pai – disse outro, procurando desenferrujar o seu inglês. Este, chamado Maurizio, envaidecia-se sob a aba do chapéu preto de risca de giz.

— Eu não tenho namorado. — Foi o que Bianca conseguiu dizer antes que, além das mãos, das pernas e do corpo inteiro, também sua voz começasse a tremer.

Ela olhou para os lados, procurando os grupos de jovens latinos que estavam ali quando chegou, mas todos haviam desaparecido. Em toda a área ao seu redor, avistava um único e solitário movimento, o de um cachorro que fazia xixi no que um dia tinha sido o pneu de um carro.

— Então, quem veio visitar aqui? *La tua zia zittellona*?[2] — zombou Maurizio, provocando a risada de algum dos demais.

— Sou brasileira. Estou estudando em Nova York. Meus documentos estão na bolsa. Não posso me meter em confusão ou serei deportada sem concluir meu curso. Me deixem ir embora, por favor — implorou Bianca, sentindo-se ao mesmo tempo covarde e corajosa. Sem dúvida, uma dicotomia perturbadora. — Eu nunca me meteria com a gente de vocês.

Eles se entreolharam, mostrando-se surpreendidos. Bianca pensou que os tivesse convencido, pois o que havia dito era a mais pura verdade. Ou deveria ser, se ela tivesse efetivamente prestado atenção à palestra de boas-vindas da NYFA.

— *Aiutati che Dio t'aiuta*. Deus ajuda a quem se ajuda — ameaçou Paolo sarcasticamente, exibindo algumas fotos. — Nós vimos você e o nosso *fratello* no Central Park, de mãos dadas, passeando no lago. *Una bella scena d'amore!* Tão *bella* que até fotografamos!

— Você é muito fotogênica — comentou o mais baixo dos cinco, Giovanni, que parecia membro de alguma *boyband* dos anos 1990. Ele esticou no rosto um sorriso galante, que deixou em evidência seus reluzentes caninos de ouro.

— Diga onde ele mora e as fotos são suas — propôs Aniello, o homem que imobilizava os braços de Bianca por trás das costas. Ela podia sentir o hálito rançoso de whisky roçando em seu pescoço.

---

[2] Tradução livre do italiano: "A sua tia que ficou para titia".

— Você só tem a ganhar, *ragazza*. Porque, se não nos levar até ele... — O que tinha cara de *Boyzone* tirou uma metralhadora de dentro do carro.

— *A buon intenditor poche parole*. Para bom entendedor, meia palavra... — lembrou Paolo, o homem dos ditados.

— ...basta — concluiu Bianca. Ela não estava orgulhosa por conhecer o final da frase.

E o final estava cada vez mais próximo. Das duas, uma: ou fazia alguma coisa com algum poder mutante que ainda não sabia que tinha, ou logo logo iria se transformar no prato do dia dos corvos do Harlem. Bianca ainda tinha esperança de que aparecesse alguém, mas nem uma janela estava acesa em nenhum dos prédios. Até o cachorro vadio havia fugido.

E, nos que poderiam ser os seus últimos minutos, em vez daquele clássico filme com os melhores momentos da vida, Bianca só conseguia pensar em seus pais. Agora sim, sentia-se mais distante de casa do que jamais havia estado. Queria ir para casa, entrar em seu quarto, meter-se debaixo da coberta e acordar no dia seguinte sem se lembrar daquele pesadelo.

Paolo a despertou gentilmente do sonho quando encostou uma faca em sua garganta.

— Que recado você quer deixar para o Marcello?

— Quem é Marcello? — engasgou Bianca, sentindo o metal frio da lâmina em sua jugular.

Uma luz forte iluminou o breu do céu, e a seguir ecoou por todo o Harlem um forte estrondo de trovão. Quando seu corpo caiu no chão, Bianca pensou que o tempo havia parado para sempre. O sangue que manchava a sua blusa era mais vermelho que o do cinema, era real e tinha um cheiro ferroso e nauseabundo. Ela tentou se levantar, mas o braço do homem, rígido como o metal, prendia seu pescoço.

As duas motos iluminavam a escuridão da rua, apontando seus faróis na direção de onde os homens lutavam. Bianca não viu de onde partira o disparo certeiro e fatal que derrubou Aniello, mas acompanhou o momento em que Salvatore habilmente usou a metralhadora que tomou do braço de Giovanni com um chute circular, e não hesitou em descarregá-la. Impassível, irascível, impiedoso. Giovanni, seguro do seu destino, rezava uma Ave Maria que ficou pela metade. Bianca se perguntou se Salvatore o conheceu, se eles teriam sido algum dia amigos. Então, se lembrou de que não devia existir esse vocábulo ou nenhum de seus sinônimos entre os mafiosos.

Quando os olhos de Salvatore encontraram os dela, ele baixou e relaxou a arma nas mãos. Bianca sentiu medo daquele mesmo espelho verde-água onde tantas vezes havia mergulhado sem reservas. Ele percebeu, pois igualmente o sentia. O medo que Bianca tinha era o medo que Salvatore sempre temeu. Sabia que ela nunca mais olharia para ele da mesma maneira.

– Vá embora daqui! – Ele atirou um molho de chaves na direção dela. – Me espere lá.

Frente a frente com Maurizio, Juan mostrava que, além de habilidoso com armas brancas, era um bom driblador. Não teve remorso quando rendeu, imobilizou e cortou a garganta do adversário, e não pareceu sentir dor alguma ao ser ferido pelo punhal. A camisa ensopada de sangue serviu para estancar a perfuração na perna.

Enquanto Salvatore ajudava o amigo a reerguer-se para apoiá-lo em seus ombros, Bianca havia caminhado automaticamente até o prédio nº 81, incerta do que fazer. Ela não devia estar ali, e, depois de tudo o que havia presenciado, não queria entrar no apartamento de Salvatore. Decidida a sumir daquele lugar, virou-se para o lado da rua na direção em que a luz dos faróis das motos apontava, e viu, por detrás do carro incendiado, o cano de um fuzil.

Se ela avisasse Salvatore, Paolo sairia do esconderijo e dispararia. Salvatore carregava Juan ferido e não teria como defender-se. Bianca calculou a distância e correu o mais rápido que pôde para dar a volta no quarteirão, por onde fugia ao campo de visão de Paolo. Ela sabia que talvez não tivesse tempo de chegar até o carro, pois, quanto mais Salvatore e Juan se aproximavam do edifício, mais entravam na mira de Paolo. O seu melhor tinha que ser o máximo.

Durante o tempo em que correu, Bianca nunca havia tido tanta certeza de nada em sua vida. Sentia-se forte e destemida, com a coragem que sempre lhe faltou para enfrentar as provas de sua vida queimando em seu peito como combustível. Estava disposta a arriscar-se por Salvatore, assim como ele havia se arriscado tantas vezes por ela. E não só por isso. Também porque ela o amava e, por amor a ele, ela também correria todos os riscos.

Controlando a respiração ofegante, Bianca se aproximou devagar. O dedo no gatilho podia disparar a arma a qualquer instante. De onde estava, bem atrás de Paolo, Bianca via Salvatore e Juan como o centro do alvo, mas era a precisão da mira telescópica que iria determinar o momento. Ela não podia esperar.

Com a corrente da bolsa, Bianca envolveu o pescoço de Paolo e o puxou para trás. Ela não tinha força para enforcá-lo, nem o sangue frio para fazê-lo, então apenas apertou até ele engasgar e depois soltou. Enquanto ele tossia envergado sobre os joelhos, Bianca pegou o fuzil. Ainda que não soubesse usá-lo como arma, tinha uma boa ideia de outra utilidade. Com a força que ainda lhe restava nos braços, arremessou-o o mais alto e distante que conseguiu. O som dos disparos foi ouvido ao longe.

— Vo-cê... — Paolo não conseguia falar, mas pôde erguer-se se apoiando no carro com uma faca na mão.

Bianca correria, mas certamente ele a alcançaria. Ele se aproximava depressa e com uma expressão de ódio que ela nunca perceberia de onde vinha. Ele era o bandido e ela, a mocinha. Em sua inocência, ela se perguntava: será que Paolo não vê isso? Por que haveria de existir sempre o bem e o mal?

— Vá embora — ordenou Salvatore. — Eu assumo daqui.

Ouvindo-o falar assim, Bianca sentiu-se cúmplice. De que lado ela ficaria dali em diante? Ela não sabia mais qual era o seu referencial, pois estava perto demais.

Aquele Salvatore podia ser qualquer personagem fictício, mas não era. Tampouco era ela a protagonista do seu roteiro. Era a própria Bianca quem carregaria a lembrança daquela noite por toda a sua vida. Embora não quisesse fazer parte da cena, já era parte.

Ao comando manual de Salvatore, Paolo se ajoelhou com as mãos na cabeça.

– O que você vai fazer? – inquiriu Bianca. – Ele já está rendido.

Salvatore permaneceu mudo e sem olhar para ela, com a pistola 9mm apontada para Paolo.

– Você quer saber quem é o Marcello? – perguntou Paolo, com os olhos esbugalhados perscrutando Bianca.

Não fosse pelo suor abundante que escorria no rosto dele, Bianca pensaria que Paolo ignorava sua posição naquele duelo.

– Cala a boca! – esbravejou Salvatore, estreitando a arma na mão.

– *La morte mi troverà vivo... fratello.*

Bianca devia ter corrido quando Salvatore lhe disse para correr. Se ela permanecesse ali, Salvatore deixaria de ser Salvatore para sempre.

– Me espere no apartamento – ele pediu. Depois, esbravejou: – Vá!

Bianca correu sem olhar para trás. Não viu nem ouviu nada.

25

O LADO NEGRO

Era uma vila fantasma. Ninguém morava naquela área desde que fora comprada por Gianfranco "Frank" Massimo, chefe da máfia que operava na região e membro das Cinco Famílias da LCN (*La Cosa Nostra*), originadas de gangues sicilianas que migraram para Nova York no século 19. Por ser um dos mais poderosos entre os chefes das demais famílias, Salvatore ignorou o sobrenome que seu pai tantas vezes amaldiçoara e procurou Frank ainda antes de ingressar nos Estados Unidos com documentos falsos.

Por pertencer à família italiana dominante na província de Caltanissetta, no sul da Sicília, a linhagem e o currículo de Salvatore enchiam os olhos de Frank, principalmente pela rivalidade histórica que existia entre as duas famílias. Para Frank era interessante ter um rival sob sua guarda, e ele o queria como aliado, mesmo sabendo que seus serviços exigiam total anonimato e que, por conta disso, os alvos de suas ações na maioria das vezes acabavam por ser eliminados. A lealdade e o *omertà* (o voto de silêncio) obrigavam Salvatore a pertencer à família, e sua experiência em comando dava a ele a função de *caporegime,* uma espécie de capitão, na hierarquia da organização. A garantia de Frank era ocultar a identidade de Salvatore, preservando seu passado dos *coschi* (membros) de sua própria família na Sicília.

Os *coschi* da família de Salvatore eram chamados *triskelions*, o nome grego para a trinacria, símbolo advindo da forma triangular da ilha da Sicília. Em um dos rituais de iniciação, os membros precisavam tatuar o gorgon e a trinacria com foices em seus antebraços direitos. Como todos os outros *triskelions*, Salvatore sabia que estaria marcado para sempre. O que ele não sabia era quão profundas seriam essas marcas.

Havia avisos de despejo judicial em algumas caixas de correio do edifício nº 81. Bianca sentou-se rente à parede do corredor, em frente à porta do 401, e ficou reparando na tinta descascada. A única luz entrava pelo basculante e pertencia somente à noite. Ela não queria olhar para a lua, mas depois de alguns minutos de resistência foi vencida por uma pseudocuriosidade física: se da Terra só lhe conseguimos ver uma das faces, como seria a outra?

Bianca havia aprendido na escola que, pelo fato de os movimentos de rotação e translação estarem perfeitamente sincronizados, nunca seria possível ver a outra face, o chamado "lado negro" da lua. Ela também aprendera que a face oculta recebe mais luz solar do que a face visível, porém é a menos iluminada porque não recebe a luz refletida pela Terra. Bem, o "lado negro", afinal, não é exatamente negro. É tudo uma questão de referencial.

Como ela olharia para Salvatore agora? Com qual referencial? Bianca lhe conhecia a face oculta e já tinha visto o lado negro. Ela agora precisaria aprender a lidar com essa descoberta se quisesse ficar ao lado dele. Estava confusa e só continuava ali, sentada naquele piso imundo e gelado, porque precisava de uma explicação. Qualquer uma a satisfaria naquele momento. Só não queria voltar para casa e, quando fosse interrogada por Mônica e Natalya, não soubesse lhes dizer nada além de relatar as cenas de terror vividas no Harlem.

Passos arrastados e grunhidos de dor anunciavam que Salvatore estava subindo as escadas com Juan. Bianca aprumou-se, soltando os cabelos, depois se penitenciou por estar preocupada com a aparência. Sentia-se ridícula, ignorante e estupidamente apaixonada.

— Ajude a abrir a porta – pediu Salvatore, indicando o chaveiro na mão de Bianca. – É a terceira chave, a que tem a fenda em forma de estrela.

Bianca percebeu a mão tremer ao girar a chave na fechadura e puxar o antiquado ferrolho de aço, rígido pela ferrugem acumulada. Salvatore passou para dentro depressa com Juan pendurado em seu pescoço e o deitou sobre o sofá (ou o que já tinha sido um sofá) desencapado. A espuma e as molas à mostra não inspiravam muita segurança, mas, do jeito que Juan estava pálido e quase inconsciente com a perda de sangue, não faria diferença.

— Você podia ter entrado – disse Salvatore, buscando uma caixa de primeiros-socorros em um armário sob a pia da cozinha.

— Não está pensando em usar esse material não higienizado no seu amigo, está? – perguntou Bianca ao reparar na umidade que havia no lugar. O mofo nas paredes era parte da decoração.

— Devemos ir para o hospital, então?

Bianca se aproximou de Juan e percebeu que a ferida era muito severa. Não se tratava apenas de uma perfuração na perna. Havia um corte mais comprido e profundo na altura do baço.

— Parece grave. Ele está quase desmaiando. Eu não vejo alternativa.

Salvatore respirou fundo, com as mãos esfregando o rosto.

— Se acontecer alguma coisa ao Juan... – Ele começou a andar em círculos. – Ele tem mulher e três filhos pequenos. Um deles nasceu faz três semanas.

— Não perca tempo. Vá com ele! – sugeriu Bianca.

— Os taxistas não vêm até aqui.

— E a Mercedes dos... dos... – Por pudor consigo mesma, Bianca não queria nomear o grupo de rapazes que os atacaram. – Use o carro deles!

— Se o pessoal do Frank me vir naquele carro, sou eliminado antes de ter a chance de me apresentar.

— Quem é Frank? – perguntou Bianca.

— Bianca, fique com ele – decidiu Salvatore. – Eu vou trazer um médico aqui.

A mera ideia de ficar sozinha em uma vila fantasma com um gângster hispânico ferido assustava Bianca terrivelmente.

— Seu amigo precisa de mais do que de cuidados médicos. Ele pode precisar até de uma cirurgia.

Um grito agudo de dor deixou todos os sons suspensos. Juan começou a se contorcer, prestes a entrar em colapso, desgastando ainda mais o que restava de sua energia vital.

— Vou de moto. – Salvatore pegou o capacete.

— Já sei! Eu levo o Juan ao hospital. Posso ir dirigindo o carro. Juan vai deitado no banco de trás e você no bagageiro!

— Bianca, você não entendeu. O problema está no carro e não em quem o dirige.

— Temos que arriscar. Ou então... – Bianca tornou a olhar para o rapaz se esvaindo em sangue no sofá – O Juan vai morrer.

Diante da possibilidade fatal, Salvatore tomou o amigo nos braços e Bianca se encarregou de fechar o apartamento. Quando já estavam nos últimos degraus da escada, ele percebeu que ela os seguia.

— Você não vai – determinou Salvatore, incisivo.

— Claro que vou! – Ela olhou para a escadaria escura. – Não vou ficar aqui sozinha.

— Você fica. – Salvatore empurrou a porta e deixou Bianca para trás.

Para quem o argumento imperativo soou incontestável, a lua até que foi uma boa companhia. Afinal, ela nada tinha a esconder e também nada tinha a revelar. Era sempre a mesma face branca e sem brilho, refletindo a luz do sol.

O rosto de Bianca afundava na espuma encardida. Ao abrir a porta e vê-la deitada, Salvatore entrou no apartamento pisando mansamente no assoalho de compensado. Algumas das tábuas corridas soltas, em contato com o peso dele, provocaram um ruído estridente de madeira sendo retorcida. Ele parou onde estava, a meio metro de Bianca, pensando que a havia despertado. No entanto, imersa na sonolência profunda, ela apenas colocou a mão sob o rosto, aconchegando-se mais no assento sem estofo.

Salvatore a observou em silêncio. Ele achou que ela havia pronunciado seu nome num murmúrio e sentiu o ímpeto de ajeitar o cabelo que lhe caía sobre a testa. Com o dedo indicador, ele delineou os traços serenos do seu rosto, olhos, nariz, boca, sem encostar em sua pele. Ao sentir a proximidade do toque caloroso dele, Bianca abriu os olhos. Quando viu Salvatore tão próximo, ergueu-se depressa, sem conseguir encará-lo.

— Acabei pegando no sono... — ela disse, recompondo a blusa, cuja manga escorregava.

— Por que não dormiu na cama? — ele perguntou, apontando o polegar para o único quarto da casa.

— Eu devia ter ido para casa. É exatamente o que vou fazer agora. — Ela pegou a bolsa, que estava sobre uma cadeira.

Salvatore se colocou diante da porta.

— Você esperou por mim. Sei que tem muitas perguntas.

— Como está o Juan?

— Ele vai ficar bem. Passou por uma cirurgia durante a noite.

O silêncio de alguns segundos permitiu que Bianca reparasse na fisionomia exausta de Salvatore. Ele não havia pregado o olho até aquele momento. O cabelo estava embaraçado e caído desajeitadamente à frente da face direita, o que convenientemente cobria o sangue respingado que secara em seu rosto.

— Obrigado — disse ele.

— Pelo quê?

— Por nos ter salvado.

— Eu não fiz nada. Vocês fizeram. Vocês... — ela engoliu em seco. — Mataram todos aqueles homens.

— Eu não matei Paolo — ele retrucou depressa. — Ele preferiu tirar a própria vida.

Bianca inspirou fundo.

— Bem, então isso faz de você um pouco menos criminoso. Uma alma a menos para assombrá-lo nas noites de insônia.

— Não são almas que me assombram, Bianca.

Olhando através da janela para o sol forte, que já estava alto, Bianca inclinou a cabeça, ainda inconformada por ter se deixado adormecer ali.

— As meninas devem estar preocupadas. Meu celular ficou sem bateria e eu não consegui falar com elas.

— Use o meu. — Salvatore estendeu o aparelho para ela.

— Então, o homem que nunca pode ser encontrado tem um celular — ela disse, em tom irônico. — Não, obrigada. Não vou usar um celular que pode estar sendo rastreado por... — Bianca não conseguiu encará-lo. Era frustrante não mais encontrar naqueles olhos da cor da esperança a pessoa que pensou que ele era. — Salvatore, eu já quis saber. Quis muito saber quem é você, o que faz e por que faz. Mas esta noite eu percebi que prefiro conhecer apenas uma face. Não faço questão e nem devo conhecer a outra.

Mesmo incomodado pelas palavras de Bianca, ele assentiu em silêncio.

— Esta é a última vez que nos vemos — ela determinou. — Por favor, não me procure. Foi este recado que eu vim até aqui para lhe dar. Estou fazendo isso para me preservar, mas também para preservar você — explicou. — Big John me falou que você corre riscos por estar comigo. E ele tinha razão. Eu tive a confirmação ontem.

— Não se preocupe comigo.

— Nem você comigo — replicou Bianca.

Ao colocar a alça da bolsa no ombro, lembrou-se de que a havia usado para quase estrangular um homem. Será que um dia seria capaz de esquecer?

O peito doía, uma pressão que talvez tivesse origem na vontade de abraçar Salvatore, mesmo que por uma última vez. Enquanto ele continuava imóvel e fleumático, cada célula no corpo de Bianca lutava contra o fascínio pelo perigo que sempre a incitava a correr para os braços dele. De tudo o que aprendera com todos os homens de mentira que passaram pela sua vida, Salvatore era o único que havia lhe ensinado o real significado do amor. Ainda que fosse um amor bandido, que exigia dela uma força de vontade descomunal para que não sucumbisse. Ela precisava armar-se por trás de uma muralha de frieza e cair fora dali o mais depressa possível.

Salvatore respeitaria sua vontade se ela não quisesse ao menos lhe dar um abraço de despedida, mas não se importava de levar um tapa na cara por beijá-la à força. Ele estava física e mentalmente entorpecido, mas o desejo era maior que o cansaço.

Antes que Bianca pudesse passar pela porta, foi capturada pela volúpia que a prendeu aos lábios dele, roubando seu fôlego e neutralizando suas defesas. O odor ácido de suor e sangue que emanava dele se esfregou em sua pele, transmitindo-lhe mais cheiro de vida do que de morte. Ela pôde sentir todo o vigor masculino de Salvatore ao ser compelida à força de braços rígidos tirando seus pés do chão e mãos habilidosas que conheciam seus pontos mais sensíveis e buscavam despi-los com urgência. Os batimentos cardíacos acelerados perturbavam a razão de ambos. Se Bianca não o afastasse logo, Salvatore a arrastaria para a cama.

Encostada na parede e com o corpo agitado de Salvatore pressionando o seu, Bianca não sabia se era por conta do calor que derretia seus sentidos e intensificava os hormônios, mas ela havia esquecido por alguns instantes que aquele homem que a salvara tantas vezes era o mesmo que havia tirado a vida de outras pessoas. Ele a seduzia com a virilidade de sua essência, enfraquecia e derrubava suas defesas, e ela se entregava a ele como uma presa que desiste de correr do caçador. Mas que espécie de vítima se rende a seu algoz? Que tipo de presa desiste de fugir?

— Me larga, Salvatore! Me solta agora! — gritou, batendo nos ombros dele com o punho fechado.

— Você fica ainda mais feminina quando faz isso.

— O quê?! Você gosta que eu bata em você? — Bianca se irritou, tentando libertar seus braços e distribuindo cotoveladas no tórax de Salvatore.

— Eu gosto de você quando a provoco. Você fica carinhosa... de um jeito *sexy*.

Carinhosa? *Sexy?* Ela estava furiosa, isso sim.

— Não gosto de ser provocada e não gosto de você quando me provoca.

Salvatore tirou um papel dobrado de dentro do bolso e insistiu para que Bianca o segurasse.

— Um casal de namorados um dia escreveu uma canção em um guardanapo. Quero que dance comigo uma última vez — apelaram seus olhos verdes.

Salvatore soltou a cintura de Bianca e a deixou espalmada, descabelada e esbaforida na parede. Ele foi até a estante, onde havia uma vitrola velha e, dos vinis antigos empilhados ao lado do aparelho, selecionou um e o deitou sob a agulha.

Bianca nunca tinha ouvido aquela música antes, mas a letra não lhe era estranha, e a melodia se encaixava na forma como as mãos de Salvatore se amoldavam em suas costas. De olhos fechados, no compasso ritmado dos passos, ela se sentia como um instrumento que produzia as notas que ele ainda não havia tocado, como se ainda houvesse parte do seu corpo que não ressoasse ao seu toque. Cada expirar cadenciado era uma nova sonoridade que ele extraía dela.

— *C'é gente que ama mille cose e si perde per le strade del mondo. Io che amo solo te, io me fermeró e ti regaleró quel che resta della mia gioventú* — ele cantou ao seu ouvido e depois confessou num sussurro: — *Io ti amo, Bianca. Ti amo, veramente.*

O calor das palavras era tão intenso quanto o significado. O amor é uma palavra que tem tradução em todas as línguas, e, mesmo que

Bianca nunca tivesse falado italiano, ela sempre saberia o que Salvatore sentia por ela. Afinal, estava escrito em um guardanapo.

🎬 🎬 🎬

 Depois da dança, Bianca não conseguiu recusar a carona que Salvatore ofereceu. Ele estava indo para o Bambino trabalhar no turno do almoço, e o apê de Bianca ficava no caminho. Ela aproveitou o vento em seus cabelos, dispensando o uso do capacete, e então percebeu que havia esquecido o prendedor africano na casa de Salvatore.
 Quando a moto estacionou, Bianca tirou da bolsa a chave da portaria e a máscara, que entregou a Salvatore.
 – Fique com ela, se quiser – ele pediu. – Como lembrança.
 – Você não vai mais usar?
 – Eu tenho outras.
 Claro que tinha. Várias. E ele continuaria com a sua vida como se ela nunca tivesse existido. Bianca se sentiu mais uma entre tantas. Quantas garotas ainda se iludiriam com o mistério daquela máscara? Ela queria desaparecer logo da frente dele.
 – Eu também esqueci uma coisa – ela aproveitou. – Meu prendedor de cabelo ficou no seu apartamento. Pode ficar com ele de lembrança também.
 – Você não quer nenhum pretexto para me ver de novo, não é? – ele perguntou, acelerando a moto.
 Sem esperar pela resposta, Salvatore desapareceu em uma nuvem de combustível queimado e pó.
 Da mesma nuvem, surgiu um menino que aparentava ter por volta de sete anos de idade. Bianca olhou para a máscara em sua mão e chamou o menino. Ele a encarou com curiosidade e desconfiança, pois não entendia por que ela sorria entre lágrimas.
 – Para você brincar de super-herói – ela lhe deu a máscara.

O garotinho abriu um sorriso estonteante, experimentando-a. Embora ficasse grande e desproporcional em seu rosto infantil, estava perfeita para as brincadeiras que ele queria fazer com ela.

– Mas nunca a use para se esconder do mundo ou para conquistar garotas indefesas, ok? – recomendou Bianca.

Depois, sentindo-se mais leve, ela entrou no prédio e ficou observando através do vidro da porta o menino sair pulando pela rua, inventando no ar golpes invisíveis de espada.

Desprender-se das lembranças era mais fácil do que se desprender de alguém. Ninguém nunca lhe disse que era tão difícil se desprender de si mesma.

26
A CAIXA

A última semana de Bianca na NYFA começou com The Killers, cappuccino com bastante espuma e um buquê de 12 tulipas vermelhas que poderiam ter sido entregues por um *boy* para evitar o constrangimento. A música no volume máximo ressoava para além dos fones do iPod, enquanto Bianca terminava de tirar seu café da máquina localizada no corredor da escola. O rapaz, de cabeça baixa, continuava ajoelhado aos pés dela, o ramo de flores em punho, quase implorando:

— Reconsidere, Bianca. Esperei dois meses por essa resposta. Em *dois* meses um bebê consegue sustentar a própria cabeça e levar o dedo à boca! Não é pouca coisa.

Paul parecia um ator desempregado em busca da derradeira oportunidade de conquistar o papel principal. *Mas papel de quê?*, perguntava-se Bianca. Só se fosse de comediante.

— Não seja teatral, Paul – replicou ela, mexendo o palitinho no copo de plástico.

— Ao menos aceite as flores que escolhi. Elas me custaram a manhã inteira na loja. Escolhi uma a uma, e a proprietária em pessoa fez o arranjo.

A expressão de amante rejeitado no semblante de Paul destoava do histórico de conduta de *playboy* de que Bianca havia tomado conhecimento por meio de Natalya. O escândalo dos tabloides não era boato, e a prova disso estava em vários sites de fofocas. Independentemente da fama pública, parecia evidente aos olhos de Bianca que nada em toda aquela encenação romântica combinava com o Paul pragmático e objetivo que ela conhecia. A começar pelo comportamento humilde. Era como se, de uma hora para a outra, ele tivesse trocado suas roupas de coleções exclusivas por peças em promoção da Macy´s e desfilasse com elas para se convencer de que também poderia ser um homem comum.

– Paul, levante do chão! – Ela puxou o rapaz pelo braço e abraçou o arranjo, tentando se esconder por trás dele enquanto caminhava para a sala de aula. – Obrigada pelas flores. Mais tarde, depois da aula, nós conversamos.

Ele sabia que, se Bianca tivesse uma boa resposta para lhe dar, não o faria esperar mais. Então, ao fim da última aula, seguro de que ela daria um jeito de adiar a conversa mais uma vez, Paul parou seu Porsche vermelho diante da saída do campus, buzinando e gesticulando para que ela entrasse. Ao contrário de Bianca, algumas colegas fariam questão de dar uma volta no banco do passageiro.

– Não acredito que está fazendo isso – protestou ela, afastando as garotas para se aproximar do carro. – Eu não vou entrar. É melhor estacionar e conversaremos aqui mesmo.

– No meio da rua? – indagou ele, confuso. Percebendo que ela estava irredutível, saiu do carro e começou a se justificar: – Bianca, ninguém tira da minha cabeça que você terminou comigo por causa daquele episódio na boate. Eu já jurei que não dei em cima de garota nenhuma. Fiquei te esperando no bar. Não tenho culpa se ela me escolheu para fazer ciúmes para o brutamontes do namorado dela!

Bianca não pretendia fazer da calçada em frente ao campus um palco de teatro, muito menos expor a sua vida para os completos estranhos que assistiam a tudo. Mas não achava má ideia que houvesse testemunhas ali. Desde que Natalya lhe disse para abrir o olho com Paul, Bianca havia tomado a decisão de não ficar a sós com ele em lugar nenhum.

— Paul, eu não terminei nada com você. Não havia o que terminar. Eu te considero um amigo. E não é porque não aceitei seu pedido de namoro que não vou para Malibu com você. Não preciso entregar meu roteiro para o seu pai para me sentir mais capaz. Há outras formas de chegar aonde eu quero, e o momento talvez não seja este. Agora, só quero voltar para a minha casa no Brasil. Estou com saudade da minha família.

— Como assim não vai entregar o roteiro para a produtora? — Paul ficou um tempo à espera de que ela confirmasse. Como Bianca continuou a encará-lo em silêncio, ele encostou as costas no carro e cruzou os braços, incrédulo, falando para si mesmo. — Qualquer aluno desta escola daria tudo para ter essa chance. É como ganhar na loteria e não resgatar o prêmio!

Havia ainda uma caminhada de 15 minutos para chegar em casa, e Bianca não pretendia ter Paul em seu encalço.

— Eu sei que você quer me ajudar, Paul. Acho nobre da sua parte e fico lisonjeada por ter me escolhido para fazer essa proposta, mas tomei minha decisão. Agora preciso ir.

Sem perceber, Paul havia segurado o braço de Bianca. Ela estranhou a atitude brusca, e ele, percebendo, rapidamente a libertou. Conforme Bianca se distanciava, Paul permanecia no mesmo lugar, olhando para o asfalto da rua como um lutador desnorteado prestes a tombar com um nocaute. Ele acreditava que não era homem de se deixar surpreender por mulher nenhuma, muito menos por ela.

Nem Paul, nem Salvatore. Um era o príncipe que virou sapo. O outro, o sapo que nunca viraria príncipe. Bianca percebeu que havia chegado a hora de desistir de transformar homens em príncipes encantados. Mas, primeiro, teria que desistir do sapatinho de cristal e se conformar com os pés descalços. Afinal, quem disse que ela precisava ter os pés calçados para correr atrás de um final para seu roteiro?

Toda vez que passava em frente à rua do restaurante Bambino, no caminho da NYFA para casa, Bianca tentava ser indiferente. Três dias após o episódio do Harlem, ela se sentia mal por não ter procurado notícias de Juan. Enquanto ocupava seu pensamento com o porto-riquenho, encontrava uma boa desculpa para se preocupar também com Salvatore, que morava naquela vila fantasma onde a qualquer momento outros mafiosos o poderiam procurar, chantagear e até matar. Ao pensar nisso, Bianca fazia o sinal da cruz. Ela nunca saberia o que Paolo e os outros gângsteres queriam de Salvatore, e apesar disso, mesmo culpada por pensar assim, ficava aliviada por eles terem morrido. Um sinal da cruz não era suficiente.

A campainha nova, instalada pelo próprio Mister Gennaro naquele mesmo dia, foi estreada com insistência por alguém que parecia ter muito pouca paciência. Em todo o seu glamour, de robe e touca na cabeça, Natalya abriu a porta sem sequer verificar o olho mágico. O rapaz não pediu licença para entrar, atropelando-a com seu par de muletas.

– É aqui que mora a Bianca, não é? – perguntou, sem fôlego.

Do seu quarto, Bianca ouviu a voz e reconheceu o sotaque espanhol de Juan. Ela foi mais rápida que a resposta de Natalya, e, quando chegou à sala, o rapaz tinha uma expressão de desespero no rosto.

– Você pode me dizer quem é esse invasor, Bianca? Na ausência do vovô, sou eu que zelo pela segurança deste prédio – interpelou Natalya, em tom autoritário.

Ao avaliar a fisionomia de Juan, Bianca percebeu que o assunto era particular.

– Nat, pode deixar. Eu cuido disso.

– Você conhece esse cara? – inquiriu a russa, cruzando os braços e lançando olhares enviesados para Juan.

Após a confirmação de Bianca, mesmo contrariada, Natalya foi para o seu quarto se vestir para o trabalho.

– Você quer ir para algum lugar? – perguntou Bianca. – Que sentar? Uma água, talvez?

— Não posso ficar aqui muito tempo e nem ser visto com você, porque pode ser perigoso. O Salvatore me mataria se pegassem o seu rastro de novo.

Preocupada com Juan, Bianca puxou uma cadeira para ele se sentar, mas o rapaz recusou.

— Fico feliz em ver que você está bem – comentou ela.

— Eu estou bem, mas o Salvatore... eu não sei.

Bianca queria disfarçar e fazer de conta de que o que ouviu não a havia atingido, mas não conseguiu. Seu coração batia muito acelerado na expectativa do que Juan iria dizer.

— O que aconteceu? Ele está ferido? Ele...

— Eu não sei. Não sei de nada – Juan passou a mão pela cabeça raspada. – Eu só vim entregar uma coisa que Salvatore deixou comigo. – Ele tirou a caixa de madrepérola de dentro da mochila.

— O que é isso?

— Ele não quis que eu abrisse. Só você.

— Juan, eu e Salvatore não estamos mais juntos. Não faz sentido que eu...

— Pegue, por favor. – Estendeu o objeto para Bianca. – Foi um pedido dele.

— E por que ele mesmo não veio até aqui me entregar se faz questão que eu fique com isso?

— Porque ele desapareceu. Ele pediu as contas no Bambino e faz dois dias que não consigo entrar em contato.

— Você já foi ao apê dele? – perguntou Bianca, deixando a tensão evidente no timbre mais exaltado de sua voz.

— Está vazio. Não há sinais de arrombamento, então acho que ele foi embora. Talvez tenha fugido. Ele comentou algumas vezes que isso poderia acontecer.

— Mas sem se despedir de você?

Juan coçou a sobrancelha procurando uma resposta.

— Bianca, eu e Salvatore somos amigos pelas circunstâncias, mas fazemos parte de negócios distintos, entende? – Ele apoiou a mão na bancada da cozinha, deixando a muleta um pouco de lado. – Ele te falou alguma coisa?

– Ele nunca me contou nada – Bianca confessou, mas sua vontade era ter blefado. Por mais que tivesse medo de saber, estava começando a sentir mais medo de ignorar.

– É melhor que não saiba. Mas uma coisa posso te dizer: nenhum de nós entrou nisso voluntariamente. Cada um teve seus motivos, é verdade, mas não tivemos escolha.

– Juan, quem sou eu para condenar alguém...

– *Chica*, o que você viu naquela vila do Harlem foi uma pequena amostra do que pode ser o nosso dia a dia se não nos afastarmos disso.

– Você está dizendo que...

– Eu e Salvatore nos desvinculamos das nossas organizações – declarou, ainda incerto sobre se devia fazê-lo. – E somos perseguidos por isso. Somos clandestinos onde quer que estejamos. Nunca conseguimos nos libertar completamente, por isso nada é seguro, nem ninguém é confiável no meio em que vivemos. Por essa razão, eu e ele nos identificamos um com o outro e ficamos amigos.

– Que organizações são essas?

– Você não deve saber. – Mais uma vez ele estendeu a caixa para Bianca e insistiu: – Fique com ela. *Não é uma bomba* – frisou.

Bianca quase achou graça. Ao segurar a caixa, viu que era leve e parecia não ter nada dentro. Juan ajeitou as muletas sobre os braços e, com alguma dificuldade, conseguiu chegar até o elevador.

– Essa maldita porta pantográfica quase levou a minha perna boa – ele reclamou, e se escorou em um canto.

– Se cuida, Juan – disse Bianca, com um aceno.

– Se precisar de mim, sabe onde me encontrar. – Entre as grades de metal, ele acenou de volta.

Com todo o cuidado e desvelo, Bianca colocou a caixa sobre a bancada. Da mesma forma que agia quando passava em frente à rua do restaurante Bambino, tentava ser indiferente à curiosidade de saber o seu conteúdo. Embora fosse leve, não era menos pesado do que a aflição de sua consciência. E se o que estava ali dentro fosse a resposta para todas as perguntas que Salvatore nunca lhe respondeu?

🎬 🎬 🎬

Fazia pelo menos meia hora que o cursor piscava na tela, enquanto os dedos de Bianca dormiam sobre o teclado. Era um diálogo crucial para a sequência final da história, em que a protagonista tomava uma importante decisão que definiria o rumo de vários personagens. Porém, como uma pipa que se debate contra o vento, as ações da protagonista se opunham à vontade de Bianca. Por mais força que colocasse na linha, a força do vento arrastava a pipa para uma direção oposta à que ela queria. Se soubesse empinar pipas, Bianca talvez entendesse que é graças ao vento contrário que elas se mantêm no alto. Como roteirista, ela não precisava saber empinar pipas, mas ainda precisava entender que os eventos contrários à sua vontade eram também necessários para que as ações de sua protagonista impulsionassem o final da história.

O que a protagonista faria, naquelas circunstâncias, com uma caixa misteriosa nas mãos?

Bianca deixou que o vento empurrasse a pipa. Não importava a direção, contanto que cumprisse o seu objetivo de voar alta no céu.

Lentamente a tampa foi revelando o que havia no fundo da caixa: um papel de carta dobrado ao meio, um envelope pardo que dizia "*documenti diversi*", uma fotografia de Salvatore ainda bebê no colo de uma mulher e um cordão de ouro com pingente em forma de trícele, que Bianca se lembrava de já ter visto no pescoço de Salvatore.

O desenho das três espirais entrelaçadas em simetria rotacional era um símbolo cujo significado Bianca já conhecia. A fotografia lhe permitia deduzir que a mulher com o bebê seria a mãe de Salvatore. E a carta, para sua surpresa, fora escrita por Giulia, a mulher que teve seu nome marcado do lado esquerdo do peito de Salvatore.

Caro figlio,

Un giorno potrai leggere queste mie parole. E spero che possa anche capire che niente ciò che ho fatto fu per mancanza d'amore. Tu sei il mio maggior tesoro. Ed è perchè ti amo tanto che per non perderti devo abbandonarti. Prenderti con me sarebbe molto pericoloso perchè io non ho come manterti. Non ho niente per offrirti. E non voglio vederti bisognando qualcosa. So che tuo babbo comincerà a insegnare molte cose a te. La maggior parte di loro un giorno si pentirà di aver imparato. So che ti ho dato alla luce. Però tuo babbo può darti cose che non posso. Lui può alimentarti bene, pagare una buona scuola e un giorno tu sarai um uomo più bravo di lui.

Scusami per non rimanere. Per le notti que non potrò fare la ninna nanna, raccontarti le mie storie e ascoltare le tue. Per i giorni che io non sarò con te per vederti giocare, per aiutarti con i compiti. Per non vederti crescere, maturarti e diventati un uomo onesto, felice e di successo, con una moglie carina che ti amarà tanto come me, e avere dei bambini con i tuoi occhi verdi.

Gli occhi della mia speranza.

Posso sognare con questo, Marcello?

Anche se non mi scusi, questo sogno è tutto quello che posso portare con me.

Non ho oggetti di valore che posso lasciarti, solo il triscele per ricordare delle nostre vere origini.

Ti amerò per sempre,

Giulia[3]

---

3 Tradução: "Querido filho,
Você um dia poderá ler estas minhas palavras. Eu espero que até lá também as possa compreender e entender que nada do que eu fiz foi por falta de amor. Você é o meu maior tesouro. E é por amá-lo tanto que, para não perdê-lo, eu preciso deixá-lo. Carregar você comigo seria muito perigoso, pois eu não tenho como sustentá-lo. Não tenho nada para lhe oferecer. E não quero vê-lo passar necessidade.
Eu sei que seu pai em breve começará a lhe ensinar muitas coisas. A maioria delas, você um dia se arrependerá de ter aprendido. Eu sei que você saiu a mim. Mas seu pai pode lhe dar o que eu não posso. Ele pode alimentá-lo bem, pagar uma boa educação e, um dia, você será um homem melhor do que ele.

Embora Bianca não pudesse compreender muitas palavras em italiano, ela sabia que aquela era a carta de despedida de uma mãe para o seu filho. E isso a fez chorar.

O envelope pardo era o que ainda faltava desvendar. Ainda emocionada com a carta que havia acabado de ler, Bianca o abriu. Uma lágrima desprendeu-se de seu queixo e caiu, molhando a folha, em cujo cabeçalho dizia: "*Certificato di Morte*".

Giulia nunca reencontraria o filho, tampouco Bianca algum dia o reconheceria. Marcello estava morto.

Perdoe-me por não ficar. Pelas noites em que não poderei niná-lo, contar-lhe minhas histórias e ouvir as suas. Pelos dias em que não estarei presente para ver você brincar, para ajudá-lo com o dever de casa. Por não vê-lo crescer, amadurecer e tornar-se um homem honesto, feliz e bem-sucedido, com uma esposa adorável que o amará tanto quanto eu, e três crianças com os seus olhos verdes. Os olhos da minha esperança.
Posso sonhar com isso, Marcello?
Ainda que você não me perdoe, este sonho é tudo o que posso levar comigo.
Não tenho bens de valor que possa lhe deixar, apenas o trískele, para lembrá-lo das nossas verdadeiras origens.
Para sempre te amarei,
Giulia"

27

MUDANÇAS

Marcello Berruti.

Esse era o nome de um homem morto em vida. Os documentos falsos permitiram que desaparecesse da Itália sem rastros, em um acidente de carro que deixou o corpo do único ocupante e proprietário do veículo irreconhecível. Um incêndio reduziu sua existência a cinzas em uma estrada secundária da Sicília. Seu pai nunca mais o veria de novo, nem o filho jamais precisaria assumir o seu lugar nos negócios da família.

Salvatore queria ter contado essa verdade para Bianca. A verdade sobre Marcello. Porém, ela se afastou dele, e, para protegê-la, ele não pôde impedir. Que vida um homem como ele, um fugitivo, um homem sem rosto, sem passado, sem futuro, poderia dar a mulher como ela, que tinha o sonho de transformar seu homem em um príncipe encantado? Quem nasce bandido nunca se torna o mocinho. Se ele havia tido a chance de nascer duas vezes e em nenhuma das duas conseguiu se redimir, quem Bianca pensava que era para conseguir isso?

A morte não assustava Salvatore. O que mais o assustava era perceber que não havia vivido. Ele estava resignado a morrer como sua mãe morreu. Um estrangeiro, longe de suas raízes, carregando uma história que não era a sua. A última notícia que teve de Giulia fora no outono, quando viu, por acaso, uma foto dela no obituário de um jornal local. Ela havia se casado com um rico comerciante de automóveis e não tivera mais filhos. Mãe e filho viveram tão perto um do outro e nunca souberam. Para Salvatore foi melhor assim, pois ele não iria querer que sua mãe soubesse de tudo o que Marcello nunca conquistou.

Marcello desapareceu, mas o passado não deixou de existir. Os feitos dos quais ele não se orgulhava deixaram marcas em muitas pessoas, e essas pessoas nunca desistiriam da vingança. Nem mesmo com a morte. Foi o caso da família Di Lucca, inimiga declarada da família Berruti, que enviou quatro de seus melhores *soldati* para investigar o rumor de que Marcello estaria vivo e com uma nova identidade em Nova York.

Manter o anonimato sem deixar rastros era difícil. Salvatore precisou da ajuda de Frank diversas vezes e, consequentemente, aumentou a dívida com a LCN. A ponto de começar a resolver alguns problemas com os *soldati* de Frank. A ponto de fazer o voto de silêncio (*omertà*) e lhe jurar lealdade.

Marcello havia morrido por nada, reconhecia Salvatore. Ele havia se livrado de seu pai, mas caíra na rede de Frank, um sujeito ainda pior, que comandava uma máfia ainda maior e muito mais perigosa, com negócios ilegais no mundo inteiro. Embora Frank conhecesse as razões que levaram Marcello a assumir a nova identidade e estivesse plenamente ciente de todos os seus dilemas, preferia ignorar o "prazo" que Salvatore lhe deu.

🎬 🎬 🎬

— Frank, eu vou embora — declarou Salvatore depois de adentrar o gabinete sem ser anunciado.

Os dois soldados que guardavam a porta foram dispensados com um gesto de Frank.

— Para onde? — perguntou o velho de grossas sobrancelhas e olhar lânguido.

— Estou voltando para a Itália.

– Você é um dos nossos. Eu te protejo, garoto – garantiu Frank, expulsando a cinza do seu charuto para fora do cinzeiro. – Você será morto no momento em que entrar na casa do seu pai. É isso mesmo o que você quer?

Salvatore observou as fotografias da família de Frank espalhadas sobre a lareira talhada em mármore de Carrara. O ambiente luxuoso, decorado com colunas gregas douradas em alto-relevo nas paredes, um imenso lustre de cristal e inúmeras telas de pintores renascentistas que um dia chegaram a pertencer aos acervos de grandes museus, contrastava com o passado pobre, em preto e branco, do menino nascido na Sicília.

Frank crescera ajudando os pais na lavoura de frutas e hortaliças, o meio de subsistência de sua família. Tinha sete anos quando um inverno extraordinariamente rigoroso surpreendeu a ilha. As vastas terras férteis da província de Caltanissetta e das comunas vizinhas tornaram-se estéreis. A umidade, os ventos e as fortes geadas destruíram a colheita e impediram o plantio para a próxima estação. Em apenas alguns dias, a paisagem verde cristalizou e empalideceu sob densas camadas de neve. Aquele Natal não teria árvore, ceia nem presentes. Seria o mais triste de que o menino Frank teria lembrança, não fosse uma visita inesperada. Pouco antes da meia-noite, um homem rechonchudo e barbudo, fumando um cachimbo *full bent* e apoiando-se em uma bengala de madeira com a cabeça de uma medusa talhada na ponta, bateu na porta de sua casa. Seu pai o conhecia e o recebeu como se de um rei se tratasse. Sua mãe lhe ofereceu uma garrafa de vinho da melhor safra, aquela que havia guardado na despensa para uma ocasião especial. O homem se apresentou a Frank como Noel e lhe deu um trenzinho de madeira, uma réplica tão perfeita que parecia de verdade. Era um brinquedo com o qual não se podia brincar. E foi naquela noite que Frank despediu-se da infância.

Nunca mais houve outro Natal em sua casa, pois a família de Frank precisou se mudar para outras terras, onde passou a trabalhar como escravos para Noel. Alguns anos depois, Frank descobriu que as novas terras eram na verdade as terras de seus pais, que haviam sido incorporadas à propriedade de um homem de sobrenome Berruti. Ninguém nunca lhe chamava pelo nome, mas Frank desconfiava que não era Noel. Noel nunca havia existido.

Aos 18 anos, Frank se tornaria um *triskelion,* membro da família da Trinacria. Ele aprenderia com os melhores a se tornar o melhor. Disposto a tomar suas terras de volta, formaria sua própria organização, unindo-se à LCN, com ramificações em todo o mundo. Ele conseguiria seu objetivo tarde demais, e os pais não viveriam para tornar a ver os campos verdejantes onde tantos de seus sonhos haviam sido plantados. Frank não ficou satisfeito enquanto não se tornou mais poderoso que Don Berruti.

Quando foi procurado por Marcello Berruti, neto de Don Berrutti, o homem que lhe roubara tudo, Frank viu a oportunidade de lavar sua alma em vez de sujar as mãos. Ele aceitou o garoto como afilhado e lhe batizou de Salvatore, o nome de seu único filho, que havia recentemente perdido em uma operação envolvendo contrabando de obras de arte. O coração de Frank só não era maior do que o prazer da vitória que sentiu no dia em que o representante da última geração dos Berruti lhe jurou lealdade.

Agora, ele queria abandoná-lo.

– O problema está no meu sangue, Frank. Se for preciso derramá-lo, ele será derramado – disse Salvatore.

– Eu conheço os seus dilemas. Mas o que você chama de problema é um talento inato! – contradisse o velho. – Você é o meu melhor capitão, Salvatore. Eu posso até lhe oferecer mais regalias e você não precisará sujar as mãos. Eu não faço essa oferta para qualquer um. Você sabe muito bem.

Salvatore sabia o peso que tinha na organização de Frank e o quanto valia sua cabeça na esfera do crime organizado. Por Frank, nutria uma incômoda gratidão. Quando deixou de acreditar que em Nova York poderia escapar a seu destino, permitiu que Frank o transformasse em seu soldado. Ele era aquele garoto de sangue Berruti, ainda franzino e deslocado, mas destemido e valente como um Massimo deveria ser. Isso, morbidamente, agradou Frank. Salvatore preferiu e precisou ignorar as motivações de Frank para aceitá-lo, treiná-lo e protegê-lo como um dos seus. Por sua vez, Frank se glorificou por fazer do sucessor de seu inimigo um soldado do seu próprio império.

Mas Salvatore nunca quis alistar-se. O que queria era a liberdade que a América prometia nos folhetos de turismo. Queria a ilusão de ser livre, ainda que essa liberdade significasse, para alguém com o seu passado, a morte. Ele havia se acostumado a enfrentá-la tantas vezes... Estar vivo como um dos homens de Frank era apenas a condição de não estar morto ainda.

Certo do que devia fazer, Salvatore tirou o coldre com uma pistola que trazia à cintura e o deitou sobre a mesa de Frank. As duas facas que trazia nos bolsos da jaqueta também. Depois, olhando bem nos olhos do velho, disse:

— Frank, eu te agradeço por tudo o que fez por mim. Encerro a minha dívida hoje.

Frank se levantou de sua cadeira e chegou próximo o suficiente para que Salvatore engolisse a fumaça do seu tabaco.

— O tempo passou depressa, mas foi o suficiente para eu me apegar a você, filho. — Abrindo os braços, o magnata acolheu Salvatore calorosamente, batendo-lhe no ombro. — Lembre-se do que diz o nosso código de honra.

— *If I live, I will kill you. If I die, you are forgiven* — Salvatore falou, e sabia que aquelas palavras valiam para os dois lados. Afinal, daquele dia em diante, eles não estariam mais do mesmo lado.

Pelo mesmo código de honra, Salvatore seria eliminado pelos *coschi* da própria família, e, a não ser por lamentar verdadeiramente a perda do seu melhor homem, Frank não se preocupava em deixá-lo ir. Ao contrário do que permitiria ao garoto acreditar, a dívida de Salvatore não tinha preço, e nem sua morte a extinguia. Assim como a honra de um homem não se extingue com a morte. Ainda que quebrasse a *omertà*, à sua própria lei o infrator desertor, pela honra, se subjugava.

De uma forma ou de outra, o destino de Salvatore estava definido por uma só palavra. Aquela que extingue.

* * *

Diferente dos dias anteriores, naquela sexta-feira fazia muito calor em Manhattan. Talvez fossem os últimos dias de sol forte antes de o inverno chegar. Bianca lamentava não estar lá para ver a neve cair e o gelo cobrir a paisagem da primavera. Ela sempre se imaginara fazendo um boneco de neve como aqueles que via no cinema, mas isso ficaria para depois, assim como outros tantos planos que havia colecionado naquela temporada.

Sendo aquele seu último dia de aulas na NYFA, teria apenas uma palestra de encerramento à tarde. O professor Dan havia marcado com os alunos de receber os roteiros em sua sala logo após a palestra. Bianca estava entusiasmada, mas também muito apreensiva. O resultado do seu desempenho só chegaria pelo correio, e, até lá, ela já estaria de volta a sua rotina normal, trabalhando para o tarado do Dr. Costa Galvão, assistindo a filmes românticos com os belos cenários invernais de Nova York e se lembrando com frustração do que poderia ter vivido.

O dia estava tão convidativo que as três *roommates* acordaram cedo para fazer compras. Bianca ainda ficaria uma semana, e Mônica, mais duas semanas no apê. Natalya não queria reconhecer, mas começava a sentir saudade. E queria aproveitar cada minuto que pudesse estar com elas, mesmo que esses minutos implicassem horas na fila de um supermercado e uma visitinha a um certo grupo de mendigos nos arredores da Times Square.

Big John recebeu as meninas com entusiasmo, mas o mesmo não aconteceu com os outros, que estavam muito mais do que entusiasmados. Com Natalya, principalmente. Big John precisou justificar seu apelido do meio, "Bad", para que a deixassem em paz. Natalya juraria, a partir de então, nunca mais usar meia arrastão durante o dia.

Após uma conversa em particular, Bianca fez questão de abraçar o amigo longamente, e de anotar o seu endereço em uma folha de papel para que Big John lhe escrevesse de vez em quando. Ele sabia que não o faria, mas prometeu mesmo assim. Antes do último aceno, disse:

— Não guarde a felicidade para o final. Não espere por ela. Não existe final feliz. Só existe o para sempre. E o *para sempre* é agora, Bianca.

— Se é agora, então nunca é tarde para ser feliz — ela completou, pensando mais nele do que nela. — Até sempre, Big John!

De mãos dadas com Mônica e Natalya, Bianca desapareceu na curva da rua. O velho mendigo ficou para trás, escondido na penumbra de um beco de Manhattan, mas nunca esquecido por quem ele queria ser lembrado.

🎬 🎬 🎬

Quando entraram no prédio, largaram no chão do hall as sacolas que não cabiam nas mãos. Mister Gennaro, em vez da bronca que daria por estarem fazendo barulho, as recebeu com uma expressão apreensiva que nenhuma das três reconhecia nele.

— O que houve, vovô? Por que o senhor está com essa cara de quem viu mulher pelada e está escondendo da vovó? — brincou Natalya, não levando a sério a fisionomia congelada do velho senhorio.

— Alguém entrou no edifício enquanto eu estava lavando o carro, do outro lado da rua. Eu não vi quando entrou, nem quando saiu. — Ele respirou fundo e ajeitou os óculos pelas hastes antes de prosseguir: — Mas, quem quer que tenha sido, revirou tudo no apartamento de vocês.

Assustadas, as meninas nem esperaram o elevador chegar. Deixaram as compras espalhadas onde estavam e dispararam escadas acima. Mister Gennaro chamou Bianca, que precisou tornar a descer alguns degraus. Com a mão trêmula (Bianca só não sabia dizer se era apenas da idade), ele lhe estendeu um envelope.

– Não sei o que é, mas estava aqui quando cheguei.

Afoita, Bianca rasgou o envelope e conferiu as várias fotografias que foram tiradas durante o passeio que ela e Salvatore fizeram ao Central Park. Mister Gennaro pensava que poderia ter alguma relação com o arrombamento no apê, mas para Bianca não era apenas uma suspeita. Era certeza.

🎬 🎬 🎬

Quanto mais se aproximava do terceiro andar, mais Bianca desacelerava o passo. Da porta escancarada via suas amigas desoladas, tentando colocar as coisas no lugar. Até o sofá estava de cabeça para baixo. Ao entrar, Mônica apontou para o quarto.

– O que eles queriam estava no nosso quarto, Bia. Foi lá que fizeram o maior estrago.

Bianca entregou o envelope com as fotos na mão de Natalya e correu. Ela não imaginava o que podiam querer dela, muito menos quem podia querer algo dela, mas não tinha dúvidas do por quê.

Os colchões estavam no chão, e as roupas, por todos os cantos do quarto, inclusive no corredor. Mônica ajudou Bianca a levantar algumas peças e jogar em cima do estrado na cama, para ver o que poderia estar faltando. Natalya parou diante da porta com uma expressão cínica que Bianca já conhecia.

– Nem vem. Agora não, Nat – pediu.

– Eu só ia dizer que vocês formam um belo casal. – Ela sacudiu as fotos no ar.

Mônica atirou um moletom sujo para cima de Natalya, que deu de ombros e voltou para a sala, onde o furacão havia sido um pouco mais brando.

– Meu computador! – gritou Bianca ao conferir dentro do armário. – Ele estava aqui! É onde eu o guardo, debaixo dos casacos mais pesados.

— Tem certeza? Procura direito! Pode estar submerso aí dentro... — disse Mônica, juntando-se a ela para ajudar na busca.

— Eu ainda não imprimi o meu roteiro... — murmurou com medo de que, admitindo, fosse tornar a irresponsabilidade uma fatalidade.

— E...? — Mônica levou a mão à testa. — Me diga que você é uma garota precavida e fez uma cópia de segurança.

Bianca negou com a cabeça.

— Eu pretendia fazer isso hoje, quando fosse à loja mandar imprimir.

Mônica ficou muda, com as mãos cobrindo o rosto.

— Sei que não ajuda puxar a sua orelha agora...

— Não ajuda! — gritou Bianca.

Natalya voltou para quarto ao perceber o clima tenso.

— O que aconteceu? Descobriram o que os bandidos levaram?

— O computador da Bia.

O faro de espiã de Natalya não falharia naquele momento.

— Paul — afirmou, com a voz grave.

Bianca retorceu o rosto ao olhar para ela.

— Paul?!

— Quem mais poderia ter interesse nos seus arquivos pessoais? — encarou. — Ele modifica algumas coisas no seu roteiro, põe o nome dele e entrega como se fosse dele.

Depois de suspirar fundo, Bianca preferiu não refutar a suposição de Natalya, que lhe soava, no mínimo, absurda. Ela guardaria para si mesma as suas suspeitas. Porém, um tempo depois, refletindo enquanto olhava para as duas *roommates* catando roupas pelo caminho, percebeu que as amigas também podiam estar correndo perigo por sua causa. Não era correto esconder nada delas a partir daquele momento. As duas sabiam tudo o que Bianca sabia, só não tomaram conhecimento do ataque que sofrera no Harlem. Bianca não quis alarmar, principalmente Mônica, pois era bem capaz de a amiga dar com a língua nos dentes para seus pais. Não seria a primeira vez.

— Meninas, eu sei quem fez isso — declarou Bianca, empurrando o sofá para o lugar. — Não foi o Paul. Foram gângsteres.

A princípio, tanto Natalya como Mônica acharam graça. Mônica foi na onda da outra, mas, depois que percebeu que Bianca mantinha a expressão de seriedade, começou a se preocupar.

– Como você sabe, Bia?

– Essas fotos foram tiradas por eles – contou ela. – Eles andaram seguindo a mim e ao Salvatore e as usaram para me chantagear. Elas poderiam me prejudicar se caíssem nas mãos das autoridades, porque o Salvatore é um... vocês sabem... *fora da lei*.

– E o que os gângsteres queriam de você, Bia? – perguntou Mônica.

– Que eu revelasse o esconderijo de Salvatore.

Natalya surpreendia por não ter se manifestado até aquele momento. Continuava a ouvir atentamente.

– Temos que nos mudar daqui – determinou Bianca.

O grito que se ouviu a seguir era proibido para menores. Natalya andou desnorteada pelo apartamento, soltando impropérios de todos os tipos. A cena apocalíptica durou apenas alguns minutos, mas foi o suficiente para que Bianca e Mônica terminassem de preparar um chá calmante para a amiga. Sem alternativa, Natalya se rendeu às suposições de Bianca, e toda a sua argumentação de baixo calão serviu apenas para deixar registrado que ela não se conformava em sair do Bronx.

Aproveitando que estava tudo fora do lugar, as três atiraram os objetos e as roupas, de uma só vez, dentro de caixas de papelão que Mister Gennaro solidariamente cedeu. Com olhares de pesar, o velho senhorio começou a se despedir delas através de cada peça que ia para dentro das malas. Para ele, ainda ontem elas haviam chegado. Já Bianca, que olhava para a folhinha imantada à porta da geladeira com a caneta em riste para riscar o último dia, só se perguntava quantos ainda faltavam.

Um Herói para Ela

O fim da tarde se aproximou com nuvens escuras que obstruíram o pôr do sol, trazendo a noite mais cedo. Uma densa e imensa *cumulonimbus* se formava para os lados da ilha da Liberdade, avisava o instituto de meteorologia, recomendando que fossem suspensos os passeios de *ferry boat*. Os ventos fortes que indicaram a mudança do tempo se encarregaram de apressar os planos de todos.

De dentro de um Buick 1970 branco, Salvatore esperava pelo momento em que Bianca sairia do prédio para o Don Joe´s Bakery, como normalmente fazia antes do jantar. Ele sabia que ela gostava particularmente de uma dentre a grande variedade de espécies de pão fabricadas naquela padaria, e que as seis da tarde era o horário da última fornada. Era também a última oportunidade de lhe dizer adeus, ainda que ela nunca soubesse.

Para surpresa de Salvatore, quem saía do prédio era Mister Gennaro, carregando grandes caixas de papelão e arrumando tudo na caçamba da sua impecável e sempre reluzente picape Ford azul-clara. Salvatore abriu o vidro e pensou em perguntar o que estava acontecendo, mas Bianca apareceu com Mônica e Natalya, carregando a bagagem. Com o coração disparado, Salvatore se encolheu no banco e observou o movimento através do retrovisor. À distância em que estava parado, não era possível ouvir o que eles estavam falando.

A chuva começou a cair em pingos grossos sobre o vidro do carro, e batia com tanta força que parecia chover dentro dele. Salvatore podia sentir a água molhando seu rosto e disfarçando a lágrima que caía. Sem pensar duas vezes, decidiu abrir a porta. Ele caminhou até a esquina, onde pôde ouvir as despedidas.

Acolhido pelos guarda-chuvas das meninas, Mister Gennaro escondia a expressão de pesar nas rugas da idade.

– Prometo dar notícias, vovô. É por pouco tempo. Não quero que o senhor ceda o meu posto a mais ninguém! – recomendou Natalya, surpreendendo Mister Gennaro com um beijo na bochecha. O senhorio ficou com a marca dos seus lábios em batom rosa-choque, mas não se importou, nem o removeu.

— Foi um prazer conhecê-lo, Mister Gennaro. Nunca vou esquecê-lo. Prometo escrever – disse Mônica ao ser abraçada por ele.

— Bianca! – exclamou o velho. – Estou torcendo por você, *ragazza*. Você vai encontrar a sua história.

Bianca sorriu e lhe deu um beijo antes de entrar no carro. Depois pegou sua mão e a segurou com carinho.

— Para mim foi uma grande escola ter vivido esta temporada em Little Italy com o senhor. Vou escrever novas histórias. Nunca vou deixar de escrever – conforme o carro ganhava velocidade, os dedos de Bianca se soltaram das mãos de Mister Gennaro.

Antes que o carro desaparecesse da sua vista, ele gritou:

— Natalya, traga o meu Ford sem nenhum arranhão, se não você vai se ver comigo!

Salvatore teve o impulso de correr atrás do carro, mas, percebendo que seria inútil alcançá-lo naquele temporal, parou no fim da rua. O cabelo ensopado e grudado no rosto dificultou o reconhecimento de Mister Gennaro, que assistiu à cena sem entender nada. Quando Salvatore parou diante dele, caiu aos seus pés. Mister Gennaro se agachou e o tirou da chuva, levando-o para dentro do edifício. Foi então que se lembrou dele como o motoqueiro folgado que namorava Bianca e Natalya ao mesmo tempo.

— Para onde elas foram? – perguntou Salvatore, retomando o ar.

— Não posso dizer, meu rapaz.

Salvatore reformulou a questão.

— Por que elas foram?

Mister Gennaro pensou se devia ou não dizer alguma coisa. Ele sentia que o que dissesse poderia mudar a vida daquele jovem.

— Elas acham que estão sendo perseguidas. Alguém invadiu o apartamento e levou o computador de Bianca.

Sem mais perguntas, Salvatore apenas disse, antes de voltar para a chuva:

— Obrigado, vovô.

28

LIBERDADE

O espaço era maior e bem localizado no *borough* mais povoado da cidade, o Midtown Manhattan. Agora Bianca podia dizer que realmente tinha a cidade a seus pés e o horizonte de arranha-céus de um cartão postal bem diante dos seus olhos. A nova moradia era, na verdade, um estúdio onde funcionava um ateliê de pintura. O proprietário, um promissor artista plástico e *bartender* polonês chamado Lukas Klose, sempre teve uma quedinha por Natalya. Apesar de Enrique (principalmente por causa de Enrique), ela nunca deixou de jogar charme para o colega de trabalho. Nunca se sabe quando se vai precisar dos amigos, ela dizia.

Enquanto Mônica se encantava com as pinturas perturbadoras de ambientes góticos e surrealistas, Bianca abria as imensas janelas para que o ar pudesse levar o odor provocativo e nauseante da terebintina. Natalya, por sua vez, ajudava Lukas a arrastar algumas telas e outros materiais de pintura a fim de dar espaço para as caixas.

Seria ali que Bianca passaria seus últimos dias em Manhattan, no estúdio de um simpático imigrante que, como ela e as amigas, buscava naquela terra sua realização pessoal. Trabalhando como *bartender* para buscar inspiração na noite, Lukas já havia conseguido expor em diversas galerias e, não à toa, com o que ganhava da venda de suas obras, podia arcar com o custo do aluguel em uma das áreas residenciais com o metro quadrado mais caro do mundo.

— Você também pode vencer aqui, Bianca. Eu sempre digo isso para a Nat. Nova York não recebeu à toa o título de cidade que nunca dorme. Se queremos nos tornar bem-sucedidos, não podemos dormir.

Bianca suspirou, cansada, só de imaginar.

— Eu trabalho à noite no EC e passo o dia pintando. O tempo que me sobra, eu pinto mais.

— Você não sente saudade de casa? – perguntou ela, jogando água na exaltação de Lukas.

Ele se recostou nas grandes almofadas que substituíam o sofá e, sem nenhuma hesitação, respondeu:

— Saudade eu tenho do que ainda não vivi aqui.

Bianca não precisava perguntar mais nada. Ela queria sentir o mesmo que Lukas, e achava até que já sentira o impulso de ficar em Nova York para sempre, prorrogar seu curso e, talvez, mudar-se para Los Angeles depois. Mas aquele desejo agora lhe parecia tão distante e nada além de uma mera lembrança, como tantas outras que ela preferiu deixar guardadas na caixa de madrepérola.

Depois de bagunçar ainda mais o ateliê de Lukas, as três se espremeram uma ao lado da outra e colocaram as cabeças para fora da janela. Não era a chuva que caía ainda forte sobre a cidade, deixando-a ainda mais cinzenta, ou os faróis dos carros iluminando os cruzamentos de largas e movimentadas avenidas, ou o Empire State, que se erguia majestoso acima da desordem urbana. Os elementos eram partes do todo. O que as atraía naquela paisagem era o todo como parte de cada elemento; era a essência cosmopolita da liberdade presente no cheiro ácido da poluição, no ruído ensurdecedor do tráfego, nas luzes multicoloridas da metrópole. E, acima do caos, ao longo de mais de 90 metros de altura, um símbolo da liberdade recortando o céu. As meninas não podiam ver a estátua, mas *Miss Liberty* estava lá para guiá-las.

Bianca andava nas ruas olhando para todos os lados. O medo de estar sendo perseguida a fazia agir de modo estranho, mas a estranheza nas ruas de Nova York não era estranha. Era natural que, no caminho até a estação do metrô que a deixaria no SoHo, nenhum dos engravatados apressados que se aglomeravam em direção a Wall Street reparasse nela, uma garota de baixa estatura, óculos escuros, lenço na cabeça e colete jeans, que corria na contramão do fluxo. Todas aquelas pessoas estavam indo ganhar a vida. E Bianca estava indo tentar salvar a sua.

No campus da NYFA, o clima de despedida estava no ar. Não era exatamente o final de um semestre, mas para alguns, como Bianca, podia ser o final de um sonho. Ela pretendia pedir a Dan um novo prazo para a entrega do roteiro. Ainda que o professor se recusasse e ela perdesse o diploma, tentar era tudo o que estava a seu alcance.

De repente, os corredores da NYFA pareciam mais longos para Bianca. Paul a seguia, e por mais que ela acelerasse o passo, ele recuperava a distância com pernas mais longas e mais ágeis que as dela.

– Bianca! – gritou Paul, conseguindo interceptá-la.

Agarrando-a pelo braço, Paul arrastou Bianca até uma porta e a empurrou. Quando ela percebeu que estava no banheiro masculino e que ele girava a chave na porta, deixou transparecer a preocupação. Ele também estava cansado de disfarçar.

– Não é muito educado não responder quando alguém chama – reclamou ele, em tom ácido.

– Então devo dar os parabéns ao seu pai por ter ensinado o filho a sequestrar mulheres e prendê-las no banheiro masculino? – ironizou Bianca.

– Eu estava com outra ideia a seu respeito. Pensei que nos daríamos bem, mas você não nega mesmo suas origens. – Ele começou a caminhar na direção de Bianca, que encostou as costas na pia. – As brasileiras nos seduzem e depois desprezam.

Quando ele já estava próximo para abraçar Bianca pela cintura, ela deu uma bolsada na cabeça dele e conseguiu se trancar em um dos banheiros.

Paul não teve pudores em espancar a porta.

– Vão ouvir você, seu burro! Desista! – gritou ela, encolhida atrás da porta. – Eu não vou sair daqui enquanto você estiver aí.

Paul deu uma gargalhada arranhada que deixou Bianca em alerta sobre o que estaria planejando. Ela não teve tempo de pensar. Quando percebeu, um tipo de gás asfixiante invadiu o banheiro. Ela abriu a porta para fugir, mas, em poucos segundos, caiu sem sentidos nos braços de Paul.

Paul guardou a máscara de oxigênio dentro da mochila e saiu do banheiro carregando Bianca no colo. Alguns alunos ouviram o barulho e ocuparam o corredor. Paul pediu passagem, dizendo que havia uma estudante passando mal. Ele conseguiu chegar até o Porsche, que deixara na entrada do prédio, e, ignorando os seguranças que se colocaram no caminho, desviou perigosamente de um grupo de estudantes, passando por cima dos canteiros do jardim. Enquanto os seguranças contatavam a polícia pelo rádio, o Porsche avançava em alta velocidade, deixando o SoHo para trás.

O SoHo, a ilha de Manhattan e a liberdade.

🎬 🎬 🎬

Quando Bianca acordou, sua cabeça latejava. Não era pior que a tontura que a fazia tombar involuntariamente, batendo a testa na janela. Sem perceber onde estava, ela reparou no cinto de segurança que a prendia. E, então, ao girar os olhos para a luz que incomodava do seu lado direito, viu que não tinha mais os pés no chão. Ao longe, Manhattan era apenas um pedaço de terra, e o céu azul, acima das nuvens, tomava todo o horizonte.

Desesperada, Bianca não conseguiu abrir o cinto e começou a gritar por socorro. A cortina da cabine se abriu e Paul colocou a cabeça para fora. *Ele* era o copiloto, ao lado do comandante. Bianca teve ainda mais ânsia de gritar.

— Isso! Extravasa tudo enquanto estivermos a nove mil metros de altitude. Aqui ninguém pode te ouvir, *honey*.

Honey? Ele só podia estar louco ou bêbado, pensou Bianca.

— Para onde você está me levando? – ela perguntou, esforçando-se para se soltar do cinto.

— Não vou estragar a surpresa.

— Você está me levando para Malibu, não é? O que está planejando, Paul?

Paul saiu da cabine do piloto, sentou-se na poltrona oposta à de Bianca e ficou um tempo calado, apenas analisando o rosto dela.

— Eu gosto de você, Bianca.

— Bêbado você não está. Está louco. Completamente louco!

— Só fico louco quando sou desprezado. – Ele se levantou e buscou um copo de água para oferecer a ela. – Beba.

— Eu não quero nada vindo de você.

— Percebi. Eu te ofereci o emprego dos seus sonhos, te ofereci uma chance de sair da sua vidinha suburbana, te ofereci até o meu amor. E você recusou.

— Eu não poderia aceitar um emprego que implicasse namorar você. Não percebe que eu não te amo? Nunca estive apaixonada por você, Paul!

— Pensa que nunca percebi o jeito como você ficava toda derretida ao olhar para mim?

— No começo eu fiquei balançada, sim. Afinal, um cara popular me deu bola e eu ainda pensava que não era interessante o suficiente para atrair a atenção de alguém como você. – Bianca sentia vergonha de admitir isso.

— Eu realmente não me interessaria por você. Sabe por que escolhi você entre todas as gatas e entre todos os crânios da NYFA? – Ele nem esperou que ela respondesse. – Porque eu percebi a sua fraqueza. A sua falta de autoestima. Você foi uma presa fácil. Até que eu comecei a deixar você me fazer de palhaço, e aí... – Ele chegou tão perto que Bianca não pôde evitar olhar em seus olhos azuis. – Eu já estava apaixonado.

Ignorando a confissão, Bianca perguntou:

— Qual é o seu verdadeiro objetivo desde o começo, Paul?

Ele abriu uma pasta de couro de onde tirou o notebook dela.

— Eu quero a sua história, Bianca.

Ela tentou rir de desdém, mas não conseguiu.

— Isso é absurdo. Você não vai convencer ninguém de que o roteiro é seu.

— Não? Eu posso tudo. Não há nada que Paul Thomas Johnson não possa fazer.

O piloto interrompeu a conversa para avisar que iriam pousar em poucos instantes. Olhando a cidade crescer à medida que o jato perdia altitude, Bianca só pensava em fugir. Assim que descessem no aeroporto de Los Angeles, ela começaria a gritar que havia sido sequestrada.

No entanto, contra suas expectativas, assim que a aeronave tocou o solo, não havia aeroporto nenhum. No hangar particular da família Johnson, um carro já esperava por eles.

29

O CONTRATO

Assim que Mônica saiu da academia de dança, olhou para os dois lados da rua. Pôs a boina azul-marinho na cabeça e os óculos escuros *made in China* que Bianca lhe emprestara como disfarce. Embora não estivesse frio, o cachecol grosso ajudava a esconder seu rosto. Ela morria de calor, mas pelo menos não morreria nas mãos de algum Al Capone da vida.

O Starbucks ao lado da academia estava lotado. Mônica deu meia-volta assim que ensaiou colocar o dedo mindinho do seu pé para dentro. Seria loucura entrar na fila para pedir um *iced coffee* e *um* croissant se ela seria igualmente (ou ainda mais) feliz com uma diet Coke e um cachorro quente na carrocinha da esquina. Estava satisfeita, lambuzando os dedos com o catchup que escorria pelo guardanapo, quando sentiu alguém puxá-la para o meio-fio. Havia um carro branco estacionado com a porta aberta. Quando se deu conta, estava dentro dele.

– Desculpa se interrompemos o seu lanche – disse Salvatore, virando-se no banco do motorista.

Ao perceber Juan, pacífica e ingenuamente sentado a seu lado, Mônica lhe atirou o que restava do seu sanduíche desmilinguido.

– Isso foi por você quase ter torcido o meu braço! – reclamou ela.

Juan sorriu e se deliciou com o molho que deslizava pela manga do seu casaco de couro.

— *Chica*, não pense que porque você *delicadamente* me ofereceu o seu hot dog eu não vou te mandar a conta da lavanderia — alertou ele.

A garota ainda tentava entender o que acontecia quando Salvatore buzinou duas vezes, interrompendo a troca de gentilezas entre os dois no banco de trás:

— Mônica, o assunto é sério e urgente. Bianca foi raptada do campus da NYFA hoje à tarde. Ninguém sabe o paradeiro dela, mas parece que a última vez em que foi vista estava com Paul. — Salvatore estava ofegante. — Preciso da sua ajuda.

Ela deu um soco no ar como se tivesse descoberto que encaixara alguma peça errada no seu quebra-cabeça.

— Paul... — murmurou. — A casa de Malibu.

🎬 🎬 🎬

Bianca adoraria ter conhecido as praias de Malibu em outras circunstâncias. Do carro que a levava amarrada e amordaçada, tudo o que via era o oceano que a separava da sua realidade. Ao longo da bela costa californiana, o aroma quente do sereno e da maresia fazia Bianca se lembrar do Rio de Janeiro. E, mais uma vez, ela sentiu o quanto estava longe de casa.

Que história era aquela que estava vivendo? Como, onde e quando iria terminar? Um roteiro nunca deveria começar sem ter um final previsto. Ela não deveria estar ali.

Quando o carro estacionou em um condomínio de luxo construído no alto de um penhasco, Bianca desprezou a ajuda de Paul para sair. A mansão que via à sua frente não era maior, mais sofisticada ou tinha uma vista mais deslumbrante do que as vizinhas, mas as estátuas gregas à porta lhe pareciam *too much*.

Paul foi recebido por quatro homens que o aguardavam no portão de ferro da mansão. Eles pareciam ser os guarda-costas dele. Bianca temia que a partir daquele momento haviam passado a ser os seus guarda-costas também.

— Fisher, leve a garota para o deque dois. Faça-a vestir o biquíni.

Bianca não acreditou no que tinha acabado de ouvir. Quem a iria obrigar a vestir o quê?

🎬 🎬 🎬

Os tapas que deu em Fisher não deixaram marca alguma, mas Bianca tinha conseguido tirá-lo do sério a ponto de ele desistir de obrigá-la a vestir o minúsculo conjunto que Paul chamara de biquíni. Ao ver Bianca estirada na cama, Paul atirou alguns papéis para cima dela.

— Este é o seu contrato. Leia e assine até a hora do jantar.

Bianca se levantou depressa e começou a rasgar os papéis sem sequer se dar ao trabalho de passar os olhos por eles. Paul se enfureceu e pulou sobre ela na cama, prendendo seus braços pelos pulsos. Bianca tentou se defender mordendo a mão dele.

— Eu até gosto dessas atitudes na cama, mas não é hora disso. Agora eu quero que você assine o contrato. Vou imprimir quantas cópias for preciso.

O que está acontecendo com esses homens? São todos uns brutos insensíveis?, perguntava-se ela.

— E eu vou rasgar tantas quantas você me trouxer! — exclamou ela, entredentes. — Já disse que não pode me obrigar. Nem pode me manter sua prisioneira eternamente.

Paul libertou os pulsos de Bianca e se sentou ao seu lado, confiante.

— É claro que não. Sei que não será fácil reconquistá-la, mas vou dar o melhor de mim. Tem certeza de que não quer tomar um banho de piscina comigo? A água está quentinha... — Ele tentou uma nova aproximação, desta vez menos agressiva, mas Bianca foi mais rápida e pulou da cama.

— Me deixe ir embora! Só assim você poderá ter ao menos a minha amizade.

— Ao menos? — Ele riu em tom de deboche. — Quem você pensa que é, garota?

— Eu não penso. *Eu sou*. Sou areia demais para o seu caminhão. Você é um *playboy*, um filhinho de papai, mimado e mau caráter. E quer saber? Olhando bem... – Bianca inclinou-se com as mãos sobre o colchão, aproximando seu rosto do dele. – Você é lindo mesmo, parece o Ken. Só que esqueceram o selo de qualidade. – Bianca cruzou os braços e o encarou. – Que qualidades você tem? Nem de escrever um roteiro você é capaz, e já está no segundo ano do curso! Nem com todo o dinheiro e aparência você é capaz de conquistar uma mulher! – Depois de um suspiro desiludido, ela disse por fim: – Paul, você é uma decepção para mim e um fracasso para o seu pai.

Quando Bianca encerrou seu discurso, Paul permanecia com a mesma expressão imutável e indecifrável.

– Terminou, doutora?

Paul foi até uma gaveta, extraiu várias notícias de jornais e revistas e espalhou tudo pelo carpete do quarto. Bianca conseguiu apanhar uma folha no ar, o recorte de uma matéria sobre uma das vezes em que Paul foi expulso de um desfile por dar em cima de uma modelo famosa comprometida com um estilista.

Bianca conservava um sorriso oculto no canto dos lábios.

– Ainda por cima é burro!

Paul tomou o recorte da mão de Bianca e o amassou entre os dedos.

– Você acha que traçou muito bem o meu perfil, não é? É mais profundo do que isso.

Paul estendeu para Bianca a fotografia de um homem de mãos dadas com uma criança. As casas coloridas da vila que se via ao fundo lhe lembraram Paraty. Deveria ser da temporada que ele viveu no Brasil, imaginou ela.

– Depois dessa foto, depois que a minha mãe morreu, tudo mudou. Esse homem que está aí nunca mais quis me dar a mão. Eu cresci órfão, mendigando a atenção dele. Até o dia em que descobri uma forma de chamar a atenção através da imprensa. Meu pai detesta escândalos. Isso atrapalha a carreira dele. Então, ele decidiu me fazer uma proposta.

Ele disse que, se eu me matriculasse em uma escola de cinema e fosse aprovado com louvor, me daria um emprego na produtora e metade das ações da empresa. Essa foi a maneira que ele encontrou para... – Paul pegou de volta a fotografia e jogou na gaveta, fechando-a com força. – Me estender a mão.

– Por que não me disse isso antes, Paul? Eu poderia ter ajudado você.

– Eu não preciso de ajuda, Bianca – ele disse, com firmeza. Estava absolutamente convencido disso.

– Ah, claro... Você prefere roubar o trabalho intelectual de alguém a lhe pedir ajuda.

Paul permitiu-se rir.

– Eu não preciso de você, garota. Estou usando você.

– Se não precisasse, não me usaria – retrucou ela.

– O meu pai é que precisa de você. É ele quem quer me salvar. – Paul abriu os braços e olhou para cima, dramaticamente bradando: – Vamos deixar o velho me salvar, então!

– Paul, eu não vou trabalhar para você.

– Podemos ganhar muito dinheiro. Com o seu talento e o meu nome, nós...

– Você quer que eu escreva os roteiros e coloque o seu nome? – perguntou, incrédula.

– Sim. Quero que seja a minha *ghost-writer* pessoal e exclusiva.

Bianca foi até a porta de vidro da varanda e olhou para o mar, límpido, transparente e estável, o contraste de Paul.

– E você ainda diz que gosta de mim?

– Eu gosto de você – ele disse, a voz em um tom mais baixo.

– Gosta mais do seu Porsche, desse seu terno Armani, dessa mansão! Eu posso até tentar entender isso, esse seu apego material pela falta de amor. Mas é triste. – Bianca via a silhueta de Paul pelo reflexo no vidro. Ela não queria se virar para ele, porém precisava que ele a olhasse. Então, ficou de frente. – Sabe Paul? Eu tenho pena. Porque, sem essas coisas, você não é ninguém. Toda a sua vida é montada em cima de um palco. Tudo na sua vida é um cenário, onde nada é verdadeiro e as pessoas são personagens. Tudo é artificial. Principalmente você, que nem sequer sabe como protagonizar a própria vida. – Ela se sentou na cama e passou os olhos pelas manchetes e imagens vergonhosas nas capas dos tabloides. – Aprenda com o seu pai, Paul. Ainda há tempo de pedir a ajuda dele.

Paul não disse nada. Apenas recolheu as matérias da imprensa e colocou tudo de volta na gaveta, relegando a foto do pai ao fundo. Era assim que Paul ocultava as lembranças, sob um apelo emocional ao qual a mídia sempre dera muito mais ênfase do que o próprio pai.

– Vou provar ao meu pai que ele nunca me fez falta. – Ao se virar repentinamente, apontou uma pistola na direção dela. – Você quer me convencer de que eu estou errado, Bianca? O quanto você me conhece para isso?

Agora sim, Dra. Bianca Villaverde, era hora de esquecer a psicologia barata e dizer qualquer coisa realmente eficaz para sair daquela situação.

– Esse roteiro da NYFA representa uma conquista que eu devo aos meus pais. Se você desistir dele, eu prometo ajud... – *Nem pensar em dizer essa palavra. – Ser a sua ghost-writer.* Onde quer que eu assine?

Bianca nunca fora chantageada, nunca precisara blefar antes, pois nunca tivera armas apontadas para ela. Tinha plena convicção de que sua aprendizagem nos Estados Unidos estava sendo praticamente uma formação ninja. Só faltava mesmo mais uma habilitação para ganhar o seu diploma, e chamava-se estratégia de fuga.

Enquanto Paul saiu do quarto para imprimir outro contrato, Bianca ganhou tempo. Havia dois seguranças na porta do quarto, e, da varanda, ela podia avistar mais dois ao lado leste do deque da piscina. Fugir dali em uma corda de lençóis, além de não dispor de tempo para amarrar os tecidos, seria o mesmo que gritar "Ei, estou aqui!". A única saída discreta teria de ser pelo banheiro, cujo basculante era praticamente uma janela. Só mesmo alguém com a *excentricidade* de Paul para ver utilidade em um vaso sanitário voltado para o mar.

Com o plano traçado em mente, Bianca procurou qualquer objeto que pudesse ser usado como arma não letal. Ao ver sua bolsa pendurada na cadeira, lembrou-se de Paolo e se perguntou se seria capaz de fazer aquilo de novo. Não com a alça da Louis Vuitton. Mesmo *fake*, ela valia mais do que aquele rato de esgoto do Paul. Com sua arma nas mãos, Bianca escondeu-se por trás da porta à espera dele. Ela não hesitaria. A voz de Paul já quase falava ao seu ouvido quando ela, então, o surpreendeu.

Sem que Paul sequer soubesse o que aconteceu, foi acertado por um quilo e meio de porcelana Ming. Ao espatifar-se, o objeto provocou um barulho maior do que Bianca esperava.

– Cerâmica vagabunda... – resmungou ela. – Se fosse de Itaipava, isso não aconteceria.

No banheiro, Bianca subiu na tampa do vaso sanitário e alcançou a abertura da janela. Não precisava ser nenhuma ginasta para alcançá-la, mas precisaria de alguma flexibilidade muscular para saltar de quatro metros. Era melhor simplesmente fechar os olhos e pensar na piscina que havia lá embaixo, confiando que tivesse profundidade suficiente. Paul havia dito que a água estava quentinha.

30

O RESGATE

Bianca não fechou os olhos porque a vista era linda, mas, pela força do hábito, tapou o nariz. A queda abrupta espalhou água por todos os lados e atraiu a atenção dos seguranças, que correram de seus postos para cercar a piscina em suas quatro laterais. Finalmente os 10 anos de natação serviriam para alguma coisa; a boa apneia permitiu que Bianca ganhasse velocidade sob a água para chegar ao lado oeste do deque.

De lá, Bianca avistou o deque dois, ao fim da ladeira que dava na praia. Sem recuperar o fôlego, disparou numa corrida contra o tempo. Ela olhava para trás, certificando-se da sua vantagem, mas, embora estivesse alguns metros à frente, era cedo para comemorar. Ao redor de Bianca se formava o verdadeiro desafio.

Eram pelo menos três dobermanns com dentes arreganhados e latidos medonhos, espumando e formando um triângulo em torno dela, dois à sua frente e um atrás. Além de correr, o que os atiçaria mais, Bianca não sabia o que podia fazer. Ela, então, sentou-se imóvel no chão. Percebendo que não ofereceria resistência, os cães se aproximaram devagar. No momento em que os três se enfileiraram, Bianca deixou o medo, a falta de fôlego e tudo o que podia pesar sobre as suas costas para trás e correu para o primeiro esconderijo que encontrou: a garagem.

Não haveria tempo de procurar o controle remoto do portão e, exatamente por que nenhuma solução lhe parecia mais óbvia do que essa, o improvável aconteceu. Bianca nunca repararia naquele caixote de madeira se não fosse o desespero. Do alto do caixote, deu um salto, agarrando o puxador do portão, e se pendurou nele. Seu peso foi o bastante para que o portão baixasse até seus pés tocarem o chão. O estrondo do metal encontrando o cimento ecoou por um bom tempo em sua mente fatigada.

Sentando-se no capô do Porsche, Bianca tossiu para extravasar o esforço físico que fizera. A cada latido frustrado dos animais famintos lá fora, seu coração dava sinal de que ainda batia, ainda que descompassado.

Um helicóptero branco sobrevoando a área despertou Bianca do seu estado de choque. Gradativamente, o barulho das hélices tornou-se mais alto, e o latido dos cães, mais distante. Bianca ficou de pé no capô, e, através das pequenas janelas próximas ao telhado da garagem, pôde acompanhar o momento em que duas cordas foram lançadas para fora da aeronave. Ela suspeitava que os homens pendurados nas cordas não fossem soldados de operações especiais da polícia americana, entretanto não tinha dúvida de que eram igualmente soldados, bem treinados e destemidos. Só não tinha certeza se do lado de fora da lei era mais seguro.

🎬 🎬 🎬

O helicóptero fez uma manobra arriscada ao tentar uma aproximação do solo, colando-se demasiadamente ao toldo sobre a piscina, a fim de que os tripulantes pudessem descer. Um dos homens, assim que pisou o gramado, tirou o capacete e a máscara preta que lhe cobria o rosto até a altura dos olhos. Bianca estava a alguns razoáveis metros de distância para ter certeza, porém não conhecia mais ninguém com aqueles cabelos negros e rebeldes. Ela sabia que só podia ser o seu anti-herói particular. De repente, o helicóptero se movimentou no sentido norte, saindo de seu campo de visão, bem como os homens, que se separaram e correram em diferentes direções.

Sem pensar duas vezes, Bianca entrou no carro. Ela descobriu que o controle do portão era acionado através de um sistema eletrônico no painel, o qual precisava de um comando, uma espécie de senha. Não adiantava bater com os punhos no volante nem xingar Paul, que àquela hora deveria já ter acordado da boa soneca que tirou e, se duvidar, até fugido de tão covarde que era. Bianca não mais se importava se o *Mister Hollywood*, como o apelidara Mônica, roubasse mesmo a autoria do seu roteiro, contanto que a deixasse em paz. Ela agora só queria ir para casa. Foi então, despretensiosamente, que Bianca teve o clique. Ela podia não conhecer Paul o suficiente, mas o pouco que conhecia lhe permitira traçar um perfil sobre o qual nem ele mesmo discordou.

Hollywood. Os dedos de Bianca vacilaram ao selecionar as letrinhas no painel. E uma luzinha verde acendeu. O portão se abriu como um portal mágico. Ela acelerou o motor de 400 cavalos e não se importou de expulsar do seu caminho os dobermanns, que mais pareceram filhotes inofensivos correndo assustados. Nunca havia tido uma máquina como aquela nas mãos, e isso era mais motivo de euforia do que de preocupação.

Pensando que encontraria um cenário de luta, qual foi o espanto de Bianca ao perceber que não havia ninguém em lugar nenhum. Quando os homens desceram do helicóptero com toda a parafernália de armas e munições, ela acreditou que haveria um confronto direto. Olhava através do retrovisor e tudo o que via era seu olhar apreensivo diante da paisagem deslumbrante da praia de Malibu.

Naquele momento se sobrepunham duas alternativas naquele espelho. Bianca poderia acelerar com o Porsche, pegando a estrada e deixando tudo para trás, ou, poderia ficar e procurar Salvatore. Se ele estava ali, era por causa dela, e, o que quer que fizesse, faria por causa dela. Ele talvez a mandasse ir embora e resolvesse a situação sujando as mãos, ao estilo dele. Mas Bianca preferia ser cúmplice a ser omissa.

– Tantas vezes quantas você me salvar, Salvatore, eu vou salvar você – disse para si mesma em voz alta, para que não houvesse dúvidas de que qualquer risco valia a pena.

Correndo até os fundos da casa, Bianca certificou-se de que não havia perigo na sala. Driblar móveis engatinhando sobre um extenso tapete marroquino era algo que ela nunca havia se imaginado fazendo, mas, dadas as circunstâncias, lhe cabia apenas chegar a uma conclusão: quando tudo se conjugava para não fazer sentido é que se encontrava sentido em tudo. Nos filmes, nenhuma pena cai no chão à toa. Por que a vida real seria tão diferente da ficção?

Sem olhar para trás, Bianca avançou direto para o corredor e chegou ao quarto onde Paul a havia trancado. Ao contrário dos restos mortais do vaso Ming, o rapaz já não estava no chão. Sem pistas ou sinais de que mais alguém houvesse estado naquele quarto depois deles, Bianca decidiu arriscar e espiar a varanda. Mal havia pisado fora dali quando um disparo de arma de fogo ressoou, espantando as gaivotas que beiravam a costa. Assustada, ela se encolheu, agachando-se sobre si mesma. Quando o eco do estrondo se dissipou, olhou na direção de onde viu a revoada dos pássaros e avistou algumas pessoas em círculo na areia da praia. Aquela distância não lhe permitia reconhecer fisionomias, mas, definitivamente, podia ver que as pessoas não estavam em trajes de banho.

🎬 🎬 🎬

Bianca acelerou o Porsche e lamentou não ter uma pista de corrida à sua frente. A ladeira de paralelepípedos que a conduziria até o deque dois não lhe daria a mesma adrenalina. Ainda assim, enquanto o vento sacudia os seus cabelos e a paisagem se transformava em uma aquarela borrada, era como se a velocidade ganhasse da luz. Bianca não competia com ninguém, mas não podia subestimar o seu adversário. O tempo não esperava por ela, e a noite em breve iria cair.

Quando desligou o motor, só então a euforia da coragem deu espaço ao medo. O cheiro do mar, a textura da areia, os tons do crepúsculo e até a linha do horizonte, tudo isso era diferente do que ela se lembrava. Pela primeira vez, Bianca sentia-se em um cenário. A natureza não podia esconder o instinto humano; ao contrário, o realçava mais. Parecia mentira. Podia nada ser verdade.

Assim como eles tomavam totalmente o centro da sua atenção, sua presença não passou despercebida pelo grupo, que se voltou para ela. Eram cinco contra cinco. Paul, ladeado por quatro homens ajoelhados na areia com as mãos na cabeça e uma venda preta nos olhos, era psicológica e fisicamente torturado por Salvatore, que acompanhava outros quatro homens, de pé, em volta deles. Bianca sabia qual era o lado do bem e qual era o do mal. E sabia, também, que o lado do bem poderia cometer erros tentando acertar. Parecia exatamente isso o que estava prestes a acontecer.

As pegadas de Bianca foram ficando para trás conforme ela vislumbrava os rostos dos homens, cada vez mais próximos. Quando seus olhos encontraram os de Salvatore, ela parou. Estava perto o suficiente. Consideravelmente perto para ver o tipo de arma que ele apontava para a cabeça de Paul.

– O que você está fazendo? – ela perguntou.

– O que eu *vou* fazer – ele corrigiu.

– Largue essa arma.

O pedido de Bianca tinha o tom firme e autoritário que Salvatore já conhecia. Ele não gostava de assumir para si mesmo que ela estava mais uma vez interferindo.

– Bianca! – exclamou Paul, chorando. – Bianca, me ajuda!

– Você não vai ceder aos apelos desse *pazzo* – referiu Salvatore.

– *Pazzo* é você! – gritou Bianca. – Será que não percebe que o que vai fazer é errado?

– E o que ele fez com você? O que ele ia fazer com você, Bianca?

– Ele não ia ter coragem de me matar. – Bianca se agachou ao lado de Paul, que, ao sentir a direção da voz dela, virou o rosto. – Não é, Paul?

– Não... nunca! – exclamou ele, inclinando-se sobre as pernas e chorando como uma criança. – Eu só queria... te assustar. Só para você assinar... Eu nunca matei ninguém!

Salvatore soltou uma risada sem humor, cínica e angustiada.

— Cala a boca ou eu encomendo a tua alma agora mesmo! — ele bradou. — Mãos na cabeça!

— Largue essa arma — insistiu Bianca. — Quem você pensa que é? Quem é você para fazer justiça?

— Ele roubou, dopou, sequestrou, chantageou você...

— Para! — Ela se enfureceu ainda mais. — Eu sei o que ele fez! Mas isso caberá à justiça julgar. Não a mim ou a você.

Salvatore manteve a arma firme, sem desviar um milímetro do seu alvo.

— Você não seria capaz — ela disse, baixando a voz e os ombros. — Você não é assim. Eu sei.

— Assim como? — Ele a encarou como se houvesse ficado ofendido. Bianca não respondeu e ele repetiu com mais aspereza: — Como?!

— Mau. Você não é mau.

— Eu sou, sim. Você não sabe o que eu já fiz, Bianca. Eu sou um monstro. É o que eu sou. *Una besta*! — ele explodiu.

Aquele grito estava carregado de raiva e, sobretudo, angústia. Bianca sentiu medo. Não de Salvatore, que ela nunca vira tão vulnerável, mas dos demônios que ele trazia dentro de si e que talvez nunca fosse capaz de exorcizar.

— Não... — Bianca continuou a se aproximar, tentando parecer impassível, desacelerando aos poucos. — Você é só um menino, *Marcello*. Você é a esperança de Giulia. E a minha esperança.

Bianca ergueu a mão e, calmamente, desceu o cano gelado da metralhadora até Salvatore relaxar os braços e baixar a arma. Paralisado, ele se deixou abraçar por ela. Bianca o apertava com uma força que ele nunca havia sentido antes. E, de repente, ainda sem reação, ele se sentiu pequeno nos braços dela como nunca havia se sentido nos braços de nenhuma mulher. Ele a afastou num rompante agressivo e se virou para os outros homens que ainda empunhavam as armas.

— Vamos embora — ordenou.

Salvatore trespassou a arma na mochila em suas costas.

— É isso? Você vai embora? — ela perguntou, confusa, vendo-o se afastar.

Um Herói para Ela

Ele parou de caminhar e mandou os homens seguirem adiante dele. Depois voltou para onde estava Bianca e quase encostou seu nariz no dela.

– Você vem também. – Ele segurou sua mão com rigidez. Ao sentir o incômodo, ela reclamou e tentou se soltar.

– Eles não podem ficar aqui! – protestava, enquanto era arrastada por Salvatore. – Vai anoitecer e a maré vai subir!

– Não se preocupe. Eu já sobrevivi a isso.

Bianca fincou os pés na areia, fazendo força, obrigando Salvatore a desistir de puxá-la.

– O que foi agora? – perguntou, mais entediado do que irritado.

Ela não conseguiu responder, pois simplesmente não sabia o que dizer. Salvatore não suportou ver as interrogações no semblante de Bianca e, mesmo contra a vontade dela, tomou-a nos braços e a carregou no colo. Ela devia saber que, até sem lhe perguntar nada, ele tinha sempre uma resposta.

🎬 🎬 🎬

As hélices do AW-139 giravam, bagunçando o cabelo de Bianca, que inutilmente os tentava prender em um coque improvisado. Embora Salvatore gostasse dela daquele jeito, selvagem e irritada, não pensou duas vezes antes de tirar o prendedor de cabelo africano do bolso de sua jaqueta e lhe oferecer. Com dificuldade para juntar o grande volume de fios rebeldes, ele a ajudou a prendê-los. O aroma frutado provocou seus sentidos e ele precisou se afastar, incomodado com as lembranças. Bianca também não conseguiu disfarçar a perturbação com o calor do toque dele em sua nuca e não verbalizou nenhum agradecimento, limitando-se a lhe dedicar um sorriso brando em retorno à gentileza.

A primeira coisa que chamou a atenção ao entrar no helicóptero era o luxo da decoração. Além de imenso, com capacidade para oito passageiros, havia detalhes de madeira cobrindo a lataria, estofados em couro branco, além de uma tela de LCD transmitindo um desenho animado. Ao reparar nos rostos castigados de hematomas dos homens sentados à sua volta, Bianca sentiu uma mórbida vontade de rir. Ela não podia acreditar que eles assistissem ao "Kung Fu Panda" antes da operação de resgate de que fora pivô.

Bianca cogitou quebrar o clima de tensão, mas concluiu que qualquer coisa que dissesse atrairia a atenção não de apenas um, mas de cinco gângsteres, o que seria levemente constrangedor e, muito provavelmente, inapropriado. Achou mais seguro privar-se de qualquer resposta que pudesse advir de suas perguntas e olhou pela janela, procurando algum sinal de Paul e seus seguranças. Como se adivinhasse uma delas, Salvatore disse:

— Não se preocupe com eles. A polícia foi avisada.

— Obrigada. — Ela não virou o rosto da janela.

— Mais uma vez, eu lamento que você tenha assisti...

— Não, Salv... — interrompeu para depois se corrigir: — Marcello. Não se desculpe. Você me ajudou a recuperar o roteiro e eu finalmente vou poder entregá-lo na NYFA. Obrigada. — Bianca olhou para a tela de LCD e repetiu junto com o personagem do desenho animado: — *O passado é história, o futuro é mistério...*

— *E o agora é uma dádiva, por isso se chama presente* – completou Salvatore. — Mestre Oogway é um sábio.

De fato, as tartarugas sobreviveram aos dinossauros para saber, pensou Bianca, voltando a admirar a paisagem da costa de Malibu que ia ficando para trás.

— Você recebeu as fotos do Central Park... — comentou Salvatore.

— Depois do que aconteceu no Harlem, eu associei e pensei que...

Ela percebeu que o tempo fechou no semblante dele.

— Por favor, Bianca, me perdoe por tudo o que eu a fiz passar.

Após um tempo em silêncio observando as diferentes nuances de azul no mar, ela chamou os olhos de Salvatore ao encontro dos seus. Bianca avaliou os ferimentos em seu rosto e, embora lhe causasse dor também, não se inibiu por causa deles:

— *Love means never having to say you're sorry.* Lembra?

Um Herói para Ela

Salvatore nunca havia assistido ao filme "Love Story", mas se lembrava do momento em que Bianca mencionou aquela frase pela primeira vez. Ele podia entender agora. No amor não há arrependimentos. Quando se ama, não se quer decepcionar, não se espera ser decepcionado.

– Eu tenho medo de amar, Bianca. Tudo o que eu toco, eu destruo. É a minha natureza. Mas não posso destruir o seu amor. E você sabe que eu faria isso.

Bianca assentiu e, depois de um longo suspiro, disse:

– Eu conheci a sua natureza por baixo dessas tatuagens onde você se esconde. Conheci a face do herói por trás da máscara de anti-herói. É tudo o que vou guardar de você, se me deixar. – Ela virou a cabeça. Não queria que ele visse a lágrima que lhe escorria na face.

Salvatore levantou-se, atraindo a atenção dos demais e fazendo com que Bianca se encolhesse em sua poltrona. Ele também tinha os olhos espelhados de lágrimas que não queria derramar à frente dela. Mas não tinha jeito. O espaço não era grande, e a verdade é que ele estava com uma vontade louca de saborear um beijo dela em vez daquelas lágrimas.

O perfume se tornava ácido misturado ao cheiro de sangue e suor. A essência máscula de Salvatore atiçou os sentidos de Bianca, e ela se grudou ainda mais à janela. Salvatore expulsou Luigi, um dos capangas, e se sentou à frente dela. Sem pedir licença, ele pegou sua mão direita entre as dele. Antes que ele dissesse o que pretendia, Bianca falou:

– Eu, que amo só você, me aquietarei e te darei o que resta da minha juventude.

As palavras da canção foram suficientes para ele.

Bianca tirou o guardanapo de dentro da bolsa e o entregou para Salvatore, repassando a ele a obrigação de manter a lembrança dos dois. Sem que ela percebesse o porquê, Salvatore começou a enxugar-lhe as lágrimas com o que se tornava um lenço. Era assim que as lembranças deles deveriam permanecer: turvas, desbotadas e ilegíveis, como palavras borradas no papel.

31

ENQUANTO DUROU

A mudança do retorno ao apê agitou o dia de Bianca. De maneira que ela não pensou demais em Salvatore, no que podia ter ficado por dizer, no que poderia ter sido e que ele havia deixado claro que nunca seria. As malas estavam praticamente prontas e quase impossíveis de fechar. Natalya se sentou sobre a de Mônica, mas seu peso-pluma não ajudou em nada. Bianca se sentou também e, aí sim, as três puderam comemorar quando o zíper completou a volta.

– Não sei como vocês vão fazer sem mim – disse Bianca, pendurando-se no pescoço de Mônica.

– Bem, não sei como a Nat fará sem nós duas! – Por sua vez, Mônica pendurou-se no ombro da russa: – Você terá que se mudar para o Brasil!

O clima era descontraído, mas Natalya estava séria, guardando para si a tristeza que mal conseguia disfarçar. Ela não daria o braço a torcer, mas tinha braços longos para envolver as amigas.

Assim que as três deixaram a troca de chamegos de lado e voltaram a arrumar as caixas que faltavam, Lukas aproveitou a oportunidade para consolar Natalya.

– Nat, você pode ficar aqui comigo. Não precisa ficar sozinha naquele *apê deprê*...

Natalya deu um tapinha de leve no rosto dele.

– *Apê deprê* coisa nenhuma! Aquele é o meu canto.

— Eu só deixo você voltar para o seu canto se você me deixar ir visitá-la de vez em quando. — Ele passou por trás dela, e desenhou com o pincel um minúsculo coração acima do seu cotovelo. — O Bronx pode ser muito inspirador para artistas surrealistas.

Natalya se inclinou para ver o que ele havia feito e, percebendo a tinta ainda fresca, deu-lhe as costas e juntou seu braço no dele, transferindo um pouco do desenho. Então, perguntou:

— O Bronx ou uma certa garota de cabelos cor-de-rosa?

Sem lhe dar tempo de se arrepender do que tinha dito, ela tinha os lábios presos pelo beijo afobado de Lukas. Depois de enfrentar a resistência dela por algum tempo, ele acabou por vencer, e Natalya retribuiu, roubando todo o fôlego do rapaz.

Sem poder ignorar a cena romântica diante delas, Bianca e Mônica comemoraram. Para alegria da torcida, Enrique dançou e Natalya tirou o bilhete premiado. As duas podiam apostar que a amiga não seria a Rainha da Noite do Bronx, mas a musa em cuja beleza um pintor polonês se inspiraria para enfeitar as paredes das grandes galerias de Manhattan.

Bianca sorriu ao pensar que ao menos uma das três *roommates* teria um final ao estilo "felizes para sempre", para ninguém ousar duvidar de contos de fadas. Certa vez confidenciara para Mônica que o "para sempre" lhe bastaria ainda que fosse *por enquanto*. Mas isso foi antes de conhecer o amor. Ela não se contentava com a mera lembrança do que poderia ter sido infinito. Ela queria o final feliz. E, no final feliz, o para sempre não acaba. Renato Russo poderia ter escrito a música só para contrariá-la, mas ela não se importava com isso. Ela queria e continuaria a ser simplesmente romântica.

🎬 🎬 🎬

Uma semana a separava do ontem e apenas o hoje a separava de todo um futuro que tinha pela frente. Depois de entregar o roteiro nas mãos de Dan, ela não sentiu o alívio do peso que lhe saía dos ombros, como pensou que sentiria. Ao contrário. Bianca percebeu que seu trabalho estava apenas começando e que tudo o que fizesse com sua vida dali em diante deveria superar o que havia feito.

Mônica se esforçava para tirar a bagagem do chão enquanto Natalya chamava o táxi pelo telefone. Bianca não se surpreendia por sua mala não estar tão pesada, uma vez que não comprara praticamente nenhuma roupa nova, e muitos dos cachecóis que nem chegou a usar preferiu dar a Mônica, que ficaria mais uma semana na cidade experimentando a prévia do frio de novembro, que já começava a apertar. Ao chegar perto da amiga para ajudá-la, pegou-a chorando baixinho.

– Nós vamos nos ver em breve. Prometo visitar você em São Paulo – disse Bianca, soltando a mão de Mônica da alça da mala. – É bom já ir separando um armário para mim no seu quarto!

Mônica sorriu entre as lágrimas:

– Eu também prometo que vou ao Rio. Quer fazer um juramento de sangue?

– Não, obrigada – disse Bianca, escondendo o braço atrás das costas. – Eu confio na sua palavra.

– Ok. Eu confio na sua também.

Mônica a abraçou com tanta força que Bianca sentiu os músculos adormecerem.

– O táxi já está a caminho – anunciou Natalya. Vendo que Bianca e Mônica não se largavam, resmungou: – Parem com essa pieguice. Vocês me dão nojo.

Bianca piscou para Mônica e as duas correram para dar um abraço-sanduíche na russa, que, quando se deu por vencida, começou a rir junto com elas. A despedida calorosa só terminou quando o senhorio tocou o interfone avisando da chegada do táxi.

Mister Gennaro desvencilhou-se do rapaz, que já havia queimado um maço inteiro de cigarros na portaria do prédio, e abriu a porta do elevador para as três saírem com as malas. Quando Bianca viu Juan escorado na porta do edifício, sentiu um aperto no peito. Da última vez que estivera com ele, as notícias não foram boas. Deixando todos para trás, ela largou as malas pelo caminho e só respirou quando parou na frente dele.

— Aconteceu alguma coisa?

Juan atirou o cigarro no carpete do hall e o apagou com a sola do sapato. Ofendido, Mister Gennaro preparou-se para interferir, mas Natalya segurou o braço dele.

— Ele está indo embora, Bianca. Agora é pra valer – comunicou Juan.

— O que você quer dizer com "pra valer"?

— Que ele não volta nunca mais. – Juan olhou para o relógio de parede sobre os escaninhos. – Está embarcando agora para a Itália.

Bianca pensou em tantas coisas que podia dizer a Juan, sobre ela não ter nada a ver com a vida de Salvatore, sobre ele ser adulto e responsável por suas decisões, sobre ela já ter se intrometido demais na vida dele. Mas, no fim das contas, só queria saber o horário e o número do voo.

Ela olhou para as amigas. Ao contrário de Mister Gennaro, que só conseguia pensar no estrago em seu carpete, elas a incentivaram:

— Nós levamos suas malas no táxi – disse Natalya. Bianca nunca vira brilho igual nos olhos dela. – Vai e beija o sapo!

— Um *Romeo* não aparece duas vezes na vida de alguém. Quantas vidas mais ele vai ter que perder até encontrar a sua Julieta? Escreva um final feliz – encorajou Mônica.

Bianca piscou para as amigas e concordou. Depois tornou a olhar para Juan, que acendia outro Marlboro só para provocar o velho senhorio.

— Ele corre riscos, não é? – ela perguntou.

Juan confirmou com a cabeça.

— É praticamente um suicídio, Bianca.

Sem querer ouvir mais nenhuma palavra, subiu na moto de Juan e colocou o capacete dele.

— Você vem? – ela perguntou.

Um Herói para Ela

🎬 🎬 🎬

As três portas de embarque estavam abarrotadas de famílias que viajavam para o fim de semana. O mais fácil era cruzar o átrio entre carrinhos de bagagens e crianças alucinadas. O mais difícil era, na ponta dos pés, conseguir localizar um rapaz alto, de cabelos rebeldes, moreno e carregando uma mochila de escalada nas costas. Havia tantos como Salvatore e não havia ninguém como ele.

Enquanto Juan atravessava o saguão principal procurando na área do *check in*, Bianca montava guarda ao lado dos seguranças que verificavam os passaportes. Ela sabia que não adiantaria pedir para entrar na área reservada aos passageiros, por isso tentava enxergar alguma coisa além da porta. Como em muitos filmes de partidas e chegadas, ela também sabia quão difícil seria que ele voltasse se já tivesse entrado.

Bianca parou diante de uma mulher que aparentava ser a menos mal-humorada dos três funcionários da companhia aérea. A última chamada do voo 343, com destino ao Aeroporto Internacional de Catania, Itália, já estava sendo anunciada nos monitores de LCD.

– Estou procurando um rapaz chamado Salvatore Giovanni. Sabe me dizer se ele já embarcou?

No modo automático, a mulher consultou o computador, para depois confirmar.

– Não há ninguém com esse nome no voo 343.

– Tente, então... Marcello Berruti.

A mulher ergueu os olhos do computador com uma expressão desconfiada.

– Por favor – insistiu. Percebendo a relutância, Bianca só pensou em apelar para frases de efeito. Sempre funcionavam na ficção. – É caso de vida ou morte.

Aparentemente, só mesmo na ficção. A desconfiança passou para o desdém. E, então, paranoia.

– Está insinuando que existe algum perigo neste voo, senhora?

Bianca rapidamente percebeu que havia pronunciado uma frase proibida em qualquer aeroporto americano. Se Bianca dissesse que havia uma bomba na aeronave, muito provavelmente conseguiria o seu intento. Mas, além de provocar o atraso dos planos de milhares de pessoas, ainda seria interrogada, mantida sob custódia no aeroporto e, provavelmente, perderia seu voo, que partiria dentro de meia hora para o Brasil.

– O único perigo que existe é o de eu perder para sempre o homem que eu amo.

– O Salvatore ou o Marcello? – indagou a mulher, curiosa.

– O *Salvatore*.

Bianca reparou que a funcionária olhava para o lado direito. Embora fosse levemente estrábica, a mulher havia mudando a expressão e agora não estava mais desconfiada ou curiosa. Parecia amedrontada.

– Sinto muito. Ele deve ter viajado em outro voo.

– Posso ajudar em alguma coisa, Bianca? – perguntou Juan, colocando a mão no ombro dela.

Bianca percebeu, afinal, que a funcionária olhava fixa e angustiadamente para Juan. Antes que ele pudesse causar algum embaraço no saguão (e parecia disposto a isso), Bianca o puxou pela manga da jaqueta para um lugar mais afastado da porta, a sala de espera para o embarque.

Os dois conseguiram um lugar para sentar na confusão de malas e passageiros, bem de frente para a imensa janela panorâmica que dava para a pista de decolagens e aterrissagens.

– Ele tem uma nova identidade – informou Bianca, tentando soar natural e despreocupada.

Juan não pareceu surpreso.

– Ele pediu desmembramento da família daqui e se tornou um fugitivo. Não quer deixar rastros. Não quer ser encontrado.

– Nem por eles, nem por mim – completou ela, com a voz amarga.

Juan pensou que Bianca talvez pudesse fazer Salvatore mudar de ideia no último momento. Agora, sabendo que o amigo havia mudado de identidade, percebeu que a decisão fora tomada muito tempo antes. Ainda assim, tentou:

– Bianca, se você quiser, eu faço aquela branquela vesga colocar você dentro do avião. É só dizer – ameaçou, lançando um olhar de esguelha à funcionária, que ainda os observava.

Bianca olhou a paisagem da janela e acompanhou um avião que taxiava pela pista. O céu estava limpo e sem nuvens. Um bom dia para viajar. Mas um péssimo dia para despedidas. Mesmo que quisesse, Bianca não tinha tempo. Se entrasse no avião de Salvatore, perderia o seu próprio voo.

Pelo alto-falante, a funcionária anunciou o encerramento do embarque. Juan ainda esperava uma resposta. As nuvens inexistentes ali, em algum lugar, estavam se movimentando depressa.

Bianca acreditava que suas lágrimas haviam secado e que nunca mais choraria novamente por Salvatore. Então, surpreendendo-a, Juan lhe ofereceu um lenço.

– Eu não vou chorar por ele, Juan – disse Bianca, com frieza, recusando a oferta. – Ele quis assim. Ele foi embora.

No fundo, Bianca sempre achou que Salvatore iria aparecer no último minuto e não a deixaria embarcar para o Brasil. Ela nunca pensaria que ele iria embora sem se despedir dela. Nenhuma das vezes em que se despediram lhe pareceu definitiva. Não como dessa vez.

– Bianca, ele fez isso para proteger você – justificou Juan. – Ele nunca amou nenhuma mulher como amou você.

Ela estava cansada de ouvir a mesma desculpa.

– O Salvatore é a única pessoa que eu conheço que se suicidou duas vezes. Isso faz dele um ser humano duplamente covarde, incapaz de enfrentar a vida, o amor e a sua própria história.

Juan lamentou ter ouvido aquelas palavras justamente de quem Salvatore havia tantas vezes tentado não decepcionar. Ele entendia que Bianca estivesse magoada e inconformada por não ter tido a chance de amar Salvatore como gostaria. Mas não podia deixar que ela guardasse uma imagem injusta do seu amigo.

— Às vezes precisamos nos esconder para nos encontrarmos, Bianca. Toda a vida do Salvatore foi assim. Ele precisou se esconder do pai, a única família que conhecia. Precisou se esconder da mãe, que ele amava. Precisou se esconder em uma terra estrangeira sem nenhum tostão no bolso. Precisou se esconder por trás de uma máscara para se expressar. Precisou se esconder de você para não perdê-la para sempre. Por isso tudo, eu não acho o meu amigo um covarde. Ele é o homem mais corajoso que eu já conheci. É preciso coragem para não nos perdermos de quem somos enquanto tentamos nos encontrar.

— Ele me disse que tem medo de amar — ela falou, como um desabafo.

— Do que ele tem medo é de não merecer o seu amor. Você alguma vez lhe disse *eu te amo*?

Bianca sentiu a ardência das lágrimas. Juan tornou a lhe oferecer o lenço, e ela desta vez aceitou. Enxugando os olhos, lembrou-se das palavras que nunca havia dito, talvez, também por medo. Ele ao menos tinha tido a coragem de admitir isso.

Então, com o som de um foguete rompendo o espaço, um avião com as cores da bandeira italiana ganhou o céu.

Parecia ontem o dia em que esteve ali naquele saguão de aeroporto, perdida entre as pessoas, à procura de si mesma. Dois meses depois, o lugar era o mesmo, mas ela, não. Depois de um longo *brainstorming*, Bianca descobriu que a protagonista da sua história nunca havia existido, que ela só existira em sua imaginação.

Sua história começava finalmente a sair do papel. Uma tomada de cada vez, sem necessidade de cortes, sem acelerar ou voltar no tempo. Só era preciso encaixar cena a cena no seu devido lugar e momento. Como aquela, em que um homem calvo em uma camisa azul-marinho sobressaía entre dezenas de pessoas. Ou a que se sucedeu, na qual uma mulher de cabelos cacheados cheirando a jojoba lhe dava um abraço apertado, um beijo na bochecha e dizia: "Bem-vinda de volta, filha".

O regresso deveria ser como reconhecer símbolos e readequar referências de uma antiga vida que não mais seria a sua. Mas nenhum dos seus afetos e lembranças sensoriais Bianca queria deixar no passado. Tudo devia permanecer igual, com exceção dela. O aroma do café e dos biscoitos de canela assando no forno, o perfume de lavanda dos lençóis, o cheiro do vento que trazia o calor de outra estação e, enfim, a delicadeza do toque das pétalas de uma rosa branca que jazia sobre a sua cama, envolta em uma fita vermelha.

– Mãe! – ela gritou.

Helena entrou no quarto com a bandeja de biscoitos na mão.

– Trouxe para você escolher o seu, antes que o seu pai pegue os maiores – disse baixinho.

– O que é isso? – perguntou Bianca, apontando para a rosa sobre a cama.

A mãe olhou fixamente para a flor.

– É uma rosa, filha.

– Eu sei! Mas o que ela está fazendo aqui? De onde veio? Quem entregou isso?

– O carteiro entregou esta manhã, um pouco antes de sairmos para buscar você no aeroporto.

– Não veio em uma caixa?! Não tinha um cartão ou endereço, nada?

– Chegou numa caixa de uma loja de flores. – Helena arqueou as sobrancelhas finamente delineadas.

Bianca correu e deixou a pergunta da mãe pendurada no quarto. Depois de revirar o balde de lixo, encontrou a caixa de papelão amassada. A rosa fora embalada por um florista internacional, com filiais em vários países do mundo. Ao desligar o telefone, ela não se conformava com a justificativa da central de atendimento de que o remetente havia pedido sigilo. Era sua única chance de descobrir o endereço de Salvatore na Itália. E ele não quis deixar rastros. Não queria que ela o procurasse.

Mesmo triste pela decisão que ele havia tomado, ela estava aliviada por saber que Salvatore estava vivo, por ele ainda pensar nela e, claro, por não ter esquecido a rosa que estava lhe devendo pelo seu último salvamento. Ela sorriu sozinha, de um infeliz e pleno contentamento, sentindo a doçura de veludo das pétalas em seu rosto.

Ronaldo entrou no quarto, despertando-a de lembranças secretas e a trazendo para a vida real. Bianca tornou a sentir o sabor de aconchego da canela no ar e, então, um toque diferente em sua face, de uma textura áspera e conhecida. A barba do pai lhe fazia cócegas. Como era bom ser alguém diferente em sua própria vida.

🎬 🎬 🎬

Alguns dias depois, contra a vontade e todos os apelos de Bianca, Ronaldo emoldurou e pendurou na parede da sala o diploma da NYFA. Em coro com Helena, ele dizia que uma grande conquista merecia um grande destaque. Bianca desistiu de implicar quando percebeu que o orgulho que os pais sentiam dela lhes fazia bem. Eles sorriam mais vezes e não a questionavam sobre nada.

No entanto, o súbito interesse de Bianca por tudo o que se referia à Itália provocou curiosidade e alguma preocupação em Helena e Ronaldo. Desde que voltara dos Estados Unidos, a filha passava os dias trancada em seu quarto ouvindo música e assistindo a filmes italianos. Até aos jogos da segunda divisão do campeonato italiano ela assistia. Instruída pelo marido, Helena aceitou matricular-se com Bianca em um cursinho de italiano para ocupar mais o seu tempo (e pegar menos no pé dele).

A primeira segunda-feira após o regresso à rotina era o dia marcado no calendário como seu primeiro dia de trabalho. Seu Fusca podia não ter a potência do Porsche de Paul, mas Bianca sentiu saudade do cheiro de couro velho e da alavanca do câmbio, que cabia na palma da sua mão. Mesmo demorando um pouco a pegar, o humilde carrinho nunca a deixara na mão. Tampouco o Seu Joaquim, que veio depressa em seu socorro para ajudá-la a estacionar.

Assim que Bianca tocou o botão para chamar o elevador, o porteiro veio correndo alertá-la.

– Tem certeza de que vai andar no "poço do diabo", doutora? Ontem mesmo ele passou por uma inspeção.

– Uma boa oportunidade para atestar se os técnicos fizeram um bom trabalho – ela disse. – Não se preocupe. Todo dia é dia de correr riscos, Seu Joaquim. – Ela ofereceu um chiclete de limão ao porteiro. – Nem que seja pela última vez.

Bianca não sabia quantificar o trabalho que lhe aguardava sobre sua mesa, mas era suficiente para esquecer as horas de almoço durante várias semanas. Ela começou organizando as pastas por cores quando o Dr. Costa Galvão entrou no gabinete sem bater na porta e, silenciosamente, chegou pelas suas costas, fungando em seu pescoço.

– Vejo que já está se inteirando do trabalho, Doutora Villaverde. Sempre eficiente. – Ele lhe deu um tapinha no traseiro para não perder o hábito. E a sem-vergonhice.

O que Dr. Costa Galvão não contava é que Bianca se viraria de frente para ele. Por um instante e pelo sorriso misterioso no rosto dela, ele se alegrou, pensando que estivesse sendo receptiva. Então, como uma boa dose de atrevimento, ela sorriu também.

– Eu só não chamo o senhor de cavalo porque o animal se ofenderia.

Bianca pegou uma das pilhas de processos e, depois de pisar no pé do chefe, marchou até o gabinete dele e largou tudo sobre a mesa. Depois, ao voltar e encontrá-lo no mesmo lugar, imóvel, com uma careta angustiada pelo pisão que levou, Bianca completou:

– O senhor receberá a minha carta de demissão ainda hoje.

Sem mais nenhuma palavra, Bianca bateu a porta por trás de si. Ela não fazia ideia do que seria dela daquele dia em diante. Não fazia ideia de quanto teria de pagar de indenização pelo aviso prévio que não deu, mas pouco se importava se não teria dinheiro até encontrar um novo trabalho. Aquele era mais um dia para correr riscos, mais um dia para viver, para não ter medo de sofrer, de errar, de se arrepender. Era só o primeiro dia do resto da sua vida.

32

FADA-MADRINHA

Rio de Janeiro, um ano depois.

O voluntariado na ONG de teatro social ocupava todas as horas vagas que os horários da faculdade de cinema lhe permitiam conciliar. Bianca se contentava com a mesada que o pai lhe dava e com os honorários de alguns processos que conseguia como advogada *freelancer*. Nunca mais rosas brancas. Nunca mais "Unchained Melody". Nunca mais nada do que a fizesse lembrar Salvatore. Do curso de italiano que começara com sua mãe, ela desistiu. Helena, ao contrário, tornou-se uma aluna aplicada que até falava sozinha, ouvindo as aulas gravadas pelo iPod enquanto fazia o trabalho doméstico.

Aquela manhã de primavera era especial, pois ela reencontraria a amiga Mônica, que não via desde Nova York. A promessa de que se visitariam durante o ano que passou não foi cumprida por motivos mais fortes do que a vontade delas. Pouco depois de seu regresso ao Brasil, Mônica recebeu a notícia de que havia passado em uma audição para o musical de "O Fantasma da Ópera" no Canadá e se mudou para lá. Com a agenda apertada, conseguiu tirar férias curtas e, antes de visitar a família em São Paulo, decidiu que iria ao Rio de Janeiro. Bianca se perguntava quando havia se tornado tão importante na vida de alguém. De tudo o que aconteceu na temporada em Nova York, sem dúvida, Mônica foi a única verdadeira lembrança que ainda se fazia presente em sua vida.

A campainha tocou três vezes enquanto Bianca terminava de calçar os sapatos. Ainda com um pé descalço, ela passou por Helena, que estendia algumas roupas no jardim, e puxou um dos fones que lhe tapavam os ouvidos. Helena atirou uma meia molhada em sua cabeça. Bianca se desviou por pouco. Puxa, meia *molhada* era maldade!

Quando abriu a porta, a reação foi a mesma dos dois lados. Nenhuma das duas fez ou disse nada durante pelo menos um minuto. Mônica estava bonita, com os cabelos negros e sedosos escorridos até abaixo da cintura. Ela usava sombra azul-clara nos olhos puxados, que combinava com a blusinha decotada que vestia, e havia se rendido aos saltos altos. Sua pele de porcelana tinha um rubor saudável nas faces, e os lábios, um leve toque de batom. Como certas coisas não devem mudar nunca, Bianca não deixaria de reparar no broche de feltro, marca registrada da amiga.

– Você está linda – disseram as duas ao mesmo tempo.

Mônica estava admirada de como Bianca ficava bem com a pele bronzeada e os cabelos mais claros e curtos, acima dos ombros. Ela prendia uma mecha da franja com um lacinho vermelho e usava um vestido branco com aplicações de renda no busto e na barra da saia com um casaquinho de crochê da cor do prendedor. Era exatamente assim que se lembrava da amiga, com o mesmo sorriso sereno no rosto.

As duas se abraçaram por um longo tempo até Bianca puxar Mônica para dentro de casa e arrastá-la pelo jardim, onde Helena terminava de pendurar a última meia no varal.

– Mãe, essa é a Mônica! – apresentou Bianca.

– *Ciao! Molto piacere. Sono felice di conoscerti, Mônica* – Helena falou no modo automático, como se repetisse alguma frase que ouvia no iPod.

– Sua mãe falou mesmo italiano comigo? – cochichou Mônica no ouvido da amiga.

– Ela só fala italiano agora... – desabafou Bianca, cruzando os braços. – Disse que está feliz por conhecê-la.

Helena tirou os fones do ouvido e completou o que ainda tinha para dizer:

– Sinta-se em casa, meu bem. Tem suco de caju na geladeira e um bolo de cenoura fresquinho, que fiz hoje de manhã! Bianca me disse que é o seu favorito.

Mônica não tinha dúvidas de quem Bianca havia herdado a delicadeza.

No quarto, as duas se jogaram na cama, como faziam no sofá quando chegavam à casa do Bronx. Com as pernas para cima e a barriga no colchão, sorriam sem dizer nada uma para a outra.

– Nem acredito que você está aqui! – disse Bianca, rompendo o silêncio.

– Não sabe como sonhei com isso, Bia.

– Como é a vida no Canadá? Como é trabalhar na Broadway canadense? Conta tudo!

Mônica abraçou uma das almofadas.

– Vou ficar uma semana no Rio, e vamos ter tempo para falar de mim. Agora quero falar sobre você.

O sorriso de Bianca murchou. Ela não considerava sua vida atual interessante para ser tema de conversa nenhuma, muito menos com a amiga que não encontrava havia um ano.

– Você sabe de tudo. Eu te disse que estou fazendo faculdade de cinema e voluntariado, e que...

– Quero saber como está o seu coração. Depois *dele* – Mônica falou num tom mais baixo. – Você sabe quem.

Bianca estranhou o interesse repentino em sua vida sentimental, tendo em conta que elas raramente tocavam no assunto.

– Nunca mais namorei ninguém – respondeu Bianca, com rispidez.

– Onde está aquela sua carta de objetivos? – lembrou Mônica, ajeitando o cotovelo em cujo braço apoiava a cabeça.

Olhando de soslaio para a amiga, Bianca se levantou bruscamente.

– Por quê?

– Não me diga que rasgou, queimou, jogou fora! – cobrou Mônica.

– Pensei em fazer isso tudo, mas ela continua no mesmo lugar.

Bianca não queria mexer naquele passado tão bem escondido sob sua cama. Ao abrir a gaveta e retirar o livro onde ainda guardava a carta, deparou com a caixa de madrepérola, que nunca mais havia aberto. Contrariada, entregou a carta na mão da amiga.

Mônica tocou o papel como se fosse uma relíquia, e releu:

"Além de roteirista de sucesso, e talvez mais do que isso, eu quero encontrar o meu príncipe encantado".

– Tem coisas mais importantes aí nessa carta do que essa frase, Mônica.

– Talvez.

Sem demonstrar o mínimo sinal de sensibilidade, Mônica rasgou o papel ao meio, depois o picotou de novo e mais uma vez, até que estivesse reduzido a quase nada. Sem reação, Bianca tirou os restos do falecido documento da mão da amiga.

– O que deu em você? Ficou doida? – contestou, desesperada.

– Se você não teve coragem para fazer isso, eu tive.

Bianca ficou tão chocada que não sabia como agir ou o que dizer naquele momento. Era inútil juntar os pedacinhos de papel. E o que quer que dissesse não os uniria de novo.

– Você pensa que ignora o seu passado, mas sabe exatamente onde está guardado! – Mônica exaltou-se.

– Mônica, você não sabe de nada – Bianca empregou o máximo de firmeza no tom de voz. – Estou correndo atrás do meu sonho. Vou ser uma roteirista de sucesso. Talvez demore um pouco, mas o importante é que estou vivendo o futuro independente de realizar o meu sonho. Um amigo que eu nunca vou esquecer uma vez me disse que não se deve esperar pelo final feliz, que o *para sempre* é agora. Eu não olho para o passado.

Após um breve instante de silêncio, Mônica levantou o queixo da amiga e a obrigou a fitar seus olhos.

— Eu sei. Você me mostrou isso naquela estação de trem em Nova York. Foi o passado que passou por nós quando aquele trem arrancou e nós o perdemos. Não fomos nós que passamos por ele. Por isso, não esquecemos. Bia, em dois meses de convivência intensa deu para conhecê-la um pouco. Você voltou para o Brasil e recomeçou sua vida. Muito bem, isso é ótimo e eu estou orgulhosa dos seus projetos e por saber que você está otimista no seu dia a dia. Mas, enquanto não tomar a iniciativa de correr atrás do passado que perdeu, você não estará completa – assegurou, com veemência.

— O que você sabe sobre isso? Como sabe o que eu sinto? Eu não quero olhar para trás. Quero olhar para a frente!

— Você só pode olhar para a frente se resolver o que ficou no passado. Você não quer vê-lo, mas o trem ainda não saiu da estação. Ele está te esperando. Acompanho o seu blog, leio os contos que você posta – Mônica tornou a se deitar na cama, desta vez de barriga para cima. – Eu a ouço por horas no Skype, falando de tudo menos da sua vida amorosa. Você esconde de si mesma o quanto lhe faz falta acreditar no amor.

O desembaraço com que Mônica falava de sua vida deixou Bianca impressionada, pois, mesmo um ano depois, elas pareciam nunca ter estado separadas.

— Esse passado sobre o qual você está poetizando me ensinou que não preciso de ninguém para ser feliz. Aprendi a ser autossuficiente – disse Bianca, segura de que um dia ainda iria se convencer daquilo. Por enquanto, ficaria satisfeita se Mônica deixasse de falar no assunto.

— Isso é mentira! – acusou Mônica. – Todo mundo precisa de alguém, até os autossuficientes. Você continua a mesma romântica que eu conheci no Bronx, que acreditava em contos de fadas e príncipes encantados. Por que não escreve um final feliz para a sua vida? – Mônica ergueu as sobrancelhas numa expressão triunfante que sempre fazia quando chegava aonde queria com a conversa. – Ao lado de um certo... *anti-herói*?

A expressão de Bianca se contorceu. O que ela pensava que seria um reencontro com uma nova Mônica lhe mostrava que não apenas a amiga, mas ela própria não havia mudado nada.

— Por que está falando nisso? Você sabe que eu já vivi um romance de ficção, Mônica. Só que, em vez de cavalos brancos, palácios e finais felizes, o meu teve armas, reféns e mafiosos. Não preciso voltar a me iludir para amar de novo.

Mônica revirou os olhos. Ela percebeu que a amiga ainda estava na fase de negação, considerada por muitos como a primeira das cinco fases dos términos de relacionamento. Secretamente ela vibrava, pois tinha uma carta, ou melhor, ingressos, na manga.

— É verdade — Mônica disse. — Para amar de novo, você precisa apenas de uma fada-madrinha. Então, hoje vamos ao cinema assistir a um romance — anunciou, exibindo os dois bilhetes que estavam dentro da bolsa. — Você precisa saber que ainda vale a pena acreditar em contos de fadas.

🎬 🎬 🎬

Durante toda a tarde, Bianca sentiu-se como naquele programa americano *The Swan,* com a diferença de que estava passando por uma transformação compulsória. Ela não queria fazer escova no cabelo, se maquiar ou se vestir como se estivesse saindo para um baile no castelo do príncipe. Mas era difícil deter Mônica quando ela já havia planejado tudo.

— Esse vestido é a sua cara — disse, abrindo o embrulho que trouxera em uma sacola sofisticada. — Não vale recusar, porque é um presente meu. E veio do Canadá.

Depois de regular as alças do vestido (mais largo do que o tamanho de que Mônica se lembrava, pois a amiga perdera um pouco de peso depois que abandonou o hábito de comer Pop Tarts no café da manhã), Bianca se olhou no espelho sob a vigilância de Mônica. Não é que achou que o azul-cobalto lhe ficava bem?

– Há quanto tempo você planeja essa ida ao cinema? – perguntou Bianca, deixando escapar uma risada.
– Fadas não planejam. Elas realizam!

FINAL

O PARA SEMPRE

Mônica estava levando a ideia de fada-madrinha a sério demais, e Bianca começava a ficar preocupada. Não só havia comprado os ingressos para o filme como havia reservado a sala com a tela de melhor definição de imagem e som só para elas. Uma sala de 250 lugares para duas pessoas? Era um exagero. Bianca nem sabia que tal luxo era possível em plena sexta-feira à noite.

As duas estavam lado a lado na fila da pipoca quando uma criança se aproximou e pediu que Mônica lhe ajudasse a comprar o ingresso, uma vez que era menor de idade e não podia assistir a um determinado filme. Mesmo contra as recomendações de Bianca, Mônica cedeu e foi ajudar o menino.

– Bia, eu já volto! – prometeu a amiga, tomando uma distância cada vez maior.

– Me diga ao menos o nome do filme e o horário da sessão! – gritou Bianca, inutilmente, tentando equilibrar dois pacotes gigantes de pipoca nos braços.

De todos os cartazes dos filmes em exibição, o que a deixava mais curiosa chamava-se "Enquanto Durar o Para Sempre". *Um filme de Riccardo Marconi*. Observando o cartaz branco com apenas o título no centro, parecia *cult*. O fato de ser uma produção independente lhe atraía mais que os *blockbusters* hollywoodianos. Pena que fosse italiano.

Pena que, provavelmente, a concluir por aquele título clichê, era mais um filminho com final feliz. Bianca insistia em pensar que, embora continuasse a ser a mesma romântica de sempre, sua vida agora era outra. Assim, não podia se culpar se ultimamente preferisse filmes como "Duro de Matar" e suas infinitas sequências.

– Tomara que a Mônica não tenha escolhido esse – ela murmurou.

De repente, sentiu a proximidade de alguém por trás de si, e uma voz sensualmente rouca e suave sussurrou ao seu ouvido:

– Roteiro original de Bianca Villaverde.

Ao inclinar levemente a cabeça por cima do ombro, ela sentiu a respiração do homem em seus cabelos. Um calafrio lhe subiu pelo braço quando ele segurou a sua mão. Não era preciso vê-lo para senti-lo, nem ouvi-lo para saber quem era. Assim, ela preferia ficar naquela posição entre o ser e o quase ser, entre a fantasia e a realidade, entre o duvidar e o acreditar.

Tocando de leve a cintura dela, ele a girou. Os dois pacotes de pipoca viraram no chão. Os grãos tão quentinhos, recém-estourados, se espalharam pelos pés das inúmeras pessoas que se cruzavam e esbarravam apressadas entre eles. Entre tanta gente, Salvatore era o único que olhava para Bianca. Ela era a única que olhava para ele. E nada mais, ninguém mais existia ali quando o tempo parou.

Bianca tinha a impressão de que havia perdido o controle dos próprios sentidos. Porque sua visão já estava refém do verde-água cristalino que a enfeitiçava, seu olfato, prisioneiro do perfume fresco e provocante que a inebriava, sua mão, capturada pelo toque cálido e envolvente da mão que um dia prometera não soltar. Ela simplesmente sorriu. Ainda que por um breve momento, antes que uma cortina de lágrimas inundasse seus olhos, o perfume inebriante esvanecesse e sua mão libertasse da dele.

Bianca tornou a olhar para o cartaz do filme e, indecisa sobre aceitar ou negar o que estava acontecendo, procurou Mônica para obter respostas. Talvez a amiga lhe pudesse dizer que nada do que estava acontecendo era real. Que aquele homem lindo, confiante, atraente, sedutor e mais vivo do que nunca não era Salvatore e que aquele filme do cartaz não era coisíssima nenhuma baseado no seu roteiro.

▪ ▪ ▪

— O filme vai esclarecer muitas coisas, mas se preferir pode fazer as perguntas agora. — Ele adiantou a resposta a uma delas: — Não se preocupe com a sua amiga. Ela está em boa companhia. — Salvatore apontou para o outro lado do salão. — O meu primo, Nicola.

Bianca viu Mônica acenar ao lado de um rapaz igualmente bem-vestido e fisicamente muito parecido com Salvatore, com exceção dos cabelos loiros.

— A Mônica sabia? — exclamou.

— Ela tem uma importante participação no filme. Ela faz Branca, a protagonista — Salvatore continha um sorriso capcioso nos lábios.

Bianca se entenderia com a amiga traíra depois.

— Por que mudou o título? — ela censurou.

— Porque mudei o final.

— "Para Sempre Enquanto Durar" era menos clichê e mais comercial.

— Talvez. Mas achei muito vago.

Bianca se incomodou com a expressão convencida de Salvatore.

— Ah, sim. Para você, trocar a ordem das palavras e acrescentar um artigo definido no título muda o final de uma história... — ela acusou.

— Não. Para mim, mudar o final da história é mudar o começo. É recomeçar a história, de onde ela terminou.

Bianca talvez entendesse o que Salvatore queria dizer, se quisesse entender. Ela ainda estava em busca de outras explicações.

— Pensei que você tivesse...

— Morrido? Também pensei que fosse morrer. Mas, ao contrário do que meu pai sempre fez com os desertores e traidores, me recebeu com uma grande festa. É claro que, antes, ele soltou os cães em cima de mim. *Literalmente* – enfatizou, suspirando. – Nem queira saber quantas cirurgias plásticas tive que fazer... – Ele esperou que Bianca achasse graça, mas ela continuava impassível e razoavelmente incrédula. – Pois bem. Depois disso, o sangue siciliano pulsou mais forte. Ele me aceitou de volta e antecipou a minha parte na herança.

— Eu conheço essa história... — Bianca desdenhou.

— A parábola do filho pródigo — falou Salvatore. — Antes de ser mafioso, meu pai é muito religioso. — Ele piscou um olho.

— Você voltou a...

— Se eu voltei a trabalhar para ele? Abri uma produtora independente, mas preciso ter um nome de fachada. Embora não esteja mais envolvido com os negócios da minha família, não posso aparecer como eu mesmo. Tenho muitos inimigos.

— Você não é mais um...

— Gângster?

— Quer parar de adivinhar tudo o que vou perguntar?! — aborreceu-se ela.

Salvatore inclinou a cabeça e mirou seus sapatos pretos lustrados e reluzentes. Era mais fácil ver o seu próprio reflexo do que enxergar o passado que lhe condenava aos olhos de Bianca. No entanto, ele não tinha viajado de tão longe e nem esperado tanto tempo para olhá-la de baixo. Seu referencial havia mudado porque ele havia mudado.

— Estou lhe devendo tantas respostas. Só quero abreviar as suas dúvidas.

Com a mão hesitante, ele ajeitou uma mecha do cabelo de Bianca que havia se soltado do prendedor. Aquele simples gesto trouxe à superfície muitas lembranças que ela pensou que tivesse conseguido enterrar. Ela, então, percebeu que ele estava nervoso e que podia baixar sua guarda diante *daquele* Salvatore.

— Eu ainda sou obrigado a usar uma máscara para não ser reconhecido, mas não mais para ver o mundo. Foi a história que você escreveu que me mostrou que meus referenciais estavam errados. Você me deu a chance de reescrever a minha história. E eu usei o seu sonho para isso.

Bianca não quis sorrir, porém os músculos de sua boca se alinharam sem ela perceber.

– Se esse é um recomeço... – Ela estendeu-lhe a mão. – Eu sou Bianca Villaverde. Muito prazer.

Salvatore apreciou o gesto e retribuiu, beijando-lhe delicadamente a mão.

– Riccardo Marconi. Encantado.

– Você aceitaria assistir a um filme comigo, Riccardo Marconi? – ela convidou.

– Sobre o que é a história? – ele perguntou, deixando as covinhas do sorriso revelarem os traços do mesmo menino que costumava oferecer cortesias a donzelas desacompanhadas quando era garçom de um certo restaurante chamado Bambino.

– É sobre uma princesa, um sapo e um príncipe. Não necessariamente o sapo é o príncipe e vice-versa. A princesa também é um pouco confusa. Ela acha que é o que não é. E ninguém é o que pensa que é.

– Acho que já vi esse filme, *signorina* – palpita ele.

– Mesmo? Então, me conte como termina. Quero saber se vale a pena.

– A princesa e o sapo se beijam no final.

– Bem, isso acontece nos contos de fadas.

– E na vida real também.

Salvatore tomou Bianca nos braços e se inclinou sobre ela.

– Espera! – ela interrompeu. – Quem dá o beijo sou eu.

Pousando os braços sobre os ombros dele, Bianca aproximou o rosto devagar e levemente depositou um selinho nos lábios de Salvatore. Ele continuou de olhos fechados, à espera que ela prosseguisse com mais entusiasmo. Bianca tornou a beijá-lo, apaixonada e irreprimivelmente, esquecendo-se de quantas vezes sonhou com aquele momento. Era muito melhor do que em todos os sonhos. E muito mais verdadeiro do que na ficção.

Quando Salvatore tocou a campainha da casa nº 16, a última de uma pacata vila em um bairro da zona norte do Rio de Janeiro, não sabia ainda como iria se apresentar à família Villaverde. A primeira coisa que fez foi tirar os óculos escuros e pendurar na gola da sua camisa branca engomada. Depois, verificou o cabelo, que havia penteado com esmero e uma quantidade abundante de gel. Mas não era a aparência que o preocupava. Ele não se sentia ansioso, tampouco nervoso daquele jeito nem diante das maiores famílias de mafiosos. Embora desta vez não estivesse encarregado de tratar de negócios, o que estava em jogo era muito mais valioso do que qualquer diamante que já houvesse contrabandeado.

– *Ciao!* – cumprimentou Helena, abrindo a porta com um largo sorriso ao fazer o primeiro scanner do visual. Era a primeira vez que ela atendia a porta para um pretendente vestindo um blazer Valentino.

– *Benvenuto!* – disse ela, orgulhosa por finalmente colocar suas aulas em prática.

– *Ciao! Riccardo. Molto piacere.* – Ele estendeu a mão direita, enquanto segurava um ramo de rosas brancas com a esquerda.

Ao cumprimentá-lo, Helena reteve sua mão durante algum tempo.

– Riccardo? Não é Salvatore?

Ele havia se esquecido de combinar com Bianca sobre suas múltiplas identidades. Elementar.

– É... *Salvatore* Riccardo – acrescentou ele, oferecendo as flores.

– Obrigada. São lindas... – Ela pousou o arranjo em um vaso e apontou para o sofá. – Bianca está terminando de se arrumar.

Ronaldo, intimado pela mulher a participar da conversa, deixou o escritório e deu o ar de sua presença na sala.

– Pelo menos esse rapaz é bonito. Bonito *até demais...* – cochichou Helena ao ouvido do marido.

– Não comece a procurar defeitos – resmungou Ronaldo. Depois, voltando-se para o visitante, perguntou: – Então, Riccardo, em que você trabalha?

O casal se inclinou sobre os joelhos, aguardando a resposta com expectativa. Salvatore se recostou no sofá e, ao ouvir passos, olhou para a escada, por onde descia Bianca usando um vestido floral em tom de pêssego. Ele não se esquecia de como ela era linda, mas, com a brasilidade aflorada, parecia uma verdadeira princesa. Assim como uma flor que em seu solo permanece viçosa e exuberante, Bianca era a sua própria essência redescoberta e renascida, e esbanjava isso sem nem se dar conta.

– Ele é produtor de cinema – disse Bianca, sentando-se no apoio de braço ao lado do namorado. – Não é, *amore mio?*

Ronaldo e Helena se entreolharam, admirados. Antes que começassem o interrogatório, Salvatore tirou uma caixa de presente de um bolso interno do blazer e a entregou nas mãos de Helena.

– Asseguro-lhes que vão aplaudir no final – ele disse, com seu português quase impecável, recém-aprendido de cursos *online* e das centenas de filmes brasileiros a que assistira durante o último ano.

– Modesto você, hein, rapaz? – comentou Ronaldo, soando tão rabugento quanto pretendia.

– O roteiro é de Bianca – Salvatore fez questão de frisar.

Bianca fulminou Salvatore com um olhar histérico. Ela não pretendia dizer a novidade aos pais sem prepará-los. Na verdade, ela não havia sequer pensado em lhes contar coisa alguma sobre aquele filme. Não tinha explicação para ele e achava que nunca teria. Parecia ainda um sonho irreal. E ela estava com medo de acordar.

– Bianca escreveu?! – espantou-se Ronaldo, querendo tomar o embrulho das mãos da mulher.

Helena se apressou e, com os dedos trêmulos pela emoção, desfez o laço de fita. Ao ver o nome da filha na capa, abriu um sorriso que Salvatore percebeu que, não coincidentemente, era tão belo quanto o de Bianca.

– Veja isso, Ronaldo – entusiasmou-se ela, impondo a capa à frente do marido. – Nossa filha é uma roteirista de verdade!

– Ela sempre foi – disse o pai, resistindo à emoção inutilmente. Ele puxou Bianca para um abraço apertado e percebeu que chorava. – Eu tenho muito orgulho de você, filha. Você vai ser sempre a minha menina, mas eu sei que vou ter que dividir você – espiou Salvatore de soslaio

—, pois o mundo ganhou uma roteirista. O mundo descobriu você, filha. E agora você também vai descobrir o mundo. Vocês riram de mim, Helena... – ele apertou a mão da mulher. – Eu não disse? Um dia ela estará em Cannes, Berlim...

– E por que não no Kodak Theater? – indagou Helena, enxugando as lágrimas que lhe corriam pelo rosto ao lembrar-se de quando recortara o anúncio da bolsa da NYFA no jornal. Não lhe parecia tanto tempo assim, mas esse é o sentimento que fica quando cada segundo é aproveitado ao máximo. Como se passasse rápido demais. Tanto tempo pode caber em pouco tempo, ela pensava.

– Eu não seria quem eu sou se vocês não acreditassem em mim. Devo tudo a vocês. Obrigada, mãe. Obrigada, pai... Eu amo muito vocês. – Bianca se surpreendeu soluçando compulsivamente. A explicação que achava que teria que dar aos pais não importava. Eles acreditavam nela independentemente de seus atos ou de suas palavras.

Enquanto os três se abraçavam trocando palavras de afeto e agradecimento, Salvatore discretamente ensaiou se levantar do sofá. Embora sentisse falta de experimentar um sentimento de família como o que presenciava, não achava que fizesse parte daquele momento. Foi então que sentiu a mão firme de um pai a segurar seu braço, puxando-o para o aconchego do abraço. E chorou também.

🎬 🎬 🎬

Extensos minutos se passaram desde que os pais de Bianca decidiram estrear o aparelho de blu-ray. Percebendo o desentendimento deles com a pobre vítima eletrônica, Bianca rebocou Salvatore até a cozinha com a desculpa de lhe oferecer algo para beber.

– Não pense que com esse momento tocante você conseguiu a aprovação dos meus pais. – Ela atirou uma ameixa, que Salvatore apanhou no ar. – Você não conhece a minha mãe. Ela é pior do que um soldado. Consegue detectar a presença do inimigo a quilômetros de distância!

— Eu não sou o inimigo — ele protestou, ofendido.

— Para minha mãe, todo cara que eu escolho namorar precisa provar o contrário. O ônus da prova é todo seu — ela deu tapinhas no ombro dele.

— O filme já é prova irrefutável, doutora — ele deu um sorriso convencido. — O que você não contou para eles?

— Especialmente tudo o que se refere a você. Eles só sabem que nos conhecemos em Nova York. Mas, depois de assistirem ao filme, não será difícil juntarem A com B e chegarem à conclusão de que Branca e Salvador somos nós.

— Bem, acho que não me pareço com um guerrilheiro mexicano por quem uma abastada donzela americana de ascendência japonesa se apaixonaria... Afinal, ela é a mocinha e ele é o bandido — ele realçou com ironia, dando uma mordida na fruta suculenta. Pela expressão de ultraje no rosto de Bianca, Salvatore percebeu que ela talvez ainda pudesse ter o pé atrás com ele. — Você ainda não confia em mim? Não confia que eu tenha mudado, Bianca?

Uma gota do suco da fruta ficou parada no canto da boca de Salvatore. Bianca perdeu momentaneamente o fio da meada. Por um momento, já nem se lembrava do que ele havia acabado de lhe perguntar, mas sabia a resposta. Repentinamente ela viu no pano de prato a solução para aquela questão.

— Confiar em quem, em vez de chegar montado em um cavalo branco, aparece em um helicóptero de combate? — Ela esfregou o pano e a ironia no rosto dele. — Você precisa me surpreender mais.

— Isso é fácil. Espere só pelo próximo filme que nós vamos fazer.

— *Nós* vamos fazer? — ela desdenhou.

— Você agora é minha roteirista exclusiva, *Signorina* Bianca Villaverde — ele comunicou.

Ela apoiou o dedo no queixo, numa pretensa reflexão.

— E se eu não quiser ser roteirista *exclusiva*?

— Estou acostumado a conseguir tudo o que quero — ele disse, em tom grave, reproduzindo uma fala do personagem Salvador.

Com as costas pressionadas contra a geladeira, ela ensaiou colocar a mão no puxador da porta. Salvatore a impediu, prendendo seu braço às costas.

– Tenho pão de queijo e guaraná, se quiser – ela ofereceu, descaradamente.

– Não caio mais nesse truque – ele acariciou o rosto dela com a ponta do nariz.

Bianca deixou que Salvatore encostasse os lábios entreabertos nos dela e se entregou ao beijo até sentir que ele estava completamente dominado.

– Meus pais estão na sala, Salvatore – ela o empurrou premeditadamente para o lado e escapou depressa pelo espaço entre a bancada e a mesa de centro.

Por pouco o rapaz não derrubou a louça que estava no escorredor de pratos. Antes que os pais pudessem aparecer procurando desculpas para inspecionar o motivo do barulho e da demora dos dois, Bianca segurou a mão de Salvatore e o arrastou pela porta dos fundos.

– Eu também tenho uma surpresa para você – ela cochichou.

Salvatore foi conduzido pela escada caracol de ferro que dava no terraço da casa. O vento que balançava o vestido de Bianca era o mesmo que espalhava o doce aroma floral que vinha do jardim que ela mesma havia cultivado durante o último ano.

Plantadas acima do cimento e cobertas pelo céu, dezenas de brotos de rosas brancas recitavam, sozinhos, sem necessidade de palavras, estrofes e rimas, uma canção composta de silêncio e luz. Ali, Bianca e Salvatore perceberam que era no silêncio que ecoavam as notas e na ausência de cor que se criava luz. Então ele entoou o seu silêncio ao ouvido dela, e ela soube que aquele momento de intimidade era o seu final feliz.

De mãos dadas, os dois se abrigaram do calor sob a sombra do caramanchão. Embora o sol brilhasse no horizonte, chovia sobre eles o orvalho e a alvura das pétalas que se abriam. Ele tinha algo a dizer que queria ter dito muito tempo atrás, nas areias de Malibu. Parecia ter sido em outra vida. E havia sido mesmo.

— Você me salvou de todas as formas que um homem pode ser salvo. Salvou o Marcello de morrer no esquecimento, guardou o melhor do Salvatore para que ele pudesse ser o Riccardo. Obrigado, Bianca. Muito obrigado por saber quem eu sou e resgatar o melhor de mim. Eu já lhe disse que você é a minha heroína?

— E eu, já disse que te amo?

Em resposta, ele simplesmente balançou a cabeça. Ela tocou seu rosto como se o estivesse a reconhecer de um conto de fadas antigo e distante, e, enfim, a confissão se presumiu eterna.

ANEXO

**PARA SEMPRE ENQUANTO DURAR
ENQUANTO DURAR O PARA SEMPRE**

UMA COPRODUÇÃO ÍTALO-BRASILEIRA

UM FILME DE
RICCARDO MARCONI

ROTEIRO DE
BIANCA VILLAVERDE

CENA 140 - BANGALÔ/SUÍTE - PRAIA DOS CARNEIROS/PE - EXT/INT/DIA

Plano da arquitetura do bangalô todo em vidro blindex com estrutura de madeira e uma escada caracol de madeira na fachada frontal. Corta para o ambiente interno, com decoração simples e sofisticada, e para no reflexo de Branca na tela de LCD desligada. O rosto dela sangra do ferimento a faca que sofreu. Gotas de sangue pingam no tecido branco do lençol. Ela pressiona a ferida com um pedaço de pano, sentada sobre o colchão, encolhida, encostada na parede. Um ruído forte a desperta do estado de choque. A câmera focaliza em detalhe os seus olhos inquietos. Ela se levanta, abre as cortinas da porta de vidro da varanda. A câmera aproxima a imagem de um helicóptero branco sobrevoando a praia. A aeronave voa mais baixo para sobrevoar o deque da piscina. De dentro do bangalô, Branca observa as manobras.

CENA 141 - HELICÓPTERO - PRAIA DOS CARNEIROS/PE - INT/EXT/DIA

Plano do helicóptero com a porta aberta. A seguir, a câmera focaliza as mãos de Salvador, que termina de amarrar o equipamento na cintura. Ele olha para baixo. Plano geral da vegetação de palmeiras no entorno do bangalô, da piscina e da praia. Salvador instrui por gestos os quatro homens, que terminam de ajustar as armas e a munição no corpo. Todos estão vestidos com uniformes pretos, coletes à prova de bala, capacetes e máscaras que lhes cobrem quase toda a face, com exceção dos olhos. Uma corda é atirada para fora do helicóptero e três homens começam a descer. Uma manobra da aeronave aproxima a corda da cobertura de sapê de um dos quiosques da piscina, para onde saltam os homens. Em outra corda, descem Salvador e outro homem. Uma nova manobra, dessa vez mais arriscada, permite que Salvador e o outro homem saltem nas areias da praia.

CENA 142 - BANGALÔ/SUÍTE - PRAIA DOS CARNEIROS/PE - INT/EXT/DIA
Branca vê o momento em que um dos rapazes que descem pela corda tira o capacete e a máscara, revelando sua identidade. Incrédula, com o foco sem nitidez, ela estreita os olhos. Aos poucos o foco estabiliza, enquanto a câmera se aproxima em zoom dos cabelos negros e rebeldes de Salvador.

CENA 143 - PRAIA DOS CARNEIROS/PE - EXT/DIA
Salvador corre na praia, na direção da Igreja de São Benedito.

CENA 144 - BANGALÔ/SUÍTE - PRAIA DOS CARNEIROS/PE - INT/EXT/DIA
Branca perde Salvador e o helicóptero de vista. O ruído das hélices desaparece. Silêncio absoluto. Branca espia através do vidro e não vê sinal de ninguém ao redor do bangalô. Ela abre a porta da varanda, olha em volta e desce alguns degraus se debruçando no corrimão da escada caracol de madeira. Ela não vê ninguém, mas ouve o relinchar de um cavalo amarrado a uma palmeira. Branca olha para o animal.

CENA 145 - PRAIA DOS CARNEIROS/PE - EXT/DIA
Branca monta no cavalo, acerta a postura, segura firme nas rédeas e assenta as plantas dos pés nas bases dos estribos. Entra música de ação. Branca troteia com o cavalo pelo gramado, entre as palmeiras que cercam a propriedade. Aos poucos ela se habitua ao passo e controla o cavalo

CENA 146 - IGREJA DE SÃO BENEDITO - PRAIA DOS CARNEIROS/PE - INT/EXT/DIA
Plano geral da igreja com as palmeiras ao redor. Salvador entra pela porta lateral com a máscara preta cobrindo seu rosto. Ao perceber a movimentação, escora-se em uma das paredes da sacristia e observa. No átrio central, um de seus homens luta com dois seguranças de Paulo. Um deles acerta um tiro de pistola de raspão no braço do homem e ele deixa cair sua arma no chão. Outro segurança aparece por trás e pega a arma para atirar nele quando Salvador consegue derrubá-lo com um pontapé, imobilizando-o com uma chave de braço. Com a mão livre, Salvador pega a arma do segurança e a joga para o homem ferido. Pelo pórtico principal entram mais dois seguranças ladeando Paulo. Salvador vê que seus outros três comparsas estão escondidos por trás da última janela da lateral direita do edifício. Paulo se aproxima de Salvador. Em silêncio, os homens de Salvador se preparam para invadir a casa.

PAULO
(impondo a voz com autoritarismo, mas sem
conseguir evitar o medo estampado no rosto)
Quem é você?

SALVADOR
(responde seco)
O seu pesadelo.

PAULO
(nervoso)
Tire a máscara.

SALVADOR
Você primeiro.

PAULO
(afrontado, ergue a sobrancelha)
Sabe quem eu sou, guerrilheiro? Sou Paulo
De La Fuente, herdeiro do maior cartel do
narcotráfico mexicano. Diga o que quer e
eu te darei. Droga, dinheiro, segurança?

SALVADOR
Eu quero Branca.

Salvador tira a máscara. Paulo se surpreende ao reconhecê-lo como o assassino profissional que seu pai treinara desde a infância e o qual havia contratado para matar a filha de seu arqui-inimigo no submundo do narcotráfico mexicano.

Paulo saca uma pistola do cinto e a aponta na direção de Salvador.

>PAULO
>Diga ao meu pai que ele nem sempre pode ter tudo o que quer.

>SALVADOR
>(impassível)
>Ele não terá Branca. Nem você.

>PAULO
>(acionando a espoleta)
>De onde vem tanta confiança? Garanto que meu pai não te ensinou a perder.

>SALVADOR
>Não. Estou acostumado a conseguir tudo o que eu quero.

CENA 147 - PRAIA DOS CARNEIROS/PE - EXT/DIA
Plano do horizonte em tons avermelhados e alaranjados passando para o cavalo que corre à beira-mar. A luz nos olhos de Branca. Os cabelos sacudindo com o vento. O detalhe das areias tão finas que não deixam pegadas.

CENA 148 - IGREJA DE SÃO BENEDITO - PRAIA DOS CARNEIROS/PE - INT/DIA
Salvador faz um sinal para os três comparsas, que adentram a igreja pela janela. Eles golpeiam os

seguranças desprevenidos pelas costas. Os seguranças se rendem, sem oferecer resistência. Somente Paulo está livre e ainda com o dedo no gatilho. Ele observa seus seguranças terem os pulsos amarrados e os olhos vendados pelos comparsas de Salvador. Salvador dá dois passos na direção de Paulo. Sem hesitar, Paulo puxa o gatilho, a pistola dispara, e a bala acerta em cheio o lado esquerdo do peito de Salvador. Recuperado rapidamente do impacto pela bala defletida, Salvador olha para a perfuração na camisa e o pequeno estrago na fibra mais externa do colete e, calmamente, dá mais dois passos adiante. Paulo sustenta a arma com as duas mãos, mirando desta vez a testa de Salvador. Já está tão perto que com apenas um chute certeiro atinge a arma, fazendo-a voar para fora do plano.

SALVADOR
Enquanto você frequentava a universidade
para fugir à sucessão criminosa do seu
pai, ele me treinava para sujar as mãos
por você.

Paulo se joga no chão e fica agachado em posição fetal.

SALVADOR
(exaltado e confuso)
O que está fazendo? Levante-se!

Paulo rasteja entre os bancos de madeira da igreja em direção ao pórtico principal. Salvador, que

está de costas para o altar, agarra-o pelo colarinho da camisa, obrigando-o a ficar de pé.
Paulo olha piedosamente para o crucifixo sobre o altar e depois para Salvador.

>PAULO
>(pendurado pela gola da camisa)
>Eu só quero que a Branca me ame. Neste lugar paradisíaco, só nós dois, eu posso reconquistá-la. Se você abortar a missão, eu posso lhe oferecer o dobro e até o triplo do que meu pai te ofereceu.

>SALVADOR
>(cortando Paulo)
>Comece a rezar.

Metodicamente, Salvador pega a corda oferecida por um dos homens e amarra com firmeza os pulsos de Paulo por trás das costas. Paulo está inerte, petrificado de pavor, gemendo com a corda que lhe arranha a pele. A seguir, Salvador tira um pedaço de pano do bolso e o amarra nos olhos de Paulo.

CENA 149 - PRAIA DOS CARNEIROS/PE - EXT/DIA
O sol está baixo e em pouco tempo encontrará a linha do horizonte. Do vermelho e amarelo, a claridade toma todo o plano e, em fade in, surge a imagem da Igreja de São Benedito, branca de portas e janelas verdes. Branca puxa a rédea para brecar o galope. Com o movimento brusco, o cavalo relincha e depois começa a re-

duzir o passo. Branca desce e amarra o cavalo em uma das palmeiras. Ela ouve vozes e, de repente, um tiro de metralhadora. Uma revoada de gaivotas passa por ela. Branca acelera o passo até correr pela areia.

CENA 150 - PRAIA DOS CARNEIROS/PE - EXT/DIA
Branca avista um grupo de pessoas na frente da Igreja, onde toras de madeira formam uma espécie de barreira convexa amparando o mar. As pessoas olham na direção de Branca. Sob o seu ponto de vista, são apenas vultos. Conforme se aproxima, o foco da câmera se torna nítido. Branca percebe que entre as pessoas está Salvador. O mar avança para a mureta da igreja, e as ondas suaves molham os joelhos dos homens rendidos diante dos que estão de pé. Os cinco ajoelhados têm as mãos amarradas por trás das cabeças. Os cinco de pé apontam-lhes armas. Salvador não desvia os olhos de Branca, mas também não baixa a arma apontada para Paulo.
Ao chegar perto o suficiente da mureta de concreto da igreja, Branca repara na metralhadora que Salvador tem na mão e se assusta.

                    BRANCA
Largue essa arma, Salvador. Por favor.

                    PAULO
(off screen, diálogos ocorrem no lugar e no momento em que acontece a cena, porém não são vistos no enquadramento) (choramingando)
Branca? Branca, me ajude!

SALVADOR
Você não vai ceder aos apelos desse
covarde.

BRANCA
Não percebe que o que está fazendo é errado?

SALVADOR
E o que ele fez com você?

Branca agacha-se ao lado de Paulo, que, ao sentir a direção da voz dela, vira o rosto.

BRANCA
Ele não ia me matar. Ele não fez por
mal. Não é, Paulo?

PAULO
Não... nunca! Nunca mataria a mulher que
amo. Eu só queria que aceitasse o meu
pedido de casamento e, como você recusou, perdi a cabeça. Mas estou arrependido! Podemos pedir a bênção do meu pai.
Se você me aceitar, Branca, farei meu
pai aceitar o nosso amor. Me perdoe, por
ele... e por mim, por ter escondido de
você de quem eu sou filho. Por ter machucado você. Por tudo.

Ela passa a mão pelo corte severo que ainda sangra em seu rosto.

SALVADOR

(gritando)

Cala a boca ou eu encomendo a tua alma para São Benedito agora mesmo! Mãos na cabeça!

Paulo se inclina sobre as pernas e começa a chorar como uma criança, cada vez mais exagerado, e Branca observa a cena do ex-namorado, penalizada.

BRANCA

Paulo, eu te perdoo. Está bem? Eu te perdoo. É tudo o que eu posso te dar. O meu perdão.

Paulo tenta alcançá-la, tateando o ar com a venda nos olhos. Ela se esquiva, levanta e avalia a expressão de Salvador, que não demonstra sentimento.

BRANCA

Largue essa arma. Quem é você para fazer justiça?

SALVADOR

Ele dopou, sequestrou, feriu e chantageou você.

BRANCA

Eu sei o que ele fez. Mas isso caberá à justiça julgar. Não a mim e muito menos a você.

Salvador mantém a arma firme, apontada para Paulo, sem desviar um milímetro do seu alvo. Branca começa a se aproximar devagar.

BRANCA
(falando em tom ameno)
Você não seria capaz. Você não é assim. Eu sei.

SALVADOR
(irritado, esbravejando)
Você sabe quem eu sou. Fui contratado pelo pai do seu ex-namorado covarde para matar você.

BRANCA
E se apaixonou por mim. Muitas vezes tomamos as decisões erradas, mas o amor redime.

SALVADOR
(cortando Branca, nervoso)
Um monstro como eu não sabe amar, Branca.

Branca continua a se aproximar.

BRANCA
(voz terna)
Não. Você só não sabe ser amado. Como eu amo você.

Branca ergue a mão e, calmamente, desce o cano da arma. Salvador a deixa cair na areia úmida. Ela o abraça e ele não retribui. Depois, fecha os olhos. Quando Salvador os abre novamente, vê a igrejinha branca à sua frente e se ajoelha aos pés de Branca. Ele se prostra como se estivesse diante da imagem de Nossa Senhora.
Os quatro homens continuam a apontar as armas para os prisioneiros, mas neste momento olham para Salvador e Branca. Câmera em zoom se aproximando dos olhos baixos de Salvador.

SALVADOR
(em tom autoritário)
Levem os prisioneiros para dentro da
igreja e avisem a polícia.

Os comparsas de Salvador arrastam os homens pelas escadas de concreto. Paulo resiste, debatendo-se contra o chão.

PAULO
(off screen)
(gritando)
Branca! Você está fazendo isso para me
salvar, meu amor? Eu sei que é a mim que
você ama! Branca!

CENA 151 - PRAIA DOS CARNEIROS/PE - EXT/DIA
Branca e Salvador estão sozinhos. Ela tenta fazer com que ele se levante, mas ele permanece ajoelhado

diante dela, imóvel e com a cabeça baixa, como em oração. Salvador tem os olhos vidrados na arma diante de si, já quase toda coberta pela areia que as ondas do mar remexeram. Branca inclina-se ao lado de Salvador, desenterra a arma e a segura.

                SALVADOR
     (levantando os olhos para ela. O sol
          baixo ofusca sua visão)
          Você quer fazer isso?

Branca confirma com a cabeça. Ela vai até a beira do mar e, sem mirar em nenhuma direção especial, dispara para o horizonte, descarregando a munição enquanto as lágrimas escorrem por seu rosto e se misturam ao sangue ressacado na face direita. Depois, quando consegue retomar a respiração e suas mãos param de tremer, ela arremessa a arma o mais longe que consegue. Ao voltar, encontra Salvador na mesma posição, de joelhos, despido da camisa e do colete, vestido apenas com a calça e a máscara preta. Branca se ajoelha também e desliza o dedo sobre as suas tatuagens, redesenhando o contorno delas.

                BRANCA
Quando as cicatrizes são profundas e as culpas, pesadas demais, não conseguimos nos livrar sozinhos do passado. Eu quero ajudá-lo, Salvador.

Salvador se levanta e vê, por trás de Branca, o movimento descendente do sol. Ele se condensa com o mar e então desaparece.

SALVADOR
O sol morre e nasce todos os dias. Se eu for com ele, será que você ainda estará aqui amanhã quando eu voltar?

Branca coloca as mãos no rosto de Salvador, tira-lhe a máscara e olha firme nos seus olhos.

BRANCA
Eu estou aqui agora. Agora nunca será passado, nem presente e nem futuro. Porque agora é para sempre, Salvador.

Salvador encosta os lábios na orelha de Branca.

SALVADOR
(sussurrando)
Para sempre?

BRANCA
(sorrindo)
Para sempre.

Os dois se beijam com as cores do crepúsculo ao fundo. Eles montam no cavalo. Branca senta à frente e comanda o animal numa cavalgada à beira do mar. Plano geral se distanciando da praia em movimento vertical ascendente, ampliando o plano a uma distância suficiente para que o casal esvaneça.

CRÉDITOS FINAIS

CENA 152/EXTRA - GUADALAJARA / MÉXICO - Q.G. DE FRANCO DE LA FUENTE - INT/DIA
Franco termina de fumar seu charuto em uma poltrona de vime quando Paulo aparece em trapos e imundo, sendo arrastado pelos braços por dois homens de seu pai.

                        PAULO
              (balbuciando entre gemidos)
                        Pai...

Franco não se move e olha rapidamente na direção do filho. Só o tempo necessário para avaliar quão vivo ainda estava. Ele faz um gesto para que os homens levem Paulo.

                        PAULO
              (gritando em desespero)
              Pai! Pai! Me ajude, pai!

Enquanto a voz de Paulo se distancia até se tornar um eco distante nos fundos da casa, Franco vai até o telefone.

FRANCO
Execute a ação. Eu quero o traidor vivo ou morto. E a garota, Branca... não encostem em um fio de cabelo. Eu tenho planos para ela.

A tela escurece.

AGRADECIMENTOS

Eis, enfim, o momento de compartilhar com vocês minha imensa alegria e gratidão. Alegria, por ter conquistado um lugar no time de grandes autores da Editora Novo Conceito. Gratidão, às pessoas que fazem da concretização deste livro um motivo maior para que eu acredite nos meus sonhos. Muito obrigada:

Ao meu editor, Thiago Mlaker, e a toda a equipe editorial, por me acolherem na nova casa e por cuidarem com esmero da produção desta obra.

Aos leitores que acompanham minha trajetória literária. Muitos de vocês que têm agora este livro nas mãos já seguraram também *Equinócio – a Primavera*, *Polaris – o Norte* e *A Última Nota*, e talvez tenham lido os agradecimentos que lhes fiz outrora. Mais uma vez reafirmo a importância do *feedback* que chega até mim em forma de esteio e incentivo. Como disse certa vez e repito: por vocês, nunca deixarei de escrever.

Aos blogueiros literários, em especial aos mais de duzentos blogs parceiros. Sempre que vocês fazem uma postagem divulgando a literatura nacional, uma nova estrela surge brilhando no firmamento literário. Vocês são multiplicadores de estrelas! Por me ensinarem novos referenciais todos os dias, são minha imprescindível companhia na solitária arte de escrever.

Aos escritores que tenho conhecido ao longo dos últimos dois anos de jornada literária. Eu precisaria de muitas páginas para mencionar todos, e é maravilhoso constatar isso! Vocês são uma constante fonte de inspiração nesta carreira, que nos exige muita perseverança para enfrentar os altos e baixos deste mar bravio. A união faz a força. Tanto isso é verdade que muitos dos que começaram a velejar comigo encontraram o seu porto seguro.

Aos meus amigos e familiares, pela força e apoio incondicional. Às amigas da vida inteira, Ana Carolina Abrantes (trinta e quatro anos de amizade! Sim, nos conhecemos no berçário!), Bianca Schröder (dezenove anos de amizade!) e Patrícia Antonucci (vinte e um anos de amizade!). É um privilégio compartilhar histórias reais com vocês (a propósito, vocês continuarão a me amar se eu as usar em meus livros?). Ao meu tio Eninho, que acumula funções como padrinho e, amparado por essa prerrogativa, costumava me chamar afetuosamente de "pestinha" na infância (com esse jeitinho meigo, ninguém diria, eu sei. Mas eu sei por que mereci o apelido, e está tudo registrado para a posteridade, não é, tio?). À minha querida avó Luísa, leitora apaixonada de romances e biografias e, claro, dos meus livros. Vovó também faz o melhor bolo de cenoura do mundo. Obrigada por isso também, vó!

Às pessoas a quem dedico este livro: meus pais, Ana Maria e Adalsino, por me darem asas e me ensinarem a voar. Pela fé que vocês depositam em mim, e também... pela paciência. Eu sei que não é fácil ter uma filha escritora e, ainda por cima, romântica e idealista. E ao meu irmão, Daniel, sábio e fiel conselheiro, de riso fácil e nobreza de coração. É, você, Meu Maninho, quem melhor define para mim os perfis da alma humana. Não sei se sabe, mas cada personagem de desenho seu é um personagem meu também. Nosso tempo é curto, então a gente improvisa a arte.

Por último, mas não menos importantes na construção deste livro, sou grata aos ex-namorados que inspiraram algumas cenas. Deixo claro que, para o *script* da história, os "pretendentes" de Bianca Villaverde precisaram ser caricaturados. Bem, vocês sabem, todos nós somos protagonistas das nossas próprias histórias.

In memoriam:

Vovô Ennio Piras, de quem herdei o sangue quente italiano, por ter me oferecido meu primeiro instrumento de escritora: uma máquina Olivetti verde de 1982. Ele sempre soube.

Vovó Nazareth, que guardava minhas cartinhas e meus desenhos, incentivando minha imaginação desde pequena. Foi ela quem me ensinou a sonhar com os anjos. E foi ali que tudo começou.